REINHARD PELTE

Inselroulette

ABGRÜNDIG Kriminaloberrat Tomas Jung wird mit der Suche nach einer auf Sylt vermissten Frau beauftragt. Was als Routineaufgabe beginnt, entwickelt sich rasch zu einem mysteriösen Fall. Wer ist die Frau? Führt sie ein Doppelleben auf dem Festland? Mit jedem Tag werden die irritierenden Rätsel größer. Als die Müllabfuhr auf Sylt der Polizei einen verdächtigen Abfallsack meldet, erfährt der Fall eine dramatische Wende. Zusammen mit der jungen Kommissarin Charlotte Bakkens macht Jung sich auf die Suche nach der Lösung. Sie haben nicht viel Zeit.

Reinhard Pelte ist Diplommeteorologe und war im Öffentlichen Dienst tätig. Mehrere Jahre in Portugal lebend, hat er die Welt durch zahlreiche Fahrten zur See kennengelernt. Er ist verheiratet, hat zwei erwachsene Kinder, ist Weinliebhaber und raucht hin und wieder eine gute Zigarre. Sein Debüt gab er 2009 mit »Inselkoller.

Bisherige Veröffentlichungen im Gmeiner-Verlag:
Mordsee (2013)
Tiefflug (2012)
Inselbeichte (2011)
Kielwasser (2010)
Inselkoller (2009)

REINHARD PELTE

Inselroulette

Der sechste Fall für Kommissar Jung

GMEINER Original

Personen und Handlung sind frei erfunden.
Ähnlichkeiten mit lebenden oder toten Personen
sind rein zufällig und nicht beabsichtigt.

Besuchen Sie uns im Internet:
www.gmeiner-verlag.de

Im Ehnried 5, 88605 Meßkirch
Telefon 0 75 75/20 95-0
info@gmeiner-verlag.de

1. Auflage 2014

Lektorat: Claudia Senghaas, Kirchardt
Herstellung: Mirjam Hecht
Umschlaggestaltung: U.O.R.G. Lutz Eberle, Stuttgart
unter Verwendung eines Fotos von: © chhtm / photocase.com
Druck: GGP Media GmbH, Pößneck
Printed in Germany
ISBN 978-3-8392-1533-3

Für Talli

»Brown Sugar«
Rolling Stones

INHALT

Esbjerg
Toftlund
Rømø
Skærbæk
Østerby
Havneby
Lister Tief
List
Klappholttal
Kampen
Højer
Tønder
Munkmarsch
Westerland
Keitum
Sylt
Tönning

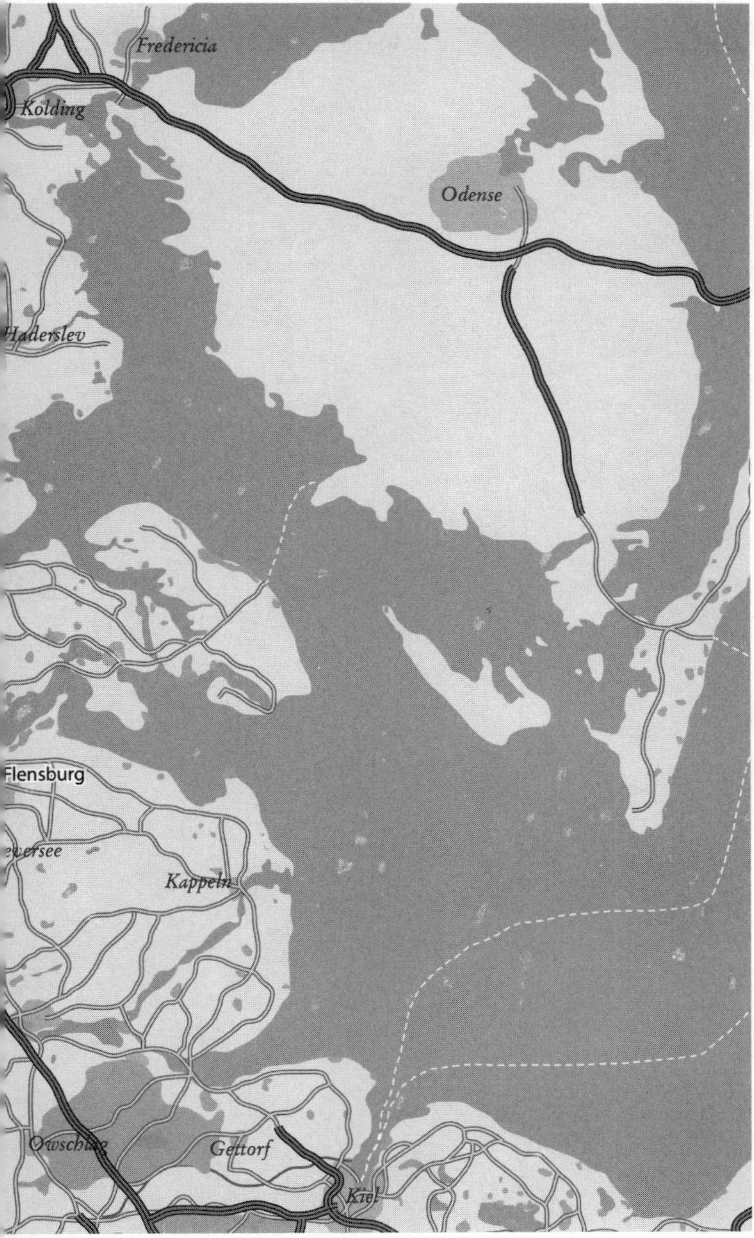
Fredericia
Kolding
Odense
Haderslev
Flensburg
Kappeln
Gettorf
Kiel

PROLOG

Er war sorgfältig frisiert. Die Wirbel in seinem dichten Haarschopf waren mit Gel gebändigt, der Nacken kurz geschoren. Nicht ein einziges Härchen fiel störend über den Kragen seines blütenweißen Hemdes. Nase und Ohren waren ebenso haarlos wie die Wangen. Ein perfekt getrimmter Schnauzer über einer sinnlichen, fast weibischen Oberlippe machte ihn interessant. Als er sich plötzlich zurücklehnte, glaubte sie, ein Hauch von Davidoffs *The Game* wehe über den Tisch.

Sie sah auf seine Hände. Kräftig, nicht grob. Lange Finger, die Nägel manikürt. Sie passten zu ihm. Das linke Handgelenk zierte eine PanoGraph. Die schneeweißen Manschetten, geknöpft mit goldgefassten Lapislazuli, lugten rechts wie links absolut korrekt aus den Ärmeln seines schwarzen Dinnerjackets. Der Anblick dieses Mannes gab ihr ein Gefühl von Lebendigkeit, von Klasse, von unausgeschöpften Möglichkeiten.

Ihr gefielen Menschen, die sich sorgfältig kleideten, die einen Sinn für die richtige Garderobe besaßen. Die Tagestouristen, die sich nicht scheuten, das Casino in Straßenklamotten zu betreten, verachtete sie. Auch die von der Casinoleitung ins Leben gerufene, allwöchentliche Ladiesnight war ihr zuwider. Nichts als Weibergetue und überflüssiges Getuschel. Vergeudete Zeit.

Wenn sie Langeweile hatte, kam es vor, dass sie sich in längst vergangene Zeiten zurückfantasierte, als die Damen und Herren noch in Equipagen vorfuhren, die Männer den Zylinder lüfteten, wenn sie den Frauen aus der Kalesche halfen, und unternehmungslustig den Spazierstock schwangen, während ihre Begleiterinnen in bodenlangen Abendmänteln majestätisch über den roten Teppich glitten. Ihr Gegenüber hätte auch damals eine exzellente Figur abgegeben.

Seine Finger spielten mit einem Jeton. Die Steine lagen, in mehreren Säulen übereinandergestapelt, vor ihm auf dem Tisch. Wie eine Armee hatte er sie nach Farbe und Größe zwischen seinen Unterarmen aufgestellt. Als hätte er eine Strategie, die ihn von Erfolg zu Erfolg und schließlich zum triumphalen Sieg führen sollte.

»Faites vos jeux, Mesdames et Messieurs.«

Der Croupier war der beste von allen. Seine Stimme war sanft, dennoch kraftvoll und von schicksalhafter Unerbittlichkeit. Nichts erregte sie so wie der Klang dieser Stimme.

»Rien ne va plus.«

Das Klackern der in dem Kessel hüpfenden Kugel erstarb langsam. Schließlich verstummte jedes Geräusch.

»Treize, noir, impair, manque.«

Sie hatte es gewusst. Der Croupier führte den Rechen über den grünen Filz. Seine Geschmeidigkeit verriet Hingabe und Jahrelange Praxis. Er sortierte die Jetons und schob ihr den Gewinn in einem sauber gestapelten Päckchen zu. Sie lächelte.

Die Hände auf der anderen Seite ruhten regungslos auf dem Tisch.

»Mesdames et Messieurs, faites vos jeux.«

Ihr Gegenüber annoncierte mit leiser Stimme: »Carré 23–27.« Der gesetzte Betrag setzte sie in Erstaunen. Der Croupier folgte ungerührt der Anweisung. Sie glaubte, dem Schicksal auf die Finger zu schauen, und fasste Mut. Das Ausmaß ihrer Verwegenheit war ihr fremd, aber sie begrüßte das Neue wie einen Schatz, nach dem sie lange gesucht und den sie nun endlich gefunden hatte.

»Rien ne va plus.«

Nichts erreichte ihr Ohr, einzig das unrhythmische Klack, Klick, Klackklack der Kugel im Kessel. Ihr Blick war starr auf die regungslos daliegenden Hände ihres Gegenübers geheftet. Bis die Kugel zur Ruhe gekommen war. Stille. Unendliche Stille.

»Treize, noir, impair, manque.«

Sie wusste nicht, wie ihr geschah und was sie empfand. Ihr Zustand hatte keinen Namen. Bilder schossen ihr durch den Kopf: Spanien im Frühling, Wärme, ein Glas Wein zu zweit abends auf der Terrasse, eine im Meer versinkende Sonne, Bücher, die sie lesen wollte und die sich zu Hause ungelesen stapelten.

Als sie aus ihren Träumen erwachte und aufsah, war der Mann verschwunden. Was hatte ihn davongetrieben? Angst, Verrat, Untreue!

Sie blieb, wo sie war. Sie konnte nicht anders. Später ergriff sie Müdigkeit. Sehr viel später war sie am Ende. Als sie ging, bedankte sie sich bei dem Croupier mit ihrem letzten Tausender.

Der anbrechende Tag tauchte die leeren Straßen in einen zwielichtigen Dämmer. Daheim angekommen warf sie sich, wie sie war, aufs Bett und fiel in einen bleiernen Schlaf. Abends, kurz vor Sonnenuntergang, wachte sie auf. In der Küche schaltete sie den Kaffeeautomaten an und wartete. Als der Becher voll war, setzte sie sich an den Küchentresen und trank in kleinen Schlucken. Ziemlich scheiße das alles, dachte sie. Du musst etwas ändern, flüsterte eine Stimme tief in ihrem Inneren.

IM MAI

»Wie wäre es morgen früh? Ich …«

»Das geht nicht«, fiel sie ihm ins Wort. »Absolut gar nicht. Da jogge ich. Jeden Freitag um Punkt acht. Das solltest du eigentlich wissen.«

»Muss das denn sein? Ich hätte …«

»Du hättest das ebenso nötig wie ich«, unterbrach sie ihn erneut. Ihre Häme tröpfelte ihm ins Gemüt wie Gift.

»Wirklich unbedingt?«, versuchte er es noch einmal.

»Es muss sein.« Es klang, als mache sie ein für alle Mal klar, was wichtig sei und was nicht.

»Wo denn?«

»Oben im Norden, in der Westerheide. Weißt du überhaupt noch, wo das ist?«

»Natürlich weiß ich das. Aber es ist wirklich wichtig! Könntest du uns zuliebe nicht eine Ausnahme machen? Mein Terminplan ist dicht gepackt und …«

»Nein. Kann ich nicht. Ich brauche meine Runde genauso wie du deinen Terminkalender. Das verstehst du doch wohl, oder?«

»Natürlich verstehe ich das. Aber wir müssen reden. Wenn nichts passiert, dann gehen die Lichter aus. Übrigens auch für dich, meine Liebe.«

Sie lachte.

»Mein Schicksal kannst du getrost mir überlassen,

Schatz«, flötete sie. »Mir geht es blendend. Mein Bankdirektor sagt das auch.«

Er war kurz davor, das Handy gegen die Wand zu knallen.

»Du brauchst gar nicht so zu schnaufen. Das nützt dir auch nichts. *Du* hast es so gewollt. Jetzt hast du, was du wolltest.«

»Damals, das waren andere Zeiten. Ich brauche Geld. Und zwar jetzt! Vorübergehend. Die Krise auf den Märkten dauert nicht ewig. Es ist doch bei dir nur gebunkert. Ich habe es verdient. Eigentlich gehört es mir, das weißt du ganz genau.«

»Ich weiß nur, dass ich alleinige Vollmacht habe. Eigentümerin des Hauses bin ich auch. Das waren *deine* Ideen, mein Lieber, nicht meine.«

»Aber deswegen …«

»Doch. Genau deswegen bist du jetzt draußen. Du könntest mich bitten. Das ist aber auch alles.«

Er presste das Handy gegen die Brust und biss sich auf die Lippe.

»Okay«, stöhnte er. »Dann bitte ich dich eben.«

»Um was?«, fragte sie süffisant.

»Um Hilfe.«

»Du willst also Geld von mir.«

»Was denn sonst?«

»Natürlich. Wie konnte ich das nur vergessen?«

»Bitte werd nicht auch noch zynisch. Unsere Lage ist ernst genug.«

»Unsere? Du meinst deine.«

»Okay, meinetwegen. Aber sei dir nicht so sicher.«

»Willst du mir drohen?«, lachte sie.

»Nein. Ganz und gar nicht. Aber eine Lösung …«

»Was willst du?«, unterbrach sie ihn barsch. »Werd doch mal konkret! Das ist doch dein Lieblingsspruch, nicht wahr?«

Ihre Worte schnürten ihm die Kehle zu. Es entstand eine Pause.

»Ich bitte dich um alles, was auf dem Konto liegt«, presste er schließlich heraus.

»Du bist nicht ganz bei Trost«, höhnte sie. »Selbst wenn ich wollte.«

»Was?«, schrie er. »Wo ist das Geld geblieben?«

»Das geht dich nichts an. Ich …«

»Was soll das? Natürlich geht mich das was an. Es ist mein Geld. Ich habe es …«

»Es steht dir nicht mehr zur Verfügung. Kapier das endlich.«

»Du lügst. So viel kannst du allein gar nicht ausgeben. Was hast du mit dem Geld gemacht?«

»Ich lüge nicht. Ganz im Gegensatz zu dir, mein Lieber. Du mit deinen Bankgeheimnissen. Und dein scheiß Terminkalender. Nichts als Lügen und Weibergeschichten. Glaubst du, ich bin blöd?«

»Was soll das denn jetzt? Schnappst du völlig über? Das ist doch totaler Quatsch.«

»Quatsch? Vielleicht für dich. Für mich nicht.«

»Seien wir doch vernünftig. Ich bitte dich«, flehte er.

»Gut. Ich bin vernünftig. Von mir kriegst du nichts. Basta! Sonst noch was?«

»Wo hast du das Geld?«, beharrte er zu wissen.

»Ich habe es genutzt«, erwiderte sie süffisant.

»Genutzt? Wofür denn?«

»Das geht dich nichts an.«

Er rang nach Worten.

»Wir sind doch … Wir haben doch gemeinsame …«

»Du faselst wirres Zeugs. Was soll das?«

Er versuchte, einen klaren Gedanken zu fassen.

»Dein Bankdirektor: Was sagt er?«

»Er sagt, dass ich mir überhaupt keine Sorgen zu machen brauche. Und für alle Fälle ist ja noch das Haus da. Sylt ist einfach meine Lebensversicherung«, kicherte sie.

Er überlegte fieberhaft.

»Ich würde mich auch erkenntlich zeigen«, sagte er schließlich.

»Erkenntlich? Wie meinst du das?«

»Ich meine, wir könnten einen Deal machen.«

»Einen Deal? Du hast sie wohl nicht alle.«

»Ich gebe dir, was du willst. Wenn ich …«

»Was könntest du mir denn geben, das ich nicht schon habe? Lass dich mal untersuchen! Anscheinend hast du's nötig.«

Der Schmerz brachte ihn zur Besinnung. Er verstummte. Er schloss die Augen. Das Handy glitt ihm aus der Hand.

Liebe, Vertrauen, Anerkennung! Hatte es das jemals gegeben? Ihre Worte schrillten ihm in den Ohren: *Mein*

Schicksal kannst du getrost mir überlassen. Was hatte sie damit gemeint? Die Lage konnte aus heiterem Himmel kompliziert werden. In seinem Job passierte das hin und wieder. Er hatte vorausgeplant und für Sicherheit gesorgt. Ihm schien das sehr vernünftig gehandelt. Damals.

Warum beschuldigte sie *ihn*? War es nicht genau umgekehrt? *Sie* hatte Geheimnisse. *Sie* war dauernd irgendwo unterwegs. *Sie* wollte unbedingt auf Sylt leben, anstatt in Hamburg. *Sie* hatte ihn geradezu in eine Affäre getrieben. Wie konnte sie überhaupt davon wissen? Nicht von ihr. Das war nicht möglich. Sie war ein ganz anderer Typ. Ungewöhnlich, leise und überhaupt nicht eitel. Sie redete kein dummes Zeug. Seit Kurzem ging ihm allerdings ihre Drängelei auf den Zeiger. Das war altmodisch und das Einzige, was ihn störte. Er vertraute ihr. Jedenfalls bis jetzt.

Nichts war mehr so, wie es einmal gewesen war, dachte er bitter. Alles hatte sich verändert. Zu seinen Ungunsten. Das war ungerecht und absolut unakzeptabel. Niemals würde er bereit sein, kampflos das Feld zu räumen. Nein, nein und nochmals nein.

Ich habe es genutzt. Was hatte sie damit gemeint? Er würde das herausfinden. Auf seine Kontakte konnte er sich verlassen. Sie funktionierten. Umgekehrt war er auch schon mal nützlich gewesen. Ihm kam der Gedanke, ein paar Tage auf Sylt zu verbringen.

Er hob die Teetasse, hielt aber jäh in der Bewegung inne. Sein Gesicht verzog sich zu einer schmerzhaften Grimasse.

»Wie hat deine kleine Praktikantin, diese Charlotte aus Kiel, dich noch genannt? Wehleidig? Hab ich das richtig in Erinnerung?«, frotzelte Svenja.

»Ja, ja, schon gut«, erwiderte Jung.

»War da nicht noch was? Nun red' schon, Tomi. Sei ehrlich!«

»Altmodischer Tugendbold mit zu viel saurer Moral«, brummte er.

»Wie recht sie hat«, lachte sie herzhaft.

Es schien ihm, als mache es ihr Freude, ihn verletzt zu sehen. Ihn durchzuckte der Gedanke an Trennung. Er hatte dieses makabre Geplänkel satt. Er witterte dahinter Abgründe, deren tödlicher Ernst ihm Angst machte. Gegen die Mächte, die da tobten, hatte er keine Chance: völlig sinnlos, nur verschwendete Zeit. Charlotte hatte die Ansicht vertreten, auch sein Sexleben müsse problematisch sein. Sie konnte nicht wissen, wovon sie sprach. Ein lautloses Lachen schüttelte ihn. Er sollte lieber Golf spielen, fiel ihm ein.

*

Warum fühlte sich sein Leben so anders an als früher? Nach der überstandenen Messerattacke in Québec drängte sich ihm diese Frage immer öfter auf. Lieber hätte er Urlaub gemacht und einen seiner Lieblingsplätze aufgesucht. In der Vergangenheit hatte das immer geholfen.

Neulich hatte er im Mitteilungsblatt der Polizeigewerkschaft gelesen, dass ein Krimiautor irgendwo im Ruhrpott von den Beamten eines Morddezernats zum Ehrenkommissar ernannt worden war. Er hatte den Kriminalroman gekauft und gelesen. Bis zur letzten Seite. Danach hatte er nur mit dem Kopf geschüttelt. Welcher Teufel hatte die Kollegen da geritten?

Der zornige Held von der Polizei war, wie das Klischee es verlangte, von Frau und Kindern verlassen worden. Er hatte ein Problem mit Alkohol und Vorgesetzten, aber das Herz auf dem rechten Fleck. Unter lauter Trotteln und Speichelleckern stach er einsam hervor durch »gesunden Menschenverstand« und einer Courage, die Jung eher als gefährliche Verwegenheit bezeichnet hätte. Er hauste in einem kaputten Apartment, in dem er ab und zu Damenbesuch aus dem Milieu empfing. Grell geschminkte Weiber, die ihr goldenes Herz hinter einem schrillen Outfit versteckten. Für sie würde es auf der Welt niemals so viel Gewalt und Dreck geben, als dass ihnen ihr angeklebter Mutterwitz und der Glaube an das irgendwo lauernde Gute und Schöne abhandenkamen. Und natürlich hofften sie alle irgendwie, in den Armen des Helden vor Anker gehen zu können.

Rolling home, rolling home to dear old *shit*. Was hatte *das* mit der Arbeit einer Mordkommission zu tun, fragte sich Jung. Auch nur im Entferntesten? Was wollten die Kollegen mit der Auszeichnung dieses Krimischreibers zum Ausdruck bringen? Ermittler mussten in das Bergwerk menschlicher Abgründe einfahren, um ihre Arbeit zu Ende zu bringen. Und jedes Mal kamen sie gezeichneter zurück als das Mal davor. Das musste einfach so sein, weil es unausweichlich war. Und wenn man nicht beizeiten damit aufhörte, wurde man krank oder invalid, sogar mit einem gewaltsamen Tod musste man immer rechnen. Er selbst war in Québec dem Tod gerade noch einmal von der Schippe gesprungen.

Jung hegte inzwischen den entsetzlichen Verdacht, dass seine Arbeit ihn vorzeitig verschliss und langsam aber gründlich zermürbte. Seinen Kollegen musste es ähnlich gehen. Den Ehrenkommissar brauchten sie allein aus einem einzigen Grund: den Raubbau zu beschönigen und sich selbst zu bescheißen. Als wäre alles nur halb so schlimm und eigentlich ganz normal. Merkten sie nicht, dass sie ehrten, was sie von Berufs wegen bekämpften und wofür sie sogar ihr Leben aufs Spiel setzten? Was musste denn noch passieren, bis sie das begriffen? War es nicht so? Oder wurde er einfach alt und sah alles nur Schwarz in Schwarz?

Insgeheim gab er zu, dass er sich von finsteren Mächten umstellt sah. Wo er auch hinblickte, überall Schönfärberei, Vorteilnahme, Ausbeutung, Verdrängung, Lügen, Manipulation, gezielte Fehlinformationen, Heuchelei, Durchstechereien, Betrug, Terror und zu allem Überfluss auch noch ein scheinheiliger Bundespräsident, um den sich die Staatsanwaltschaft kümmerte. Infotainment empfand er als eine perfide Verarschung der Öffentlichkeit. Es ging allein um

Zerstreuung und Ablenkung, stöhnte er. Immer lauter und ermüdender, immer schneller und banaler, immer widerwärtiger und gewalttätiger. Und die Wirkung war genau so, wie ihre Auftraggeber es brauchten. Sie scheffelten Geld mit vollen Händen. Ihre Gier war unersättlich. Medien und Unterhaltungsindustrie lieferten, was der Markt verlangte. Geld und Quoten, shoppen und ficken. Immer die gleichen dämlichen Ausreden und Entschuldigungen. Aufklärung, Verantwortung, Wahrhaftigkeit? Fehlanzeige!

Jung packte Ekel, wenn er daran dachte. Seine Abscheu wurde von Mal zu Mal größer. Er machte sich Vorwürfe, dass er *die da oben*, die Mächtigen, die Reichen, zu verachten begann. Das brachte ihn ins Schleudern. Aber zum Glück hielt das nicht lange an. Irgendwann hatte er sich wieder gefangen und atmete durch.

Letztendlich, so sagte er sich, lief alles auf die Frage hinaus, wer stärker war: die Verbrechensbekämpfung oder das Verbrechen. Wer hält am meisten aus, wer hält am längsten durch. Jung fühlte sich hoffnungslos unterlegen, mutterseelenallein, wie ein vom Aussterben bedrohtes Tier. Nachts überfielen ihn Albträume, aus denen er schweißgebadet aufschreckte. Mutlosigkeit und Angst machten ihn müde und schwerfällig. Gern hätte er andere Gründe für seinen Zustand gefunden.

Natürlich wurde er älter. Scheiße, fluchte er lautlos. Er wünschte sich einen Hebel, um Herz und Hirn nach Belieben an- oder abzuschalten. Beruhige dich, raunte er sich zu, werd endlich vernünftig.

Zugegeben, in letzter Zeit hatten ihn Zweifel befallen. Je tiefer er in seinen Grübeleien und Gefühlen versank, desto stärker regte sich in ihm der Gedanke, dass es womöglich ganz allein auf ihn selbst ankam. Jeder Mensch, ob er wollte oder nicht, trug Verantwortung, egal wo und wie er lebte. Das allein machte den Unterschied zwischen Mensch und Tier aus. Davor gab es einfach kein Entrinnen. Nicht die anderen und auch nicht der Kapitalismus, der Kommunismus, der Islamismus und was noch alles an Begründungen für den Zustand der Welt und für das Unbehagen daran herhalten musste. Jeder einzelne Mensch hielt den Schlüssel in der Hand dafür, wie er sich fühlte, ob er sich überflüssig oder nützlich machte, ob er gut gelaunt den Tag verbrachte oder übellaunig durch die Gegend irrte. Er allein und nicht die anderen. Auch nicht die, die er von Berufs wegen jagte, die ihm zu schaffen machten und Probleme bereiteten. Aber auch nicht die, deren Nähe er suchte, auf die er sich freute und die ihn aufheiterten. Alle zusammen saßen sie in einem Boot.

Vom 12. auf den 13., nach ein paar Tagen mit Bauchgrimmen und schlechter Laune, hatte Tomas Jung eine Nacht voller Träume. Er hatte keine genaue Erinnerung daran, nur ein Gefühl, als hätte sich ihm die Lösung aller Rätsel offenbart. Einzig und allein das Datum hatte sich klar und unauslöschlich in sein Gedächtnis eingegraben. Am Morgen danach war sein Bauchgrimmen verschwunden.

*

Tomas Jung stand vom Frühstückstisch auf.

»Es wird Zeit für mich«, murmelte er und sah auf die Uhr. Es war kurz nach neun.

*

Um die gleiche Zeit wurde Bente Friedrichsen, 32, Fitnesscoach, wohnhaft in Keitum auf Sylt, als vermisst gemeldet. Der Geschäftsführer eines Wellnesshotels im Norden der Insel hatte sie das letzte Mal vor vier Tagen gesehen. Als sie in der Folgezeit nicht zur Arbeit erschien, hatte er versucht, mit ihr Kontakt aufzunehmen. Seine Bemühungen blieben erfolglos. Schließlich schaltete er die Polizei ein.

FREITAG, DER 13.

Irgendetwas stimmte nicht. Als sie noch klein war, hatte ihr Vater einmal erzählt, dass sich die Seeleute früher geweigert hatten, an diesem Tag auszulaufen. Aber sie war nicht abergläubisch.

Sie stellte den Motor ab und sah nach draußen. Strammer Wind, tiefe Wolken und drohender Regen. Sollte sie überhaupt aussteigen? Sie griff nach dem grauen Schal auf dem Nebensitz. Sie steckte die Nase in die weiche Wolle und schloss für einen kurzen Moment die Augen. Dann schlang sie ihn um den Hals und stieg aus.

Eigentlich müsste sie guter Laune sein. Stattdessen quälte sie Unruhe. Warum? Am Wetter konnte es nicht liegen. Den ständigen Wechsel waren sie an der Küste gewohnt. Insbesondere auf den Inseln. Gestern noch hatte die Sonne von einem blauen Himmel geschienen. Vormittags hatte sich eine Brise eingestellt, die im Sommer die Hitze angenehm von der Haut fächelt und abends wieder einschläft. Der Rhythmus eines perfekten Sommertages. Die kuschelige Nacht, die dem Tag gefolgt war, kam allerdings seltener vor. Sie hatte den lauen Abend in vollen Zügen genossen.

In der Früh hatte sie der Wind aus dem Schlaf geholt. Sie hörte ihn, wie er über das Dach strich und das Reet zum Sprechen brachte: Nordseewetter. Sie kannte das seit frühester Kindheit. Kein Grund zur Besorgnis.

Wie immer war ihr innerer Wecker pünktlich um halb sieben angesprungen. Sie hatte, wie sie es liebte, ausgiebig geduscht und nicht lange vor dem Spiegel gestanden.

Sie hatte absolut keinen Grund, nervös zu sein.

Für das Frühstück hatte sie sich Zeit genommen. Ein heiliges Ritual. Gemischte Beeren mit Pistazienquark, natürlich gesüßt mit Ahornsirup, nicht mit raffiniertem Zucker. Und kein Kaffee. Kaffee zum Frühstück brachte nur das Säure-Basen-Verhältnis durcheinander und belastete die Energiequellen. Heißes Ingwerwasser oder Früchtetees waren der perfekte Start in einen perfekten Tag. Laufen gehörte dazu. Einzig und allein höhere Gewalt hätte sie davon abbringen können. Nur ein Mann fehlte noch zu ihrem Glück. Aber auch das würde sich über kurz oder lang erledigt haben.

Also: Was war nur los?

Sie hatte ihre Schuhe sorgfältig zugeschnürt und die Haustür hinter sich geschlossen. Danach war sie am Watt entlang zu ihrer Bekannten gelaufen. Heute war ihr gemeinsamer Vormittag. Wie immer freitags. Sie fuhren mit dem Auto raus in den Norden und drehten im Schutz der Dünen ihre Runde. Um diese Zeit waren sie dort unter sich, noch ungestört von den vielen Urlaubern.

*

Am Anfang war sie ihr Fitnesscoach gewesen, gegen Bezahlung. Das Leben, das ihre Freundin geführt hatte, war ungesund. Unreine Haut, Augenringe, stumpfe Haare, schlapper Muskeltonus, leichtes Übergewicht und eine Figur zum Weinen. Die Spuren waren tief und nicht zu übersehen gewesen. Zuerst hatte sie vermutet, dass sie trank oder Tabletten nahm. Am Geld konnte es nicht liegen. Davon war mehr als genug da. Das sah man. Aber sie hatte nicht weiter gefragt. Schließlich wurde sie nicht als Therapeutin bezahlt, sondern als Personal Trainer.

Später hatte sie Claus, den Mann ihrer Klientin, kennengelernt. Einen deutschen George Clooney. Dass er verheiratet war, störte sie nicht. Es machte ihn interessanter. Es war ihr ein Rätsel, was er an seiner Frau fand. Die verdiente ihn eigentlich gar nicht.

Er trug gerne teure Kleidung und modische Schals. Sein gepflegtes Äußeres fand sie ungemein attraktiv. Geschmack und Stil machten sie an, insbesondere bei Männern. Sie malte sich aus, wie schön es sein würde, mit ihm shoppen zu gehen.

Ihr Engagement war größer als sonst. Ihre Klientin folgte den Anweisungen mit großer Disziplin. Sie war verblüfft, aber auch erfreut, wie erfolgreich das Training war. Das Selbstbewusstsein und die Eigenständigkeit ihrer Klientin wurden immer größer. Die neue Kurzhaarfrisur stand ihr viel besser. Ihre Kleidung wurde modisch, jugendlich und teuer. Sie verfolgte das mit gemischten Gefühlen. Einerseits machte es sie stolz, andererseits befremdete es sie.

Nur die merkwürdige Unruhe, die ihre Klientin ausstrahlte, war mit ihrer Verwandlung nicht verschwunden.

Woran lag das? Soweit sie das beurteilen konnte, ernährte sie sich gesund, sie rauchte nicht, trank nicht und nahm auch keine Pillen.

Wenig später wurde sie als Coach nicht mehr gebraucht. Aber als nette Begleiterin, ohne Bezahlung. Sie liefen freitags zusammen, tranken hinterher eine Tasse Tee und plauderten ein wenig. Kontrolle konnte nie schaden. Ein schlechtes Gewissen hatte sie nicht.

*

Auch dass sie heute allein unterwegs war, konnte nicht wirklich als Grund gelten. Es war nicht das erste Mal, dass ihre Laufpartnerin ausfiel. Vielleicht hatte sie ihre Tage? Sie hatte sie zurück ins Haus geschickt. Sie müsse ins Bett. Ausruhen und schlafen. Eine Wärmflasche und ein paar Tropfen rescueremedy* würden nützlich sein. Laufen käme in ihrem Zustand nicht infrage.

*

Sie schloss den Wagen ab, zog den Reißverschluss hoch und die Kapuze über den Kopf. Auf dem Parkplatz stand außer ihrem nur noch ein einziges Fahrzeug. Ein schwarzer, alter japanischer Typ. Hässlich. Den hatte sie noch nie hier gesehen. Saß da jemand hinterm Steuer, oder täuschte sie sich?

---

* Notfalltropfen

Eigentlich war alles so, wie es sein sollte. Nach den Dehnübungen war sie warm. Sie sah auf die Uhr. Es war kurz nach acht. *Es war alles so, wie es sein sollte*.

Nach zehn Minuten hatte sie in der Regel ihren Rhythmus gefunden und atmete gleichmäßig. Ihr Lauf war flüssig, ohne Anstrengung, die reine Freude an der Bewegung. Sie hätte ihre Uhr danach stellen können. Sie checkte die Zeit. Acht Minuten. Sie lief zu schnell. Sie sah sich um. Der Wind quälte den Strandhafer und trieb Sand vor sich her. Wie mit feinen Nadeln stach er auf der Haut. Sie zog die Ärmel über die Hände. Zum Glück hatte sie den Schal. Sie beugte den Kopf und sog den Duft ein. Als sie ihn wieder hob, bemerkte sie eine flüchtige Bewegung in den Dünen. Was war das? Bilder schossen ihr durch den Kopf. Bilder aus ›Die fünfte Frau‹, einem Krimi, den sie neulich im Fernsehen verfolgt hatte.

Jetzt war sie an der Schutzhütte. Der Unterstand war leer. Bis hierhin war ihr noch kein Mensch begegnet. Von der Straße wehten Autogeräusche herüber. Wie immer, beruhigte sie sich.

Nach 15 Minuten sollte sich eigentlich einstellen, was ihr Lehrer als wahres Geheimnis des richtigen Laufens bezeichnet hatte: Sie laufen leicht, locker, lächelnd. Ihr war nicht zum Lächeln.

Im Dünengras lag der Kadaver einer Möwe. Von Aasfressern übel zugerichtet. Sie stolperte. Sie sah sich um und konnte nicht erkennen, worüber. Wann war ihr das jemals zuvor passiert?

25 Minuten waren um. Gewöhnlich ging es ihr dann so, als könne sie bis ans Ende der Welt weiterlaufen. Sie sah auf die Uhr. Wo blieb die Euphorie?

Akzeptiere, was dein Körper dir sagen will, redete sie sich ein. Heute ist nicht sein Tag. Er hat einfach keine Lust. Lauf zurück und mach Schluss.

Vor ihr kam die Schutzhütte wieder in Sicht. Danach war es nicht mehr weit. Sie steigerte das Tempo. Als sie den Unterstand passierte, registrierte sie aus dem Augenwinkel eine Bewegung. Wie vorhin. Sie zuckte zusammen. Die Angst überschwemmte sie wie eine Flutwelle.

VERMISST

Das Spritzwasser von der Straße verschmierte die Frontscheibe. Er fluchte leise und drückte den Hebel der Scheibenwaschanlage. Was für ein Wetter? Alles andere, nur kein Sommer. Der schien im April stattgefunden zu haben. Der Wonnemonat danach war allein für Landwirte erfreulich. *Mai kühl und nass füllt dem Bauern Scheune und Fass.* Sie freuten sich zu früh. Im Juni, Juli und jetzt auch im August konnte von Sonne und Wärme keine Rede sein. Mit Ausnahme der letzten Woche. Eine der seltenen mit ein paar sonnigen Tagen. Aber sonst? Von einigen spärlichen Unterbrechungen abgesehen, nichts als Regen, Wolken und Wind. Mein Gott, stöhnte er, waren das etwa die Vorboten des viel beschworenen Klimawandels? Er schüttelte unwillig den Kopf und trat aufs Gas.

Lastete er dem Wetter an, wofür es eigentlich gar nichts konnte? Auch früher waren die Sommer hier oben im Norden dann und wann trostlos gewesen. In Wahrheit war er einfach nur übellaunig, gestand er sich ein. Insbesondere seit dem japanischen Inferno ließen ihn seine Beklemmungen nicht mehr los. Cara hatte in Japan eine Wohnung gefunden und einen Job angetreten, als der Supergau von Fukushima ihre Hoffnungen jäh zunichtemachte. Während eines der schweren Nachbeben tobte, hatte er seine Tochter am Telefon gehabt. Als die Verbindung abbrach, musste er fürchten, ihre Stimme zum letzten Mal gehört zu haben. Die Tränen schossen ihm in die Augen. Er konnte nichts tun. In seiner Hilflosigkeit telefonierte er mit Botschaften, Konsulaten, dem Auswärtigen Amt und Fluggesellschaften. Er schickte SMSs mit Infos, Telefonnummern, E-Mail-Adressen von Hilfsorganisationen und sorgte für Kredit auf ihrem VISA-Konto. Als sie den Empfang quittierte, atmete er auf. Aber nur vorübergehend. In der Folgezeit eskalierten die Horrornachrichten und wurden immer bedrückender.

Am Ende gelang Cara die Flucht aus dem Wahnsinn. Nach einer Odyssee um die halbe Welt hatte Jung sie am Hamburger Flughafen in die Arme geschlossen. Er war dankbar, dass Clemens sich angeboten hatte, ihn zu begleiten und sie zurück nach Hause zu chauffieren. In Neumünster war Cara eingeschlafen. Als sie zu Hause angekommen waren, musste er sie gewaltsam wecken. Seitdem hielt Jung eine Mischung aus Wut und Angst gefangen. Die Phasen voller Dankbarkeit und Erleichterung änderten daran nichts.

*

Seinen Weg zur Bezirkskriminalinspektion auf Norderhofenden hätte er inzwischen im Schlaf gefunden. Die Vertrautheit beruhigte ihn. Flensburgs Verkehr war problemlos. Nur die dänischen Autofahrer sorgten gelegentlich für Aufregung.

»Moin, Petersen«, begrüßte er den Wachhabenden am Aufgang zum Treppenhaus.

»Moin, Herr Oberrat. Wie geht's der Schulter?«

»Gut. Wird schon wieder.«

»Hauptsache, Sie können Auto fahren.«

»Finden Sie? Es gibt da auch noch ein paar andere Kleinigkeiten, für die ich meinen Arm brauche.«

Sie lachten, und Tomas Jung verschwand im Treppenaufgang zu seinem Büro.

Er schloss die Tür hinter sich, öffnete das Fenster und ließ frische Luft herein. Es lag lange zurück, dass er sich über die armselige Ausstattung seines Arbeitszimmers aufgeregt hatte. Inzwischen hatte er schätzen gelernt, sich hier besser konzentrieren zu können als irgendwo sonst. Allein auf den Blick aus dem Fenster hätte er nicht freiwillig verzichten mögen. Sogar heute. Unter dem grauen Himmel lag das Wasser im Hafenbecken wie flüssiges Blei. Der Mastenwald am Ostufer verschwamm im Dunst. Weiter draußen, am Harniskai, ragten die riesigen Silos der Raiffeisengenossenschaft in den trüben Himmel. Der spitze Turm von St. Jürgen, hoch oben über dem Ostufer, war gerade noch auszumachen. Aber man musste schon wissen, wo er zu finden war.

Ein Klopfen an der Tür riss ihn aus seiner Andacht. Normalerweise wartete er stumm, bis der Besucher die Tür geöffnet hatte. In aller Regel kannte er seine Besucher, und sie kannten ihn und seine Gewohnheiten. Es klopfte noch einmal.

»Ja«, rief er laut.

Sein Chef betrat den Raum und streckte ihm zur Begrüßung die Hand entgegen. Tomas Jung stutzte. Das erlebte er zum ersten Mal, seit er in Flensburg seine Arbeit aufgenommen hatte. Nur bei seiner Ernennung zum Leiter des S-Kommissariats, dem Dezernat für unaufgeklärte Kapitalverbrechen, hatte es eine Ausnahme gegeben.

»Moin, Jung. Wie geht's der Schulter?«, begrüßte ihn der Leitende. Die Anteilnahme in seiner Stimme machte Jung unsicher. Zugleich amüsierte es ihn, dass Holtgreve zu den gleichen Worten griff wie vorhin Petersen. Nur ohne Titel. Er wiederholte seine Antwort.

»Darf ich mich setzen?«

»Bitte«, erwiderte Jung verwundert. Es war nicht Holtgreves Art, um etwas zu bitten.

»Was führt Sie zu mir?«, kam Jung zur Sache.

»Zuallererst will ich mich nach Ihrer Genesung erkundigen. Als wir hörten, was passiert war, befürchteten wir schon das Schlimmste. Schrecklich. Sie haben uns ganz schön Angst eingejagt, Jung.«

»Tut mir leid. Es geht mir gut. Danke der Nachfrage.«

»Der Mann wird übrigens demnächst vor Gericht kommen.«

»Und wie lautet die Anklage?«, fragte Tomas Jung skeptisch.

»Mord und versuchter Mord.«

»Hat er ein Geständnis abgelegt?«

»Nein. Er schweigt wie ein Grab.«

»Ein guter Strafverteidiger könnte die Anklage auseinandernehmen wie …«

»Er hat keinen Anwalt«, unterbrach ihn Holtgreve.

»Was?«

»Er wird pflichtverteidigt. Einen eigenen Verteidiger hat er abgelehnt.«

Tomas Jung lehnte sich zurück und starrte gegen die Decke. Er wollte sich nicht weiter dazu äußern.

»Was sagen die Ärzte?«, kam Holtgreve zurück zum Ausgangspunkt.

»Nichts«, erwiderte Jung lakonisch.

»Nichts?«

»Ich gehe nicht mehr hin. Ich glaube, es läuft auch so. Ich habe ein gutes Gefühl.«

»Na schön. Aber seien Sie vorsichtig und überlasten Sie sich nicht.«

»Zurzeit sehe ich nicht, dass ich in Gefahr bin«, erwiderte Jung und lächelte versonnen.

Holtgreve lachte. Tomas Jung konnte sich nicht erinnern, ihn jemals zuvor auf diese Art lachen gehört zu haben.

»Haben Sie etwas für mich?«, fragte er vorsichtig.

»Ja. Das ist mein zweiter Punkt.« Holtgreve machte eine Pause und sah Jung zweifelnd in die Augen.

»Ich würde mich über Arbeit freuen«, kam Jung ihm entgegen.

»Schon gut. Das glaube ich Ihnen gerne.« Holtgreve schwieg, als müsse er sich sammeln.

»Wie lange arbeiten wir eigentlich schon zusammen?«, fragte er unvermittelt.

Hatten sie überhaupt jemals zusammengearbeitet?, überlegte Tomas Jung. Laut sagte er:

»Ich habe die Jahre nicht gezählt. Aber es müssen viele sein.«

»Richtig. Höchste Zeit, dass wir zum *Du* übergehen, oder?«

Tomas Jung wollte spontan Nein sagen, bremste sich aber rechtzeitig und antwortete:

»Okay. Ich heiße Tomas.«

»Henning«, erwiderte Holtgreve und reichte ihm die Hand über den Schreibtisch. Das zweite Mal an einem einzigen Tag nach Jahren körperloser Unverbindlichkeit. Was war nur in seinen Chef gefahren?

»Wir müssen das begießen«, fuhr Holtgreve munter fort und sah auf die Uhr. »Noch ein bisschen zu früh. Ich hol dich zum Mittagessen ab. Okay?«

»Gern«, antwortete Jung, ohne eine Miene zu verziehen. Auf was durfte er sich noch gefasst machen?

»Bevor ich dich mit etwas Neuem betraue, habe ich eine Bitte. Ich brauche für den Innenminister einen detaillierten Bericht über die Ereignisse in Québec. Es kommt nicht jeden Tag vor, dass einer meiner Leute im Dienst sein Leben verliert.«

»Fast.«

»Ja. Natürlich. Entschuldigung.«

»Kein Problem. Ich mache mich sofort an die Arbeit. Noch etwas?«

»Nein«, erwiderte Holtgreve fahrig. »Wir besprechen alles Weitere später. Bis dann.«

*

Als Holtgreve die Tür hinter sich geschlossen hatte, lehnte Tomas Jung sich zurück. Normalerweise hätte er jetzt die Hände hinter dem Kopf verschränkt und über die ungewohnte Freundlichkeit seines Chefs und dessen Motive nachgedacht. Aber seine lädierte Schulter hinderte ihn daran. Ihm schoss durch den Kopf, dass er eigentlich nichts von seinem Chef wusste. Nicht einmal sein Vorname wäre ihm auf Anhieb eingefallen. Von seiner Familie wusste er nur, dass es sie gab. Frau und Kinder hatte er nie zu Gesicht bekommen. Er wusste nicht einmal, wo Holtgreve wohnte. Und was wusste er schon über die Gründe seines Verhaltens? Nichts! Die Vermutung lag nahe, dass die Veränderung mit der Messerattacke in Québec zu tun hatte. Tomas Jung war es recht so. Es kann nur besser werden, sagte er sich und klappte seinen Laptop auf. Während er auf die Passworteingabe wartete, beschäftigte ihn die Frage, welchen Schlips Holtgreve heute zum Anzug getragen hatte. Hatte er überhaupt einen Schlips getragen? Der Signalton riss ihn aus seiner Grübelei. Er machte sich an die Arbeit. Der Bericht ging ihm flüssig von der Hand.

*

Die Überraschungen nahmen kein Ende. Holtgreve holte ihn pünktlich um zwölf ab. Er trug ein weißes Hemd und den Kragen offen. Sie spazierten zu Fuß in die Neustadt. Der Leitende hatte in der Walzenmühle einen Tisch reserviert, an dem sie reden konnten, ungestört. Tomas Jung kannte ihn bisher nur als Teetrinker, der sich frühmorgens in der Pantry einen Beutel Darjeeling aufgoss und dabei eine Zigarette rauchte. Heute orderte Holtgreve eine Flasche Rotwein. Niemals hätte Tomas Jung seinen Chef mit Rotwein in Verbindung gebracht, schon gar nicht im Dienst und erst recht nicht mit einem Wein von der Cantina Tollo aus den Abruzzen. Eine bessere Wahl zu den Spaghetti mit Rucolapesto, zu denen sie sich entschieden hatten, wäre ihm auch nicht eingefallen. Und dazu noch eine ganze Flasche.

»Zum Wohl, Tomas. Auf uns. Schön, dass du dich besser fühlst. Ich hätte nicht in deiner Haut stecken mögen.«

»Zum Wohl, Henning.«

Tomas Jung hielt sich zurück. Noch traute er dem Frieden nicht.

Sie verloren sich in ein lockeres Gespräch über ihre Arbeit und die neusten Gerüchte. Das vertrauliche *Du* kam Tomas Jung nur holprig über die Lippen.

»Wenn ich dich vorhin richtig verstanden habe, wolltest du mir etwas anvertrauen«, sagte Tomas Jung, nachdem sie ihre Teller leer gegessen und das Besteck beiseitegelegt hatten.

»Ja.« Holtgreve trank einen Schluck und machte ein ernstes Gesicht. »Ich bin von der Außenstelle in Westerland angerufen worden. Sie bitten um unsere Unterstützung.«

»In welcher Angelegenheit?«, fragte Jung.

»Ihnen liegt eine Vermisstenmeldung vor.« Holtgreve machte eine Pause.

»Und? Was ist daran so besonders?«

»Die Meldung liegt vier Tage zurück. Sie betrifft eine Frau. Es gibt keine Spur von ihr. Die Beamten tappen im Dunkeln. Sie befürchten Schlimmes.«

»Wer ist sie? Ist sie prominent? Eine von diesen Sylt-Schnecken?«

»Nein, nein. Nicht, dass ich wüsste. Nähere Einzelheiten kenne ich nicht.«

Tomas Jung schmunzelte innerlich. Wenn sie prominent gewesen wäre, hätte Holtgreve es mit Sicherheit gewusst und Einzelheiten erfragt.

»Du weißt ja, ich habe anderes um die Ohren«, schob Holtgreve erklärend hinterher und nahm einen Schluck Wein.

»Willst du damit sagen, dass *ich* mich darum kümmern soll?«, sagte Jung nach kurzem Nachdenken.

»Ja. Ich habe tatsächlich an dich gedacht. Ich bin allerdings im Zweifel, ob ich dir das zumuten kann.«

»Mach dir keine Sorgen. Du schickst mich ja nicht wieder zur Marine, sondern auf eine Urlaubsinsel.«

»Wer weiß, wo du besser aufgehoben bist!«

Sie lachten. Sarkastisch hatte Jung seinen Chef noch nie erlebt.

»Hast du die Kollegen von den Zentralen Diensten schon informiert?«, fragte er.

»Nein. Die Entscheidungen in der BKI* treffe ich. Dafür werde ich bezahlt.«

Tomas Jung zog die Augenbrauen hoch.

* Bezirkskriminalinspektion

»Sie sind dir dankbar, wenn du das übernehmen könntest. Sie sind randvoll mit Arbeit«, erklärte Holtgreve rasch.

»Soll ich den Kollegen auf der Insel nur ein bisschen zur Hand gehen oder die Sache verantwortlich übernehmen?«

»Du sollst die Ermittlungen leiten. Unsere Zuständigkeit, verstehst du?«

Ja, das war Tomas Jung klar. Er hatte vor einigen Jahren auf der Insel einen Giftmord aufzuklären gehabt.* An die Schwiegertochter der Toten erinnerte er sich lebhaft. Ihr gehörte ein Apartment in Strandnähe. Er hatte ein paar Nächte dort verbracht.

»In dem Fall ist es angezeigt, meine Zelte auf der Insel aufzuschlagen, jedenfalls solange wie nötig«, gab Jung zu bedenken.

»Daran habe ich auch schon gedacht. Such dir ein Quartier. Nimm deinen eigenen Wagen. Die lästigen Einschränkungen. Du weißt schon. Wir alle können ein Lied davon singen.«

Tomas Jung musste nicht überredet werden. Sein Schreibtisch war leer. Der Gedanke an ein paar Tage ohne Familie, Haus und Garten war ihm angenehm. Er brauchte das hin und wieder. Hinterher war er für alle erträglicher, für sich selbst auch. Das großzügige Entgegenkommen seines Chefs stimmte ihn verhalten optimistisch. Für Übermut sah er keine Veranlassung. Das war bisher immer schlimm ausgegangen.

»Okay«, sagte er. »Ich mach das. Kannst du mir einen Namen geben, den ich vorher anrufen kann?«

---

* siehe »Inselkoller«

»Die Nummer habe ich hier.« Holtgreve zog einen Zettel aus der Jackentasche und schob ihn Jung zu.

»Polizeimeisterin Karin Johannsen.«

Tomas Jung erinnerte sich dunkel, den Namen schon einmal gehört zu haben. Konnte aber kein Gesicht damit verbinden.

»Ich werde sie anrufen. Danach weiß ich mehr. Soll ich dich auf dem Laufenden halten?«

»Nicht nötig. Gib mir Bescheid, wenn du fährst. Mein Vorzimmer regelt den Papierkram.«

»Gut. Ich informiere dich, wenn es wichtig ist.«

»Sehr gut. Ich sehe, wir sind da konform.«

Die Formulierung erinnerte Tomas Jung an den Chef, den er zu kennen geglaubt hatte. Aber jetzt, an diesem trüben Sommertag, hatten die Worte einen ganz neuen Klang angenommen.

*

Später waren sie zurück geschlenderten, am Hafen entlang, vorbei an der Museumswerft und den restaurierten Oldtimern aus Zeiten, in denen noch Kohle auf Gaffelschonern verschifft wurde. Gegenüber versank das Ostufer immer tiefer in Dunst und Nebel. Sie unterhielten sich über die Vor- und Nachteile ihrer Stadt und das Wetter an der Küste. Die vermisste Frau wurde nicht mehr erwähnt.

*

Am Nachmittag reichte Tomas Jung seinen Bericht zu Holtgreve rein. Danach hängte er sich ans Telefon und wählte die Nummer auf dem Zettel. Es wurde ein unergiebiges Gespräch, das er nach wenigen Minuten ärgerlich abbrach.

»Berichten Sie mir bitte ganz kurz. Um wen handelt es sich?«, fragte er die Beamtin. Ihrer Stimme nach musste sie unter 30 sein.

»Bente Friedrichsen.« Es folgte eine lange Pause.

»Wann ist die Meldung eingegangen?«, versuchte er sie gesprächiger zu machen.

»Vor vier Tagen.« Pause.

»Wer hat sie als vermisst gemeldet?«, versuchte er es noch einmal.

»Ihr Arbeitgeber.«

»Ihr Arbeitgeber? Welcher Arbeitgeber? Ist er auf der Insel? Wie alt ist sie? Hat sie Familie, Mann, Kinder, Großeltern, Geschwister und so weiter?« Jung wurde ungeduldig.

»Sie ist von Beruf Fitnesscoach und arbeitete für ein Wellnesshotel im Norden. Als sie nicht mehr zur Arbeit erschien, hat der Manager Anzeige erstattet.«

»Wohnt die Frau auf der Insel? Was ist mit ihrer Familie?«

»Die Frau wohnt in Keitum.«

»Und die Familie?«

»Sie hat keine Familie.«

Tomas Jung verließ die Geduld.

»Ich brauche eine Auflistung der Fakten. Geht das?«

»Ja. Ich suche mal die Akte raus. Einen Moment bitte, ich …«

»Haben *Sie* die Anzeige bearbeitet?«, unterbrach er sie gereizt.

»Ja. Ich bin …«

»Faxen Sie mir die wichtigsten Daten zu. Ich melde mich dann.«

Tomas Jung diktierte ihr die Nummer und legte auf. Er schüttelte den Kopf und trat ans Fenster. Der Nebel hatte den Turm von St. Jürgen verschluckt. Jung atmete aus.

*

Bevor er seinen Dienst beendete, hatte er sich einen ersten Eindruck verschafft. Seine unterschwelligen Befürchtungen, erste Hinweise auf ein Verbrechen zu finden, waren zerstreut worden. Die Frau würde früher oder später wieder auftauchen. Am liebsten hätte er Holtgreve den Auftrag zurückgegeben.

Er sah den kommenden Tagen mit Gleichmut entgegen. Hoffentlich blieben seine Begegnungen mit der Polizistin auf das Nötigste beschränkt. Sei nicht so miesepetrig, ermahnte er sich. Denke positiv! Er hatte diesen kategorischen Imperativ noch nie gemocht.

Aber er bemühte sich. Er dachte, als er abends auf dem Weg nach Hause war, dass er sich morgen ins Auto setzen, nach Rømø fahren und mit der Fähre von dort nach Sylt übersetzen würde. Der Autozug von Niebüll kam für ihn nicht infrage. Die Tarife der Deutschen Bahn AG ärgerten ihn. Aber die Nordseeküste mitsamt den vorgelagerten Inseln gehörte zu seinen Lieblingsplätzen. Er hatte sie über Jahre immer wieder aufgesucht. Sie verscheuchte seine Dämonen und machte ihn ruhig. Seine Familie empfand er hier als ein Glück, das er nicht verdient hatte und für das er umso dankbarer war, je länger ihr Aufenthalt auf der Insel anhielt. Strände, die sich bis in die Unendlichkeit auszudehnen schienen, das stetig heranrollende Meer, das Wispern des Windes, die Schreie der Seevögel und die Unaufgeregtheit des Landes taten ihm gut, seiner Familie auch. Selbst bei schlechtem Wetter. Dann stapften sie, die Oberkörper gegen den Wind gestemmt, den Strand entlang, der Sturm riss Schaumfetzen von der tosenden Brandung und trieb sie in schmutzig-weißen Placken über den nassen Sand. Das Salz in der Luft schlug sich auf den Brillengläsern nieder, und der Flugsand belebte die Haut mit winzigen Nadelstichen. Mit ausgebreiteten Armen segelten sie vor dem Wind und ließen sich zurück nach Hause tragen. Zu Hause, das war ein Holzhaus in den Dünen, mit Schlafkojen für die Kinder unterm Dach, einem Kamin im Wohnzimmer und Tuborg-Bier im Kühlschrank. Es war nicht billig, aber immer seinen Preis wert gewesen. Hoffentlich hatte sich wenigstens daran nichts geändert.

ANFANG

Als Tomas Jung am nächsten Tag aufbrach, herrschten immer noch Dunst und Nebel. Heute stellte er keine schwermütigen Betrachtungen an. Er befürchtete nichts und er erhoffte nichts.

Der Verkehr war dünn. Grenzkontrollen gab es schon lange nicht mehr. Er rollte unbehelligt durch eine Landschaft, von der wenig zu sehen war. Die Trostlosigkeit bedrückte ihn nicht weiter. Der Gedanke an die Bäckerei, die ihn auf Rømø erwartete, stimmte ihn heiter. Er hielt dort jedes Mal an und machte eine Pause, wenn er die Fähre nahm oder zu Ausflügen auf die Insel unterwegs war.

Nach einer Fahrt, die Tomas Jung wie eine erholsame Pause vom Alltag empfand, bog er auf den Parkplatz in Østerby ein. In der Bäckerei empfing ihn Stille. Er war der einzige Kunde. Niemand ließ sich sehen. Als er gerade wieder gehen wollte, erschien die Bedienung in der Tür zur Backstube.

»Was ist los? Hat es ein Unglück gegeben?«, scherzte er.

»Das Wetter«, lachte sie. »Bis zehn ist es fertig. Danach kann ich abschließen und nach Hause gehen.«

Ihre dänische Art zu reden wirkte auf Tomas Jung wie Balsam. Er schritt den Tresen entlang und studierte die Kuchenauslage.

»Einsam und allein. Wie halten Sie das aus?«, lächelte er die Bedienung an.

»Ich löse Kreuzworträtsel in Flensborg Avis«, lächelte sie zurück.

Tomas Jung hatte sich für einen Kopenhagener und einen großen Becher Milchkaffee entschieden.

»Und wenn Sie damit fertig sind, was machen Sie dann?«

»Dann rate ich Städte. Autoplatter, verstehst du?«

»Mit dänischen Nummernschildern geht das aber nicht«, warf er scherzend ein.

»Hier sind viel mehr deutsche als dänische Autos.«

»Ah ja, die Urlauber. Sie müssen sich in Deutschland inzwischen gut auskennen, nicht wahr?«

»Besser als in Danmark«, lachte sie. »Wenn ich was nicht weiß, gehe ich ins Internet. Das ist sehr interessant.«

»Interessant? Inwiefern?«, fragte Jung während er den Kuchen und den Becher auf ein Tablett stellte.

»Die Stuttgarter sind die Nettesten. Hamburger sind … naja nicht so sympathisch.«

»Ich dachte immer, die Hamburger bevorzugen Sylt und den Autozug. Nicht Rømø und die Fähre.«

»Sie sind wenig. Da hast du recht«, fügte sie hinzu.

Tomas Jung lachte.

»In Euro bitte«, beendete er das Gespräch. Er nahm das Tablett und setzte sich an einen Tisch am Fenster. Die Frau zog sich zu ihrem Kreuzworträtsel zurück. Die Straße, die vor der Bäckerei eine weite Kurve machte, lag verwaist. Gegenüber schimmerten die Lichter des kleinen Einkaufsmarktes herüber. Er schlürfte den heißen Kaffee und tupfte die Krümel des Blätterteigs mit dem Zeigefinger auf. Hin und wieder passierte ein Auto die Kurve. Er starrte in den Dunst und ließ die Zeit verstreichen. Irgendwann glaubte er, eine schwarze Limousine anhalten zu sehen. Ein Mann stieg aus. Er trug eine dunkelblaue Regenjacke. Sein Gesicht war unter der Kapuze verborgen. Er setzte sich in Bewegung und kam Schritt für Schritt auf Jung zu.

»Es ist Mittagspause. Ich schließe nun.«

Tomas Jung schreckte hoch. Wie lange hatte er hier gesessen? Er sah auf die Uhr. Viel zu lange. Er war im Dienst, ermahnte er sich. Er bedankte sich bei der Bedienung und verließ das Lokal. Im Auto fuhr er sich mit den Händen über das Gesicht und rieb sich die Augen. Er wurde alt. Die Zeichen waren nicht zu übersehen.

Er brauchte zehn Minuten, bis ihn der Einweiser in Havneby auf eine Standspur für die Fähre nach List einwinkte.

*

Nur wenige Autos hatten sich auf das Schiff verirrt. Der Tagestourismus war fast zum Erliegen gekommen. Tomas Jung erklomm das Promenadendeck. Von seinem Fensterplatz sah er nach draußen. Wasser, Himmel und Horizont verschwammen in einem undurchdringlichen Grau. Die Augen fielen ihm zu, und er wäre beinahe in Tiefschlaf gefallen. Vor List riss ihn die Schiffssirene aus seinem Schlummer. Bis nach Westerland war es nicht mehr weit. Der Leiter der Kriminalpolizeilichen Außenstelle Sylt erwartete ihn.

*

»Was haben Sie in der Angelegenheit unternommen?«, fragte Tomas Jung den Polizisten. Der Mann konnte seinen Dienstposten noch nicht lange innehaben. Jedenfalls nicht länger als drei Jahre. Andernfalls hätte Jung sich an ihn erinnert. Er trug ein kurzärmeliges Uniformhemd. Die gleichmäßige Bräune seiner Haut, seine blauen Augen und die weizenblonde Mähne fielen auf. Eine Narbe auf der linken Wange gab ihm einen Anstrich von Verwegenheit. Groß, kräftig, gut gebaut, wie gemacht für die Insel der Reichen und Schönen, dachte Jung.

»Wir haben die Vermisstenanzeige aufgenommen und ins Fahndungssystem eingestellt. Handyortung blieb ohne Ergebnis. In den Netzwerken, Twitter, Facebook, YouTube und so weiter, taucht sie auch nicht auf. Die üblichen Daten haben wir vom Einwohnermeldeamt eingeholt. Bei uns ist sie bis zu diesem Zeitpunkt noch nicht auffällig geworden. Steht alles in der Akte. Ein Foto haben wir auch.«

»Brauchbar?«

»Ja. Sogar eines aus neuester Zeit. Sehr gutes Foto. Von einem Profi.«

»Woher haben Sie das?«, fragte Tomas Jung interessiert.

»Vom Manager des Hotels. Aus dem Hotelprospekt.«

Jung schlug die Akte auf und blätterte, bis er das Foto gefunden hatte.

»Sehr gut. Das Gesicht haben wir. Ganz hübsch«, sagte er beiläufig. »Okay. Noch was?«

»Ich habe meine Leute angewiesen, nach ihr Ausschau zu halten.«

Er schwieg. Tomas Jung wartete, dass er fortfuhr. Als nichts kam, sagte er:

»War's das?«

»Natürlich sind wir zu ihrer Wohnung gefahren. Die genaue Adresse steht in der Akte. Da war alles in Ordnung, soweit sich das feststellen ließ. Nichts Verdächtiges. Ihr Auto steht im Carport. Wir haben das Kennzeichen überprüft. Der Nachbarschaft ist auch nichts aufgefallen. Die leben da nur vorübergehend und ziemlich für sich. Eine entfernte Nachbarin berichtet, dass Frau Friedrichsen hin und wieder mal weg ist. Personenstandregister haben wir noch nicht eingesehen. Aber Mann und Kinder hat sie nicht. Das müssten die Nachbarn wissen.«

»Haben Sie schon einen Fahndungsaufruf ausgegeben?«, wollte Jung wissen.

»Nein, noch nicht. Wir haben erst einmal abgewartet. Vielleicht taucht sie wieder auf. Das passiert ja öfter.«

»Warum habt ihr uns dann um Hilfe gebeten?«

»Sie ist jetzt seit sieben Tagen nicht mehr gesehen worden. Ich glaube, es ist an der Zeit, sich Gedanken zu machen.«

»Was schwebt Ihnen vor?«

»Deswegen habe ich angerufen. Wir sind hier auf der

Insel in erster Linie Ordnungshüter, keine Kriminalisten. Uns wird das langsam unheimlich.« Er schwieg und sah Tomas Jung aufmerksam an.

»Verstehe«, sagte Jung leise.

»Wo werden Sie anfangen?«

»Am Anfang«, erwiderte er kurz angebunden und sah abschätzend auf die schmale Akte in seiner Hand. »Beim Hotelmanager«, fügte er hinzu, weil er spürte, dass sein Gegenüber Vorbehalte hatte.

»Unsere Dienstfahrzeuge sind eigentlich …«

»Ich brauche keinen Dienstwagen«, fiel Jung ihm ins Wort. Der Stationsleiter nickte erleichtert.

»Haben Sie schon eine Unterkunft? Sie bleiben doch auf der Insel, oder nicht?«, wollte er wissen.

»Habe ich. Eine alte Bekannte.«

»Glückwunsch. Sonst wäre es schwierig geworden.«

Es klang so, als hätte er nun alles erfahren, was von Interesse war.

»Ich glaube, sie wird wieder auftauchen«, murmelte Tomas Jung und schlug die Akte zu.

»Warum sind sie da so sicher?«

»Allein der Hotelmanager hat sie bisher vermisst. Das ist merkwürdig. In der Regel sind es der Ehemann, die Kinder, nahe Verwandte oder Freunde, die sich melden.«

»Sie hat keine Familie.«

»Ja, auf der Insel. Das erwähnten Sie bereits. Aber vielleicht auf dem Festland.«

»Könnte sein. Brauchen Sie mich noch?«

»Wenn ja, melde ich mich. Ich beziehe erst mal mein Zimmer.«

»Okay. Ich sehe Sie später.«

»Bis später«, verabschiedete sich Tomas Jung.

Bei dem Gedanken an das Apartment hob sich seine Laune. Er hatte mit Karin Mendel telefoniert und gefragt, ob ihre Ferienwohnung frei sei. Für ihn immer, hatte sie geantwortet und gelacht. Er fühlte sich geschmeichelt. Sie war eine attraktive Frau. Er erinnerte sich sehr genau, obwohl ihre Begegnung schon Jahre zurücklag. Seine Reaktion war heftig gewesen, so wie er es nur wenige Male erlebt hatte. Offensichtlich blickte sie ohne Groll auf den Anlass zurück. Erstaunlich, dachte er. Er hatte damals den Mord an ihrer Schwiegermutter aufzuklären gehabt. Aber das schien sie nicht mehr zu belasten.

*

Tomas Jung ließ sein Auto auf dem Parkplatz der Polizei stehen. Er lag ein paar Schritte vom Bahnhof entfernt. Das Haupthaus, in dem die Polizeizentralstation und der Großteil der Kripoaußenstelle Sylt untergebracht waren, erinnerte ihn an eine Kaserne. Er glaubte genau zu wissen, wie es darin roch.

Bis zu seinem Apartment in der Strandallee war es nicht weit. Unterwegs überkam ihn kurz die Versuchung, in das Bistro des Hotels ›Stadt Hamburg‹ einzukehren. An das Frühstück, das ihm seinerzeit auf die Beine geholfen hatte, erinnerte er sich gern. Er schob den Gedanken beiseite und beeilte sich, sein Quartier zu erreichen.

Er packte aus und richtete sich ein. Zum Schluss betrat er die Loggia. Das letzte Mal hatte er von hier den Blick übers Meer genossen. Heute nicht. Das Grau verschlang alles. Auch vom rückwärtigen Balkon war die Aussicht nicht besser. Überhaupt kein Wind. Nicht einmal ein Hauch. Seltsam, dachte er und ging wieder hinein. Nach alter Gewohnheit hätte er jetzt erst einmal eine Flasche Wein geöffnet. Er verwarf den Gedanken und ging in die Pantry. Der Kaffeeautomat war ausgetauscht worden. Neueste Generation, sehr teuer, stellte er schmunzelnd fest. Von Karin Mendel hätte er auch nichts anderes erwartet. Er bereitete sich einen doppelten Espresso, griff sich die Akte und setzte sich aufs Sofa.

Die Vermisste hieß Bente Friedrichsen, 32 Jahre alt, deutsche Staatsbürgerin, Ausweis ausgestellt vom Amt Südtondern. Hautfarbe weiß, Größe 1,62 Meter, Haarfarbe braun, Augenfarbe braun. Diplomierte Physiotherapeutin mit Zusatzausbildung zum Personal Trainer. Eigentümerin und Bewohnerin eines Hauses in Keitum, in unmittelbarer Nähe zur St. Severins Kirche und unweit des Flughafens. Ihr gehört ein roter JAGUAR F-TYPE, Kennzeichen NF-BF 980 (560 PS, Neupreis 120.000 Euro). Die Zeilen waren rot markiert. In der Nachbarschaft war sie nur flüchtig bekannt. Eine entfernte Anwohnerin hatte die Vermisste Anfang der Woche das letzte Mal gesehen, wie sie am frühen Morgen in ihrem roten Auto an ihr vorbeigefahren war. Der Hotelmanager hatte noch am Donnerstagabend mit ihr gesprochen. Als sie nicht zur Arbeit erschien, hatte er versucht, Kontakt mit ihr aufzunehmen. Auch über das Wochenende. Vergeblich. Am Montag meldete er sie bei der Polizei in Westerland als vermisst. Heute war Donnerstag, der 19. August.

Tomas Jung fragte sich, wer auf die Idee gekommen war, den Neupreis des Autos in Erfahrung zu bringen und rot zu markieren. Merkwürdig erschien ihm auch der Manager. In welchem Verhältnis stand er zu der Vermissten? Warum hatte er sie pausenlos zu erreichen versucht und schließlich sogar die Polizei eingeschaltet?

Eile mit Weile, sagte er sich. Er schnürte sich die Schuhe auf, legte sich aufs Sofa und schloss die Augen.

Die Stille dröhnte ihm in den Ohren. Wo waren der Wind, die Stimmen von der Straße, das Gekreische der Möwen, die Musik von der Promenade? Allein schwache Verkehrsgeräusche drangen hin und wieder an sein Ohr. Er öffnete die Augen und sah gegen die Decke. Gewöhnlich krabbelte dort irgendein Viehzeug herum, eine Fliege, Mücke oder Schnake. Sein Blick irrte suchend über die weiße Öde ohne Konturen, ohne Leben, ohne Farbe. Er seufzte. Sein Auge blieb schließlich an der Wand gegenüber auf einem Kalenderfoto hängen, das den Leuchtturm von Kampen vor einem blauen Himmel mit Schönwetterwolken zeigte. Er stand auf und schnürte sich die Schuhe wieder zu.

*

Das Hotel schien ihm für die Insel eine Nummer zu groß geraten zu sein. Als hätte ein syltverliebter Politiker sein Ministerium von Berlin nach List verlegt. Innen war ein eigenwilliger Designer am Werk gewesen. Der versteht sein Handwerk, dachte Tomas Jung und nickte anerkennend, als er die Lobby durchschritt. Oder war eine Frau dafür verantwortlich? Wenn ja, dann musste sie sehr jung sein. Jedenfalls hatte er oder sie keine Kompromisse machen müssen. Geld oder andere Einwände schienen keine Rolle gespielt zu haben. Selbst die Dame an der Rezeption war passgenau ausgewählt und eingekleidet. Nur die passenden Gäste fehlten. Gäste, die man gewöhnlich in Prospekten und auf Werbefotos zu sehen bekommt: schlank, vor Gesundheit strotzend, mit weißen, makellosen Zahnreihen und gekleidet, als kämen sie geradewegs aus der Modeboutique.

Tomas Jung trat näher. Er hatte seinen Besuch telefonisch angekündigt.

»Der Herr Direktor ist sofort für Sie da. Bitte folgen Sie mir«, säuselte die Dame hinter dem Empfangstresen. Tomas Jung folgte ihr ins Kaminzimmer. Sie deutete auf einen der vielen beigefarbenen Clubsessel mit orangeroten Kissen und bat ihn, Platz zu nehmen. Dann war sie wieder weg, als wäre sie nie da gewesen. Der Kamin war kalt. Es war August. Tomas Jung wartete.

*

Normalerweise hatte er Männer seines Schlages schon vergessen, noch bevor sie wieder aus dem Blickfeld verschwunden waren. Er trug einen teuren Anzug. Sein weißes Hemd hatte einen gestärkten Kragen. Ein Schlips fehlte. Seine zur

Schau gestellte Wichtigkeit drängte sich Tomas Jung auf wie schlechtes Rasierwasser.

Die Begrüßung war kühl. Obwohl sie allein im Raum waren, forderte er Jung auf, ihm in sein Büro zu folgen. Sie wären dort ungestört, und er könne auch nur dort sein Aufzeichnungsgerät anschließen, falls das nötig sein sollte.

»Dies ist kein Verhör, Herr Fabian«, wehrte Tomas Jung ab.

»Was denn?«

»Ein Gespräch«, quittierte er die Frage.

»Wie kann ich Ihnen helfen?« Der Manager schien auf der Stelle vergessen zu haben, auf was er kurz zuvor noch Wert gelegt hatte.

»Setzen Sie sich doch bitte. Das macht es mir leichter«, erwiderte Jung.

»Meine Zeit ist knapp bemessen, leider«, erwiderte der Mann und setzte sich.

Tomas Jung ging nicht weiter darauf ein und lächelte ihn an.

»Sie haben am Montag Frau Friedrichsen bei der Polizei als vermisst gemeldet. Warum?«

Der Mann sah Tomas Jung an, als überlege er, was er von ihm halten sollte. Ob er vielleicht nicht ganz richtig im Kopf oder nur ein besonders listiges Exemplar seiner Gattung sei.

»Weil sie nicht zur Arbeit erschien und nicht zu erreichen war.« Jung merkte ihm an, dass er gerne eine andere Antwort gegeben hätte und nur die Aussicht, mit der Polizei Ärger zu kriegen, ihn daran hinderte.

»Das muss doch nichts besagen, jedenfalls nichts, was einen solchen Schritt nahelegt.«

»Sie ist mehr als drei Tage nicht zu erreichen gewesen und hat sich auch nicht gemeldet. Übers Wochenende, wohlgemerkt. Unser Hotel toleriert Nachlässigkeiten dieser Art nicht. Das wusste Frau Friedrichsen.«

»Vielleicht war sie ernstlich verhindert. Gründe dafür gibt es genug.«

»Wir sind von Frau Friedrichsen ein solches Verhalten nicht gewöhnt. Unsere Zusammenarbeit hat niemals zu Beanstandungen Anlass gegeben.«

»Okay.« Tomas Jung machte eine Pause.

»Wann genau haben Sie sie zuletzt gesehen?«

»Am Donnerstag«, antwortete der Mann kurz angebunden.

»Ich meinte genau. Datum, Uhrzeit?« Tomas Jung ließ sich nicht beirren.

»Minuten, Sekunden?«

»Wenn's geht, gerne.« Jung lächelte unverdrossen.

»Donnerstag, den 12. August, 22 Uhr 35 Minuten und 12 Sekunden. Für die beiden letzten Angaben lege ich meine Hand nicht ins Feuer.«

Ironie hätte Tomas Jung nicht bei ihm erwartet. Sie amüsierte ihn und stimmte ihn versöhnlich.

»So spät? Gab es dafür einen besonderen Grund?«, fragte er freundlich.

»Nein. Wieso?«

»Normalerweise arbeiten Angestellte …«

»Sie ist keine Angestellte.«

»Nicht? Was ist sie dann?«, fragte er erstaunt.

»Frau Friedrichsen ist selbstständig. Wir bieten ihre Dienste unseren Gästen nur an. Sie nehmen sie gerne in Anspruch. Ihre Fähigkeiten werden immer öfter nachgefragt.«

»Ich verstehe. Haben Sie einen Vertrag mit ihr?«

»Nein. Wir haben ein Agreement zu beiderseitigem Nutzen. Das beschreibt unsere Beziehung ziemlich genau.«

»Sie ist Ihnen also nicht vertraglich verpflichtet?«

»Streng genommen nicht. Nein.«

»Ich verstehe. Dennoch ist Ihr Interesse so groß, dass Sie über die Polizei nach ihr suchen lassen. Etwas ungewöhnlich, finden Sie nicht auch?«

»Das mag für Sie so sein, für uns nicht.«

»Wie ist es denn für Sie?«, fragte Jung.

»Unser Interesse wird von der Nachfrage bestimmt. Und die ist groß. Das sagte ich ja schon.«

»Richtig. Aber *so* groß?«

»Unser Haus gehört zu den Häusern, die sich ihre fünf Sterne täglich verdienen müssen, Herr Kommissar«, entgegnete der Manager belehrend. »Unser Service ist legendär, wenn ich das mal bescheiden feststellen darf.«

»Gut. Fünf Sterne müssen verdient werden und haben ihren Preis. Aber die Polizei ist nicht …«

»Unser Ehrgeiz ist es, den Standard zu halten. Wenn nicht sogar zu erhöhen«, schnitt der Manager Jung das Wort ab. Dabei blieb er aufreizend kühl. Tomas Jung merkte, dass er auf ein Unverständnis stieß, das so hart wie Beton war. Er wechselte das Thema.

»Wo haben Sie sich an dem besagten Abend mit ihr getroffen?«

»In meinem Büro, hier im Haus.«

»War ihr Treffen privater oder geschäftlicher Natur?«

»Natürlich geschäftlich.«

»Wieso natürlich? Ich kann mir durchaus auch andere Gründe vorstellen.«

»Das ist, was mich betrifft, völlig abwegig. Ich meine …«

»Schon gut«, unterbrach ihn Jung, der spürte, wie nutzlos es in diesem Moment war, in der Angelegenheit weiterzubohren. »Über was haben Sie gesprochen?«

»Warum ist das wichtig? Das Gespräch war vertraulich. Es geht niemanden etwas an.«

»Geheimnisse wiegen in den allermeisten Fällen schwer. Ihr Verschwinden könnte damit in Zusammenhang stehen.«

»Es gibt keine Geheimnisse. Aber Betriebsinterna sind nun mal Betriebsinterna und gehören nicht an die Öffentlichkeit.«

»Ich bin nicht die Öffentlichkeit, Herr Fabian.«

»Meinetwegen. Aber das Renommee unseres Hauses verlangt …«

»Ihr Renommee ist bei mir bestens aufgehoben, Herr Fabian. Machen Sie sich deswegen keine Sorgen. Also nochmals: Worüber haben Sie gesprochen?«

»Ist das jetzt doch ein Verhör? Ich muss nicht antworten. Wenn Sie bitte …«

»Ihr Eindruck täuscht Sie«, unterbrach ihn Jung. »Sie müssen nicht antworten. Das ist richtig. Nur, warum wollen Sie nicht? Diskretion ist eine meiner Stärken.«

»Es widerstrebt mir, Betriebsinterna …«

»Sie würden meine Arbeit beschleunigen«, unterbrach ihn Jung verstimmt. »Das wäre auch zu Ihrem Nutzen, wie Sie ja selbst deutlich gemacht haben. Wenn ich Sie erst einmal offiziell vorladen muss, gibt es aller Erfahrung nach Ärger. Nicht für mich, aber für Sie und Ihr Renommee. Davon können Sie ausgehen.«

»Warum das denn?«

»Die Polizei ist ein Umschlagplatz für Informationen, Gerüchte und Spekulationen. Ich weiß, wovon ich rede.«

Der Mann stöhnte leise und sah Jung skeptisch an.

»Wir unterhielten uns über unsere Kundschaft«, sagte er schließlich.

»Was ist daran so geheimnisvoll, dass Sie nicht darüber sprechen wollen?«

»Ich will auf gar keinen Fall, dass publik wird, unser Haus äußere sich kritisch über seine Gäste und deren Eigenheiten.«

»Hören Sie, das sind doch Kinkerlitzchen. Überall wird getratscht. Das Hotelgewerbe ist doch keine Insel der Glückseligkeit«, erwiderte Jung ungehalten. Der Manager schwieg.

»Also, um was ging es genau? Über welche Eigenheiten Ihrer Gäste haben Sie mit Frau Friedrichsen geredet?«, insistierte Jung.

»Sie haben keine Ahnung von unserem Gewerbe, Herr Jung. Gerüchte sind Gift. Hat sich mal verbreitet, dass das Personal über die Gäste redet, ist es mit dem guten Ruf vorbei. Das geht schneller, als Sie denken.«

»Herr Fabian, welche Eigenheiten? Von wem? Mann oder Frau? Ungewöhnlich aber legal oder illegal und strafbar?«

»Wir haben einen männlichen Gast, dessen Ansprüche – ich will mal sagen – nicht gerade alltäglich sind«, rang er sich widerwillig ab.

»Einen männlichen Gast, der auch Frau Friedrichsens Dienste in Anspruch genommen hat?«

»Ja. Ihre auch.«

»Und? Etwas präziser wäre schön.«

»Genaues weiß ich aus eigenem Erleben nicht. Aber …«

Sie wurden unterbrochen. Die Dame vom Empfang betrat den Raum.

»Entschuldigen Sie die Störung. Herr Fabian, Sie werden am Telefon verlangt«, sagte sie.

Er erhob sich und verließ kommentarlos den Raum. Tomas Jung lehnte sich zurück und sah an die Decke. Ebenso öde wie in meinem Apartment in der Strandallee, dachte er und ließ seine Gedanken schweifen. Welche Ansprüche könnte es geben, die eine solche Geheimniskrämerei rechtfertigen, fragte er sich. Der Manager schien ernsthaft in Bedrängnis. Oder war seine Besorgnis nur eingebildet, seine Fantasie übererregt, seine vermeintliche Pflicht völlig überzogen? Es könnte aber auch sein, dass ihm Schweinereien zu Ohren gekommen waren, überlegte er. Vielleicht Abartigkeiten in Verbindung mit Nötigung, was unter Strafe stand. Er schloss die Augen.

Der Direktor kam zurück und setzte sich. Tomas Jung richtete sich auf und sah ihn fragend an. Es schien ihm, als hätte sich sein Gegenüber einen Ruck gegeben und seine Bedenken abgelegt.

»Also, es war so«, fuhr der Manager fort als wäre er gar nicht draußen gewesen, »dass Frau Friedrichsen für ein nächtliches Lauftraining am Strand zur Verfügung stehen sollte. Mit dem besagten Gast«, sagte er bedeutsam und machte eine Pause. Jung nutzte die Gelegenheit, anzumerken:

»Ein etwas bizarrer Wunsch, zugegeben. Aber bei einem angemessenen Honorar und …«

»Nackt«, warf der Manager ungerührt ein.

Als Jung verblüfft schwieg, fuhr er fort:

»Frau Friedrichsen hat abgelehnt. Und von einer besonderen Vergütung war auch nicht die Rede.«

»Und was geschah dann?«, fragte Jung neugierig.

»Der Gast kam zu mir und beschwerte sich über den schlechten Service.«

»Und Sie haben Frau Friedrichsen daraufhin zur Rede gestellt. An dem besagten Abend. Richtig?«

»Nicht zur Rede. Sie sollte mir nur bestätigen, was mir an ähnlich gearteten Wünschen auch schon von anderer Seite zugetragen worden war.«

»Von Ihren weiblichen Angestellten? Den gleichen Gast betreffend.«

»Richtig.«

»Haben Sie etwas unternommen?«

»Noch nicht.«

»Beabsichtigen Sie, etwas zu tun?«

»Ich bin mir nicht sicher.«

Tomas Jung überlegte eine Weile und sagte dann:

»Sehe ich das richtig, dass Sie in einem Dilemma zu stecken glauben?«

»Das sehen Sie völlig richtig. Ich habe den guten Ruf unseres Hauses zu schützen. Aber meine Leute auch. Der Kunde ist nun eben mal König, verstehen Sie?«

»Wo sehen Sie da ein Problem?«, fragte Jung.

»Verweise ich ihn aus unserem Haus, macht der Typ Randale. Ich kenne diese Art Männer. Unser Ruf leidet darunter. Mache ich nichts, kann die Lage außer Kontrolle geraten. Ebenfalls zu unserem Nachteil. Hänge ich die Geschichte an die große Glocke, wird alles noch viel schlimmer, verstehen Sie?«

»Nicht so ganz. Aber …«

»Wir sind kein verkappter Bordellbetrieb«, warf der Manager verhalten empört ein.

»Diese Befürchtung scheint mir doch sehr weit hergeholt.«

»Das mögen Sie so sehen. Aber ich kenne den Markt und seine Empfindlichkeiten.«

Es entstand eine längere Pause. Tomas Jung ergriff als Erster wieder das Wort.

»Okay. Zurück zu Frau Friedrichsen. Wie sind Sie miteinander verblieben?«

»Wir waren uns einig, Ansprüchen dieser Art nicht zu entsprechen. Unter gar keinen Umständen.«

»Das ist ja wirklich äußerst ehrenwert.« Jung klang ungewollt amüsiert.

»Wir sahen das eher unter dem Aspekt beiderseitiger Interessenwahrung. Ich respektiere Frau Friedrichsen als äußerst clevere Geschäftsfrau. Sie arbeitet hart.«

»Deswegen auch der späte Gesprächstermin«, stellte Tomas Jung fest.

»Richtig«, bestätigte der Manager.

»Hält sich der besagte männliche Gast noch im Haus auf?«

»Ja. Er checkt erst in ein paar Tagen aus.«

»Machen Sie sich Sorgen um Frau Friedrichsen? Haben Sie deswegen die Polizei eingeschaltet?«

»Sorgen? Nein. Frau Friedrichsen ist durchaus in der Lage, auf sich selbst aufzupassen.«

»Gut. Aber auch der Besten kann was passieren.«

»Natürlich. Aber ihr? Nein. Daran habe ich nie gedacht.«

»Aber an den guten Ruf Ihres Hauses, ich verstehe«, bemerkte Tomas Jung lakonisch.

»Sie müssen bedenken, dass wir …«

»Ich habe schon verstanden. Frau Friedrichsen soll wieder her, so schnell wie möglich. Das ist durchaus nachvollziehbar. Selbst für mich.«

»Was wollen Sie damit sagen?«, erwiderte der Manager verständnislos.

»Ich will damit sagen, dass die Polizei für die Bürger da ist. Für Frau Friedrichsen genauso wie für Sie. Aber nicht für den guten Ruf Ihres Hauses. Dafür sind Sie und Ihre Leute ganz allein zuständig.«

Tomas Jung hielt in seiner Belehrung inne. Der Manager schwieg, als hätte er noch immer nicht verstanden, wovon die Rede war. Tomas Jung fragte sich, ob die Polizei, wenn das so weiter ginge, nicht zu Erfüllungsgehilfen von Wirtschaftsinteressen wurde. Seine Unlust wuchs, und er musste sich zwingen, seine wahre Pflicht nicht aus den Augen zu verlieren. Die Frau war weg, ohne einen einzigen Hinweis auf ihren Verbleib. Schon viel zu lange, um nicht auch an ein Verbrechen denken zu müssen. Dem nachzugehen, war Aufgabe der Polizei. Dafür wurden sie bezahlt.

»Okay«, fuhr er fort. »Was passierte dann?«

»Wann?«

»An dem Abend. Nachdem sie fertig waren.«

»Frau Friedrichsen fuhr nach Hause, nehme ich an.«

»Haben Sie sie nicht begleitet?«

»Nein. Warum?«

»Aber sie fuhr weg.«

»Ja.«

»Allein?«

»Ja.«

»Woher wissen Sie das so genau?«

»Ich sah sie in ihrem Wagen wegfahren.«

»Und da war sie allein.«

»Ja. Sie war allein.«

»Welcher Typ?«

»Sie meinen den Wagen?«

»Ja.«

»Jaguar.«

»Farbe?«

»Rot.«

»Das wissen Sie ganz genau?«

»Ja, er ist nicht zu übersehen.«

»Wissen Sie, wo sie wohnt?«

»Nicht wirklich. Soviel ich gehört habe, in Keitum. Ich habe ihre Telefonnummern und die e-mail-Adresse. Über ihre privaten Verhältnisse weiß ich nichts. Das war nie Thema.«

»Von wem haben Sie gehört, wo sie wohnt?«

»Einer von den Gästen erwähnte es beiläufig.«

»Welcher?«

»Das ist schon eine Ewigkeit her. Ich erinnere den Namen nicht mehr.«

»Eine Ewigkeit! Also nicht vor einer Woche, einem Monat oder einem Jahr?«

»Richtig. Es liegt länger zurück.«

»Wissen Sie, ob sie Familie hatte, vielleicht einen Lebensgefährten, Geschwister und so weiter?«

»Nein, absolut nichts.«

»Und am Freitag hielt sie dann ihre Termine nicht ein.«

»Nicht am Freitag. Auch nicht am Samstag. An den Tagen hat sie frei. Aber am Sonntag. Die Gäste kamen zu mir und fragten, wo sie bliebe.«

»Und Ihre Antwort?«

»Ich habe sie entschuldigt. Sie sei verhindert und werde sich melden, sobald sie dazu in der Lage sei. Ich habe einen entsprechenden Hinweis an der Rezeption hinterlegt. Sehr unangenehm. Mit jedem Tag, der vergeht, unangenehmer.«

»Ist sie die Einzige? Gibt es keinen Ersatz?«

»Nein. Sie hat keine Mitarbeiter. Ersatz für sie gibt es nicht. Leider.«

»Welche Termine hatte sie am Donnerstag?«

»Darüber kann ich keine Angaben machen. Die Terminabsprache regelt Frau Friedrichsen in eigener Verantwortung.«

»Wissen Sie, für welche Gäste sie arbeitete?«

»Nein. Der geplatzte Nachttermin war eine Ausnahme.«

»Wegen der anschließenden Beschwerde.«

»Genau.«

»Gibt es schriftliche Aufzeichnungen über ihren Stundenplan?«

»Nicht, dass ich wüsste. Jedenfalls nicht bei uns.«

»Mit anderen Worten, Sie sorgen für das Angebot, ansonsten wissen Sie von nichts«, resümierte Tomas Jung.

»Völlig richtig. Ja, das trifft es exakt.«

Tomas Jung machte eine Pause. Dann sagte er laut:

»Ich werde den besagten Gast noch befragen müssen. Aber nicht jetzt. Wie heißt er?«

Der Manager trug Bedenken vor, die Jung unter Hinweis auf mögliche Folgen zerstreuen konnte. Der Abschied war frostig.

Arschloch, dachte Tomas Jung, als er, der Dame an der Rezeption freundlich zunickend, das Hotel verließ. Was machte der Typ eigentlich in seiner Freizeit? Vielleicht spielte er sich im Casino Westerland um Kopf und Kragen oder hatte irgendein perverses Hobby. Würde er gezwungen sein, auch das noch herausfinden zu müssen? Tomas Jung schüttelte widerwillig den Kopf. Egal: Er musste Bente Friedrichsen finden. Wer könnte etwas über sie wissen? Die Nachbarschaft natürlich. Die Erinnerung an die Angaben in der Akte stimmte ihn nicht gerade optimistisch. Karin Mendel fiel ihm ein. Sie kannte die Insel und ihre Menschen, die Gastgeber sicherlich ebenso wie die Gäste. Vielleicht wusste sie etwas, das ihm weiterhalf.

Seine Schulter schmerzte, und ihn plagten Hunger und Durst. Er sah auf seine Uhr. Zeit für ein Abendessen und ein Glas Wein. Er erinnerte sich an die ›Nördlichste Fischbude Deutschlands‹. Fischbude war eine charmante Irreführung für diesen Meeresfrüchtetempel. Mit gut und gern 200 Sitzplätzen, die Außenplätze nicht mitgerechnet, glich er eher einem Wallfahrtsort für die Fans einer Küche, die aus allem, was an essbarem Zeug aus dem Meer herauszuholen war, einen Gaumenschmaus machte.

Tomas Jung überquerte auf einem der vielen Bohlwege die schmale Dünenkette und marschierte entlang der Wattseite auf der gepflasterten Promenade zum Fährhafen. Himmel und Erde verschwammen noch immer in trübem Grau. Er war allein. Umso besser, sagte er sich. Voraussichtlich würde es keine Schwierigkeiten geben, einen Platz zu ergattern.

*

Tomas Jungs Hoffnungen hatten sich erfüllt. Hunger und Durst waren gestillt. Das gebratene Krebsfleisch und die Kartoffelrösti waren köstlich gewesen. Der frische Grauburgunder vom Kaiserstuhl hatte seine Geister belebt. Wenn er schon mal hier war, konnte er sich auch noch den nächtlichen Nacktjogger vornehmen, sagte er sich und machte sich auf den Weg zurück ins Hotel.

Es dämmerte. Nebelschwaden wälzten sich über das Watt. Wie lange noch? Er zählte die Spaziergänger auf der Promenade. Bis zum Hotel war er bis drei gekommen.

*

»Könnten Sie den Gast von Suite 300 ausrufen«, bat er die Dame an der Rezeption. »Ich möchte ihn sprechen.« Jung reichte ihr seine Karte über den Tresen. Sie las scheinbar desinteressiert und sagte dann:

»Gerne, Herr Kriminaloberrat. Ich versuche es. Wenn Sie bitte solange drüben Platz nehmen wollen.« Sie lächelte ihn an und zeigte in Richtung Kaminzimmer. Tomas Jung lächelte zurück. Er kannte den Weg.

Es dauerte nicht lange. Als er den Kerl hereinstürmen sah, stand er auf. Seine Genugtuung, ihn angetroffen zu haben, verflog auf der Stelle. Der Mann bewegte sich, als säße ihm der Teufel im Nacken. Er war nicht groß, aber stämmig, mit wenigen Haaren auf dem Schädel und gerötetem Gesicht. Er trug eine helle Leinenjacke über einem roten Poloshirt. Dazu eine gelb karierte Golfhose und weiße Segeltuchschuhe.

Seine Aggressivität reizte zum Widerstand. Nichts schien ihm recht zu sein: alles zu langsam, zu klein, zu langweilig und zu blöd. Er schien kurz davor, zu explodieren.

»Was wollen Sie?«, schleuderte er ihm ohne Begrüßung entgegen. Jung ließ sich nichts anmerken. Während er sein Anliegen vortrug, hatte sein Gegenüber sichtlich Mühe, ihm nicht ins Wort zu fallen. Tomas Jung dämmerte, dass er vorschnell gewesen war. Er fasste sich kurz.

»Frau Friedrichsen ist seit einer Woche verschwunden. Wir wollen sie finden«, beendete er seine Ansprache.

»*Ich auch*, Sie Clown, *ich auch*«, bellte der Mann. »Deswegen bin ich ja hier! *Ich* bezahle schließlich für den ganzen Scheiß, einschließlich der Fitnesstante, nicht *Sie*.«

»Auch für Ihre nächtlichen Nacktläufe am Strand?«, konnte Jung sich nicht verkneifen.

»Mann, sind Sie wirklich so blöd?«, dröhnte der Grobian. »In Deutschland herrscht, Gott sei Dank, Vertragsfreiheit. Was ich mit der Tussi vereinbare oder nicht, das geht Sie einen Scheißdreck an.«

Er senkte den Kopf und tastete suchend über die Taschen seines Anzugs. Tomas Jung versuchte, sein Gegenüber zu beschwichtigen.

»Das ist ja schön und gut. Aber es ist meine Pflicht …«

»Pflicht? Jetzt werden Sie nicht auch noch komisch, Mann«, höhnte er. »Sie stinken aus dem Hals. Nach Sprit und Fisch.« Er lachte sarkastisch und schien endlich gefunden zu haben, was er gesucht hatte. »Kommen Sie wieder, wenn Sie was gegen mich vorzubringen haben.« Er drückte

Jung seine Karte in die Hand. »Und noch ein Tipp, *gratis* für einen unterbelichteten Bullen wie Sie: Glauben Sie nicht alles, was Ihnen dieser mickrige Hotelfuzzi erzählt.«

Dann eilte er dem Ausgang entgegen. Kurz davor blieb er stehen, drehte sich noch einmal um und zeigte beschwörend mit dem Zeigefinger auf Jung. »Wenn Sie mir noch einmal meine Zeit stehlen, dann werden Sie mich von meiner unangenehmen Seite kennenlernen. Verlassen Sie sich darauf.« Dann war er weg.

Tomas Jung setzte sich, legte den Kopf in den Nacken und atmete tief durch. Der Mann war ein Kotzbrocken, aber er hatte recht. Er las die Karte in seiner Hand: Brar Ole Mickelsen, Adresse, Telefon, sonst nichts. Toller Name für einen so üblen Zeitgenossen, dachte Jung.

Er beschloss, für heute Schluss zu machen. Ne quid nimis![*] Das hatten schon die alten Römer gewusst. Ein leeres Apartment wartete auf ihn. Das beste Stimulans, seine Fantasie auf Trab zu bringen.

---

* Nichts im Übermaß

DIE INSULANER

Tomas Jung griff nach seiner Uhr und sah verschlafen auf das Zifferblatt. Punkt sieben. Unter der Tür schoben sich Sonnenstrahlen ins Zimmer. Der Tag fing gut an. Er stand auf und ging durch den Wohnraum auf den Balkon. In der Ferne funkelte das Wattenmeer in der aufgehenden Sonne. Er reckte die Arme und gähnte. Weiße Schäfchenwolken und blauer Himmel. Endlich! Fehlte nur ein gutes Frühstück, und der nächste Schritt in einen verheißungsvollen Tag war getan. Er machte kehrt und ging ins Bad.

Als er sich später seine Camperschuhe zuschnürte, fiel ihm das Hotel ›Stadt Hamburg‹ ein. Für ein Frühstück nach Maß der richtige Ort. *Plenus venter non studet libenter.* Ein leerer Bauch studiert nicht gern. Oder war es der volle Bauch? Früher hatte er nie solche Wissenslücken gehabt. Bravo, Tomi, du verlässt gerade den Sandkasten und wirst erwachsen. Das schaffen die Wenigsten. Scheiß Selbstgespräche. Er zog die Windjacke an. Die Tür fiel hinter ihm ins Schloss. Hatte er den Schlüssel eingesteckt? Er tastete seine Taschen ab und atmete auf. Der Tag hielt, was er versprochen hatte.

*

Tomas Jung hatte gute Laune. Das Frühstück war nicht der einzige Grund. Auf dem kurzen Weg vom ›Stadt Hamburg‹

zur Kripoaußenstelle hatte er eine klare Vorstellung gewonnen, wie er weiter vorgehen wollte.

Auf der Wache empfing ihn Polizeimeisterin Karin Johannsen. Das Gesicht vermochte er jetzt ihrem Namen zuzuordnen. Sie war ihm damals, als er an dem Fall Mendel gearbeitet hatte, wegen ihrer Jugend aufgefallen. Und wegen ihres flotten Äußeren. Daran hatte sich trotz der dazwischen liegenden Jahre nichts geändert. Selbst in Uniform mit Dienstwaffe und allem Drum und Dran – oder vielleicht gerade deswegen – sah sie aus, als wäre sie für eine Vorabendserie im Regionalfernsehen gecastet worden. Sie passte gut zu ihrem Kollegen, dem blonden Recken mit dem Schmiss in der Wange.

Tomas Jung fiel es nicht schwer, ein freundliches Lächeln aufzusetzen.

»Polizeimeisterin Karin Johannsen, richtig?«, begrüßte er die Beamtin mit ausgesuchter Freundlichkeit.

»Ja. Kennen wir uns?«

»Jung von der BKI Flensburg. Moin.«

»Ah ja, jetzt weiß ich wieder, wo ich Sie schon einmal gesehen habe. Moin, willkommen auf unserer Insel.«

»Dieses Mal hoffentlich mit einem besseren Ende.«

Sie lachten. Tomas Jung glaubte, ausreichend für gute Stimmung gesorgt zu haben, und wurde ernst.

»Wir sprachen am Telefon miteinander«, kam er zur Sache.

»Ja, ich erinnere mich«, erwiderte sie säuerlich und strich sich mit einer koketten Geste die blonden Haare hinter die

Ohren. Tomas Jung war für einen Moment versucht, sich zu entschuldigen. Er unterließ es aber und sagte:

»Darf ich Sie duzen?«

»Natürlich. Wir duzen uns hier alle«, erwiderte sie lächelnd.

»Wie heißt denn der große Blonde mit der gefährlichen Narbe im Gesicht?«

»Sie reden von meinem Chef«, stellte sie fest und amüsierte sich sichtlich über seine Wortwahl.

»Okay. Wo ist er eigentlich?«

»Er ist unterwegs. Er heißt Nanning Petersen.«

»Schöner Name. Ich heiße Tomas oder Tomi, je nach Geschmack und Stimmung.«

Sie stand auf, reichte ihm die Hand und schenkte ihm ein extra breites Lächeln. Sie hatte ein überwältigendes Gebiss. Seine Zahnreihen hätte es niemals mit ihren aufnehmen können. Das fängt ja gut an, dachte er und lächelte zurück.

»Gibt es in Sachen Bente Friedrichsen etwas Neues?«, fragte er betont sachlich.

»Nein. Wir machen uns ernsthaft Sorgen.« Sie setzte sich wieder hinter ihren Schreibtisch.

»Ist Nanning deswegen unterwegs?«

»Nein, er ist auf dem Weg ins Casino.«

»Casino? Schon so früh? Hat er's so nötig?«, scherzte Jung.

»Es hat da gestern Nacht Ärger gegeben. Er spricht mit dem Casinoleiter«, lächelte sie zurück.

»Okay. Ich habe einen Packen Arbeit mitgebracht. Hoffentlich ist er bald wieder da.«

»Kann ich etwas für dich tun?«

Tomas Jung zuckte unmerklich zusammen. An das Geduze musste er sich erst noch gewöhnen.

»Ja«, erwiderte er aufgeräumt. »Ich will zuerst, dass wir eine Suchanzeige in die lokale Presse setzen. Wer hat diese Frau gesehen … und so weiter und so fort. Ein passendes Foto haben wir. Aber keinen Namen nennen. Am besten noch heute.«

»Kein Problem. Wir haben einen guten Draht zur Presse. Nordfriesland Tageblatt, Sylter Nachrichten, auch zum Inselboten. Das geht klar. Ich mach mich gleich dran.«

Na siehste, freute er sich. Sei einfach nett zu ihr. Positiv denken hilft doch.

»Ein paar Aushänge an Plätzen mit viel Publikumsverkehr wären auch gut. Inhalt der gleiche.«

»Okay. Geht in Ordnung.«

Wenn es schon so reibungslos läuft, sollte ich das ausnutzen, sagte Tomas Jung zu sich selbst. Wer weiß, wie lange das anhält.

»Dann sind da noch die örtlichen Vereine und Clubs. Sport, Kultur, Touristik, Kirche, du weißt schon, was ich meine, nicht wahr?«

»Klar. Schon kapiert. Zum ›Arbeitskreis Unternehmerinnen e.V.‹ könnte sie passen.«

»Genau. So etwas in der Richtung. Vielleicht ist sie Mitglied.«

»Mach ich. Kein Problem.«

»Wenn ja, gibt es da eventuell auch jemanden, der sie näher kennt. Ihre Gewohnheiten, ihre Kontakte, die Familie und so weiter. Immerhin muss sie ja einen Vater und eine Mutter haben.«

»Oder gehabt haben«, warf Karin Johannsen ein. »Das krieg ich raus. Sonst noch was?«

»Ja. Ich habe da noch eine Frage. Warum hast du den Neupreis des Wagens ermittelt und auch noch rot markiert?«

»Ich dachte, das könnte wichtig sein.«

»Warum?«

»Sie muss gut verdienen, wenn sie sich so ein kostspieliges Spielzeug leisten kann. Und dazu noch in Rot. Ziemlich auffällig.«

Tomas Jung sah sie nachdenklich an.

»Okay. Noch etwas: Wenn Nanning zurück ist, möchte ich mit euch beiden sprechen. Richtest du ihm das aus?«

»Klar. Wo erreichen wir dich?«

Er kramte seine Karte aus der Brusttasche.

»Hier ist meine Handynummer. Ich fahre jetzt raus zum Haus und sehe mich mal um.«

»Das wird nicht ewig dauern. Nanning wird bald wieder hier sein.«

»Da ist auch noch die Nachbarin. Die, die das Auto zuletzt gesehen hat. Mit der will ich ebenfalls reden.«

»Okay. Dann weiß ich Bescheid.«

»Noch Fragen?«

»Nein. Ich mach mich an die Arbeit.« Sie drehte sich zum Telefon und ergriff den Hörer.

»Gut.« Er lächelte sie aufmunternd an. »Ich bin dann mal weg, Karin.«

»Okay. Bis später, Tomi.«

Nicht mal seine Tochter nannte ihn Tomi.

Genug gelächelte, sagte er sich, als die Tür hinter ihm ins Schloss fiel. Ein guter Start garantiert noch kein gutes Ende, das wusste er nur zu gut. Aber immerhin, ein erster Schritt war getan.

*

Keitum liegt auf der Ostseite Sylts am Wattenmeer. Früher, lange bevor der Begriff Tourismus erfunden worden war, hatte es als Hauptdorf der Insel gegolten. Später hatte sich Westerland zum Inselmittelpunkt entwickelt. Inzwischen hatte Westerland ein städtisches Flair angenommen. Keitum hatte seinen dörflichen Charakter bewahrt. Die Bahn machte hier Halt, und Tomas Jung hatte bis jetzt nur einen flüchtigen Eindruck von Keitum gewonnen. Aber der Kontrast zu Westerland war nicht zu übersehen.

Auf der Fahrt verfestigte sich der Eindruck. Keitum war ein Dorf, überwiegend aus Häusern im friesischen Stil, alte und neue, viele unter Reet, einem traditionellen Baustoff der Nordfriesen. Sie hatten ihn ausgewählt, weil er früher billig gewesen war. Er dämmte gut und sorgte für ein gesundes Klima unterm Dach. Kein anderer Baustoff konnte da mithalten. Heute war das Dachdecken mit Reet sündhaft teuer, aber immer noch hocheffizient und dazu ökologisch unbedenklich. Das war ein Pfund, mit dem sich wuchern ließ. Wenn das Dach mal Feuer fangen sollte, dann brannte es ab, schnell und vollständig, ohne giftigen Schweinkram hinterher. Die Feuerversicherer kassierten hohe Prämien.

*

Das Haus lag auf einem großen Naturgrundstück mit altem Baumbestand: Obstbäume, Kastanien, Buchen. Dazwischen wuchsen Buschgruppen: riesige Hortensien in Blau, dicke Bauernrosen in Rot und viel Flieder. Tomas Jung war sich sicher, dass er im Frühjahr weiß geblüht hatte. Die Absicht des Gärtners war zu offensichtlich. Lila wäre nie gegangen. Die Nachbargrundstücke verschwanden hinter dem üppigen Bewuchs. Allein die Dachfirste lugten über die Wipfel.

Der Blick am Haus vorbei ging aufs Watt. Gegen die Straße schirmte das Anwesen ein Friesenwall ab, der mit Sanddorn bepflanzt war. Er öffnete das weiße Holzgatter, ging den mit Rundlingen gepflasterten Weg hinauf und klingelte an der Haustür. Das Grün und Weiß des Lacks glänzten in der Sonne. Während er wartete, bewunderte er die kunstvoll gearbeitete Tür.

Drinnen regte sich nichts. Auch keine Katze, kein Hund. Die hätten schon längst Randale gemacht und Passanten alarmiert, erinnerte er sich kopfschüttelnd. Wann war die Polizei eigentlich hier gewesen? Er durfte nicht vergessen,

Nanning danach zu fragen. Wo war die Post? Ein Briefschlitz in der Mauer neben der Eingangstür beantwortete seine Frage. Eine doppelte Schicht aus dichten Borsten verwehrte ihm die Sicht nach drinnen.

Das Haus war ein Friesenhaus. Es musste sehr alt sein. Das sah man am Mauerwerk, den Fenster- und Türrahmen und den alten Bäumen, die nahe am Haus standen. Zwei von ihnen hatten Blitzeinschläge abgefangen, die sonst wohl das Dach getroffen hätten. Die Narben waren nicht zu übersehen.

Ansonsten war das Gebäude in jüngster Zeit entkernt und renoviert worden. Durch die Sprossenfenster im Erdgeschoss blickte er in helle Zimmer, die ihre spezifische Heimeligkeit den niedrigen Holzdecken verdankten. Auch eine hochmoderne Küche mit Kaffeeautomat, Mikrowelle und Gasgrill war eingebaut worden. Kein angefaultes Obst, kein gammelndes Gemüse auf den geschrubbten Arbeitsflächen. Alles gewienert und penibel aufgeräumt.

Die Möblierung des Wohnzimmers war modisch reduziert und in gedämpften Naturfarben gehalten. Gardinen und Wände waren farblich perfekt aufeinander abgestimmt. Ein paar passende Kunstdrucke schmückten den Raum. Aber keine Fotos, weder an den Wänden noch auf den Tischen und Ablagen. Hier eine Petroleumlampe und eine alte Standuhr, dort eine kleine Holzschnitzerei und ein runder Kiesel vom Strand. Das Interieur sah arrangiert aus, alles und jedes hatte seinen festen Platz. Nur einen Zentimeter nach rechts oder links verschoben, und der Eindruck wäre verdorben gewesen. Dazwischen Kissen, Lämpchen und Vasen mit Blumensträußen aus blauer Seide. Oder war inzwischen jemand hier gewesen und hatte nach dem Rechten gesehen? Zuviel Deko, zu wenig Lässigkeit, dachte er. Kein aufgeschlagenes Buch, keine zerfledderte Zeitung, kein vergessener Socken, auch kein Glas, das versehentlich stehen gelassen worden war. Selbst die Bücher im Wandregal schienen nach Farben sortiert worden zu sein. Die Schlafräume und das Bad mussten unter dem Dach liegen. In das gewaltige Reetdach waren Gauben eingearbeitet, durch deren Fenster die Räume Licht bekamen.

Das Anwesen machte den Eindruck, als würde in der nächsten Sekunde ein Fotograf vorbeikommen, um eine Fotostrecke für ›Countrylife‹ zu machen.

Hier lebten keine Kinder, das musste selbst einem Ignoranten klar sein, und auch kein Mann. Hier hauste ein Kontrollfreak. Jemand, der zwanghaft besessen war, sich und seine Umgebung im Griff zu haben und Eindruck zu schinden. Selbst Charlotte konnte er sich in diesem Ambiente nicht vorstellen. Zum ersten Mal trat er dem Gedanken näher, dass Bente Friedrichsen tatsächlich etwas zugestoßen sein könnte. Irgendetwas störte ihn. Warum war ihm Charlotte eingefallen?

Die Türen waren allesamt verschlossen und verriegelt. Die Beleuchtung war ausgeschaltet, innen sowohl wie außen. Der Jaguar stand abseits in einem modernen Unterstand aus Holz mit angebautem Schuppen. Türen und Kofferraum waren verriegelt. Keine Taschen oder Gegenstände auf den Sitzen und Ablagen. Ein unbefangener Besucher musste den Eindruck gewinnen, als hätte der Besitzer für längere Zeit sein Haus verlassen. Vielleicht für einen Urlaub in Übersee oder eine Geschäftsreise nach Fernost.

Wenn er weiterkommen wollte, dann musste er sich Zutritt verschaffen. Drinnen dürften persönliche Dokumente zu finden sein: Post, Terminkalender, Kontoauszüge, Arbeitsunterlagen. Dafür brauchte er eine richterliche Verfügung. Ohne die käme er in Teufels Küche, erst recht, falls er auf etwas stoßen sollte, das eine ganz andere Ermittlung nötig machen würde. Die Zwangsläufigkeit brachte ihn in Bedrängnis. Eine nicht verriegelte Tür wäre ihm lieber gewesen.

*

Die Wölkchen bei Sonnenaufgang waren größer geworden, der Wind hatte zugelegt. Dennoch war das Wetter angenehm, jedenfalls gemessen an den vielen Tagen in Grau, die hinter ihnen lagen. Er ließ das Auto stehen.

Die Nachbarhäuser waren unbewohnt. Zumindest vorübergehend. In dem einem waren die Sofas und Stühle mit Laken verhängt, in dem anderen war die Klingel abgestellt und ein Hinweis am Eingang zu lesen, Paketsendungen in Nummer fünf, bei Ingwersen, abzugeben. Er erinnerte sich an den Namen. Die Frau, die Bente Friedrichsens rotes Auto vorbeifahren gesehen hatte, hieß so. Sie schien permanent ansprechbar zu sein. Er machte sich zu ihr auf den Weg.

Als sich die Haustür auf sein Klingeln öffnete, drängelte sich ein großer Hund durch den Spalt. Er sprang ihn freudig erregt an.

»Benno, komm sofort zurück. Untersteh dich, Dicker«, hörte er eine Frauenstimme.

Der Hund sprang dennoch an ihm hoch und versuchte ihn abzulecken. Jung drehte sich weg und tätschelte abwehrend den Kopf des Hundes.

»Ist ja gut. Schon gut«, japste er, ohne den Hund irgendwie zu beeindrucken. »Er tut doch nichts, oder?« Sein Lachen klang etwas gequält.

»Er freut sich nur. Er ist ganz lieb. Sie brauchen keine Angst zu haben. Komm jetzt, Benno, es ist genug.«

Der Hund ließ von ihm ab, blieb aber schwanzwedelnd vor ihm stehen und sah ihm aufmerksam in die Augen. Tomas Jung atmete auf. Die Frau war aus der Tür getreten. Sie musste über 60 sein, aber sie hatte sich eine Schönheit bewahrt, die sie in ihrer Jugend außergewöhnlich gemacht haben musste.

»Frau Ingwersen, nehme ich an?«

»Ja. Was gibt`s denn?«

»Jung von der Kripo Flensburg. Guten Tag.«

Die Frau stutzte, nahm den Hund beim Halsband und zerrte ihn ins Haus.

»Ist was passiert?«, fragte sie unsicher.

»Nein, nein. Nichts, das sie beunruhigen muss. Meine Kollegen waren schon einmal bei Ihnen. Es geht um Ihre entfernte Nachbarin, Frau Friedrichsen«, erwiderte Tomas Jung, während er seinen Dienstausweis hervorkramte.

»Ach so. Ja, kommen Sie doch herein«, sagte sie erleichtert.

Sie warf einen flüchtigen Blick auf seinen Ausweis und lud ihn mit einer Geste ein, näherzutreten.

»Nachbarin ist allerdings etwas übertrieben. Ich kenne sie nur flüchtig. Eigentlich kenne ich sie gar nicht. Sie redet mit ihrer Nachbarschaft nur das Nötigste. Ich nehme an, dass sie viel zu arbeiten hat. Sie ist ja noch recht jung und ohne Mann und Kinder«, fing sie an zu erzählen, während sie ihn ins Wohnzimmer führte. Nachdem sie ihm einen Platz angeboten hatte, fragte sie: »Möchten Sie eine Tasse Kaffee?«

»Ja gerne. Vielen Dank«, antwortete er freundlich. Sie stand auf und ließ ihn allein. Er sah sich um.

Das Haus ähnelte dem von Bente Friedrichsen. Es war ebenfalls alt und renoviert worden, die Möblierung modern und zurückhaltend, die Farben ruhig und angenehm fürs Auge. Dennoch unterschieden sie sich wie Tag und Nacht. Nichts hätte das deutlicher machen können als der Hundekorb vor dem Terrassenfenster. Er hatte die Dimension eines Badezubers, allerdings ohne hohen Rand. Der Hund stand jetzt längsseits davor und äugte zu ihm hinüber. Urplötzlich, als hätte ihm jemand kräftig in die Flanke getreten, fiel er seitlich in den Korb und rührte sich nicht mehr. Er lag da, als würde er schon seit Stunden schlafen. Tomas Jung lachte.

»Das ist sein liebster Trick. Er führt ihn Fremden gerne vor«, kommentierte die Frau sein Lachen und brachte den Kaffee herein.

»Zucker, Sahne?«

»Ja bitte.«

»Was wollen Sie wissen?«, fragte sie und schenkte ein.

»Ich will möglichst viel über Frau Friedrichsen in Erfahrung bringen.« Er nahm einen Schluck Kaffee. »Köstlich«, sagte er und stellte die Tasse wieder zurück. »Sie wussten also, was sie von Beruf war und dass sie keine Familie hatte?«

»Oh ja. Das war allgemein bekannt. Aber man hätte es auch so vermuten können.«

»Wieso, wenn ich fragen darf?«

»Sie sah einfach danach aus. Und weil Joggen zu ihr gehörte wie zu unsereins das Kinderhüten oder Gassi gehen mit dem Hund.«

»Sie haben sie also jeden Tag gesehen?«

»Nicht jeden Tag. Nein, nein. So genau hab ich das nun auch wieder nicht verfolgt. Warum fragen Sie? Ist das wichtig?«

»Ich will mir ein Bild machen, verstehen Sie? Frau Friedrichsen wird vermisst. Wir machen uns Sorgen.«

»Sorgen?«, sagte sie skeptisch. »Also, wenn ich mir Sorgen machen müsste, dann zu allerletzt um Frau Friedrichsen.« Sie nahm einen Schluck Kaffee und lehnte sich zurück.

»Wie kommen Sie darauf?«

»Wie gesagt, ich kenne sie nicht näher. Aber eines kann ich mit Bestimmtheit sagen: Sie ist sehr selbstständig und eigenwillig, um das mal positiv auszudrücken.«

»Und negativ?«, fragte er schmunzelnd.

»Klein, zäh, besessen.«

»Besessen? Wovon?«

»Von irgendwas. Ich weiß es nicht.«

Sie schwieg, als müsse sie nachdenken. Er nahm einen Schluck und wartete.

»Mein Mann nennt sie spaßhaft ›The Body‹«, fuhr sie fort. »Er meint, die wirft so leicht nichts um. Man muss sie nur laufen sehen. Dann weiß man, woran man ist.«

»Ihr Mann? Kann ich auch mit ihm sprechen?«

»Leider nein. Zumindest nicht jetzt. Er ist Bootsbauer. Seine Werft liegt in Hamburg. Er liebt seine Arbeit, obwohl er schon über 60 ist.«

»Ich verstehe. Und Sie halten die Stellung hier am Meer.«

»Richtig. Der Hund hilft mir dabei. Wir fühlen uns sehr wohl hier.«

»Wie lange sind Sie schon Nachbarn?«

»Sie meinen von Frau Friedrichsen?«

»Ja. Seit wann?«

»Schon von Anfang an.«

Er wartete auf eine nähere Erläuterung. Als sie ausblieb, hakte er nach.

»Das müssen Sie mir erklären.«

»Ja, sicher, wenn Sie wollen«, sagte sie nachdenklich und sah kurz auf ihre Hände. »Als wir noch ganz jung verheiratet waren, bekam mein Mann dieses Haus als Bezahlung für eine Segeljacht angeboten. Das Haus war heruntergekommen. Kurz vor dem Verfall. Es musste also unbedingt etwas daran getan werden. Außerdem waren die Preise auf der Insel damals sehr zivil, jedenfalls gemessen an dem, was heute gang und gäbe ist. Mein Mann wollte nicht. Ich habe ihn überredet. Seitdem sind wir entfernte Nachbarn. Das Friedrichsen-Haus ist, soviel ich weiß, seit Generationen in Familienbesitz.«

»Gute Entscheidung. Sehr klug«, machte er ihr Komplimente.

»Das Klügste war, den richtigen Mann zu heiraten. Ich habe ein schönes Leben.«

»Und er sicherlich auch«, fuhr er fort ihr zu schmeicheln.

»Sie wollen etwas über Frau Friedrichsen erfahren, nicht über meinen Mann und mich«, stoppte sie ihn mit einem Lächeln auf den Lippen.

»Richtig. Vorhin meinten Sie, Frau Friedrichsen sei nicht gerade kommunikationsfreudig gewesen. Habe ich Sie da richtig verstanden?«

»Ja, so kann man es auch ausdrücken.«

»Das ist merkwürdig«, murmelte er mehr zu sich selbst.

»Wieso?«, wollte sie wissen.

»Weil es nicht zu ihrem Job passt. Um da erfolgreich zu sein, braucht sie das, denke ich. Und sie ist erfolgreich. Der Hotelmanager, der mit ihr zusammenarbeitet, hat sich geradezu enthusiastisch über sie geäußert.«

»Okay. Das muss aber gar nichts bedeuten«, gab sie zu bedenken und nahm ihre Tasse auf.

»Wie meinen Sie das?«

»So, wie ich es sage.«

»Helfen Sie mir. Ich komme da nicht mit«, sagte er mit einem Lächeln auf den Lippen.

»Vielleicht bin ich ja überkandidelt. Manchmal habe ich das Gefühl. Was anderes wäre mir lieber.«

»Überkandidelt? Diesen Eindruck machen Sie nicht auf mich«, entgegnete er höflich.

»Danke«, erwiderte sie und zögerte einen Moment. »Ich habe zwei Kinder«, fuhr sie lebhaft fort. »Einen Sohn und eine Tochter. Sie arbeiten beide auf der Werft, er als Bootsbauer, sie im Vertrieb.« Sie unterbrach sich und nippte an ihrem Kaffee. »Unsere Tochter ist ein Verkaufsgenie. Sie wickelt die Kundschaft um den Finger. Mit ihrer Kommunikationsfreude und Höflichkeit, verstehen Sie? Unser Sohn ist das komplette Gegenteil. Er vergrault sie nur. Aber hier zu Hause ist es genau umgekehrt. Er blüht auf und wird gesprächig, sie zieht sich zurück und wird grüblerisch.« Sie sah Jung bedeutsam an. »So kann das eben auch sein«, beendete sie ihre Rede und stellte die Tasse zurück.

»Okay. Sie haben mich überzeugt«, sagte er und lächelte.

»Ich mache mir oft darüber Gedanken, glauben Sie mir«, entgegnete sie beschwörend. Der Ton machte ihn stutzig.

»Warum? Machen Sie sich etwa Vorwürfe?«

»Ich weiß nicht.« Sie zögerte. »Eine Kleinigkeit macht mir Sorgen, vielleicht ganz unwichtig«, sagte sie schließlich.

»Erzählen Sie. Das interessiert mich.«

»Wissen Sie, ich wünsche mir sehnlichst Enkelkinder. Die würden noch einmal Leben in die Bude bringen. Irgendwie fehlen sie einfach. Mein Mann denkt übrigens auch so. Meine Tochter ist schon längst überfällig. Aber sie hat noch nicht den richtigen Mann gefunden.«

»Das ist in den heutigen Zeiten nichts Besonderes«, wandte er ein.

»Meinetwegen, aber dennoch mache ich mir Sorgen. Vielleicht führt sie ein Doppelleben, von dem mein Mann und ich nichts wissen.«

Tomas Jung verkniff sich ein Lächeln.

»Wie kommen Sie darauf? Ihre Tochter ist mit Sicherheit nicht die Einzige.«

»Eben! Darauf will ich ja hinaus. Ich habe mal während der Hanse-Boot in Hamburg am Stand meines Mannes ausgeholfen. Da habe ich Frau Friedrichsen gesehen. Übrigens das erste und einzige Mal auf dem Festland. Mit einem sehr gut aussehenden Mann. So ein Clooneytyp, verstehen Sie? Die beiden passten nicht zusammen. Überhaupt nicht. Das sah man sofort. Er kam mir auch irgendwie anderweitig bekannt vor.« Sie schüttelte den Kopf, als wollte sie ihrem Gedächtnis auf die Sprünge helfen. »*Den* hätte ich mir sofort als Schwiegersohn gewünscht«, fuhr sie fort. »Ich winkte ihr zu. Fragen Sie mich bitte nicht, warum. Wahrscheinlich wollte ich sie nur begrüßen. Aber sie tat so, als hätte sie mich nicht gesehen. Sie wollte einfach nicht erkannt werden. Das war jedenfalls mein Gefühl. Und da kam mir der Gedanke mit dem Doppelleben.«

»Ich verstehe. Sie meinen, Frau Friedrichsen hat ein zweites Leben auf dem Festland, und Ihre Tochter womöglich auch. Und beide wollen nicht, dass das publik wird.«

»Ja, so ähnlich. Es könnte irgendwie so sein, obwohl es mir schwerfällt, daran zu glauben.« Sie schüttelte den Kopf und nahm ihre Tasse auf. »Außerdem ist meine Tochter auch nicht so supersportlich wie Frau Friedrichsen«, stellte sie trotzig fest. »Größer und schwerer ist sie auch. Ich weiß auch gar nicht, warum sie das tun sollte. Unser Verhältnis war immer gut. Vor allem zu ihrem Vater«, fügte sie bestimmt hinzu und stellte die Tasse zurück.

Er ging nicht weiter darauf ein und kam zurück zum Ausgangspunkt:

»Ist Frau Friedrichsen oft weg? Haben Sie sie beobachtet?«

»Beobachtet, das klingt ja wie STASI«, entrüstete sie sich.

»Zwischen STASI und einer guten Nachbarschaft liegen Welten. Meinen Sie nicht auch?«, erwiderte er lächelnd.

»Na gut. Natürlich kriegt man was mit. Das ist ja gar nicht zu vermeiden.«

»Was haben Sie mitbekommen?«

»Dass sie plötzlich weg ist. Das kommt schon mal vor.«

»Für länger?«

»So genau weiß ich das nun wirklich nicht. Ein, zwei Tage vielleicht. Mehr kann ich mit Sicherheit nicht sagen.«

»Jetzt ist schon eine gute Woche vergangen, seit sie das letzte Mal gesehen worden ist. Ist das früher auch schon vorgekommen?«

»Wie gesagt, das weiß ich wirklich nicht. Aber ich finde, es würde zu ihr passen. Mich würde das nicht wundern.«

»Empfing sie Gäste in ihrem Haus? Können Sie darüber etwas sagen?«

»Also nochmals, ich bin nicht die STASI.«

»Gut. Das habe ich begriffen. Aber vielleicht können Sie sich trotzdem an die eine oder andere Begebenheit erinnern?«

»Eine Gärtnerei aus Tinnum war ab und an da. Sie hat den Garten gepflegt. Und …«

»Wissen Sie, wie die Firma heißt?«

»Ich glaube Buso, Bussi oder so ähnlich. Das interessiert mich wirklich nicht. Ich liebe meinen Garten. Ich würde nie eine Firma beauftragen.«

»Sonst noch was, das Ihnen aufgefallen ist?«

»Hin und wieder stand ein fremdes Auto in der Auffahrt. Aber ich habe nie einen Besucher gesehen.«

»Auch keine Besucherin?«

»Nein.«

Er machte eine Pause, und sie tranken von dem Kaffee.

»Und abends?«, kam er zurück zum Thema.

»Was meinen Sie?«, fragte sie verdutzt und stellte ihre Tasse ab.

»Brannte die Außenbeleuchtung, fiel Licht durch die Fenster, wurde die Terrasse …«

»Ach so, das meinen Sie. Soweit ich das verfolgt habe, war alles normal. Ich gehe abends mit dem Hund Gassi. Manchmal auch sehr spät. Aber nicht immer den gleichen Weg.«

»Sie haben sie am Montag letzter Woche gesehen, nicht wahr?«

»Ja, morgens gegen neun fuhr sie in ihrem Auto hier vorbei.«

»Der rote Jaguar.«

»Richtig.«

»Danach haben Sie sie nicht noch einmal gesehen?«

»Nein. Das war das letzte Mal.«

»Okay. Ich glaube, das reicht fürs Erste. Vielen Dank.«

»Gerne.« Sie erhob sich. Der Hund beendete seinen Schlaf ebenso abrupt, wie er ihn begonnen hatte, und stellte sich wieder auf die Beine.

»Ein schönes Haus haben Sie«, sagte er auf dem Weg zur Haustür.

»Ja, wir haben es Schritt für Schritt ausgebaut, bis es zu uns passte. Wir leben gerne in Keitum.«

»Ich wünsche Ihnen ein schönes Wochenende. Kommt Ihr Mann herüber?«

»Das weiß ich noch nicht«, erwiderte sie. »Viel Erfolg bei der Suche.«

»Danke. Was Sie erzählt haben, war interessant. Vielleicht melde ich mich noch mal.«

Sie gaben sich die Hand, und er wandte sich dem Ausgang zu. Der Hund trottete neben ihm her bis an die Pforte. Da blieb er stehen, wedelte mit dem Schwanz und bellte. Kurz und laut.

*

Tomas Jungs Dank war nicht nur eine Höflichkeitsfloskel gewesen. Der Hinweis auf ein Doppelleben beschäftigte ihn. Eine Möglichkeit, die sich durchaus in das Bild von Bente Friedrichsen einfügen ließ. Jedenfalls in das Bild, das sich allmählich abzuzeichnen begann. Wenn es stimmte, dann drängte sich die Frage auf, *warum*? Wo lagen die Gründe? Wo musste er suchen? Ging das die Polizei überhaupt etwas an? In ihm regten sich wieder Zweifel. Noch gab es viel zu viele blinde Flecken. Darüber konnte man endlos spekulieren, dachte er. Damit wollte er seine Zeit nicht verschwenden.

Tomas Jung ging zurück zum Auto. Die Nummer von Karin Mendel hatte er auf dem Handy gespeichert. Er setzte sich hinters Steuer und wählte. Es dauerte etwas. Ihre Begrüßung war herzlich.

»Was darf ich denn dieses Mal für Sie tun, Herr Jung?«, fragte sie hörbar amüsiert.

»Ihren Tee habe ich in bester Erinnerung. Ich würde gerne noch einmal das Vergnügen haben«, erwiderte er und bemühte sich, charmant zu klingen.

»Aber gerne doch. Ich vermute aber, mein Tee ist nicht der wahre Grund Ihres Anrufs, nicht wahr?«

»Ich wünschte, es wäre nicht so.« Sie lachten. »Sie liegen natürlich richtig. Es gibt einen anderen.«

»Einen beruflichen also.«

»Ja, leider.«

»Aber nicht wieder einen Mord. Bitte!« Sie lachten.

»Nein. Diesmal geht es um eine lebendige Frau. Sie wird vermisst. Wir suchen sie.«

»Wie kommen Sie auf mich? Ich vermisse niemanden.« Sie lachten noch einmal.

»Die Vermisste ist von der Insel. Vielleicht kennen Sie sie. Könnten wir uns treffen?«

»Um wen handelt es sich denn? Wie ist ihr Name?« Tomas Jung registrierte eine Neugier, die er bei ihr nicht unbedingt erwartet hätte.

»Bente Friedrichsen. Sie ist von Beruf Fitnesscoach und wohnt in Keitum.«

Auf der anderen Seite breitete sich Schweigen aus.

»Sind Sie noch dran?«, fragte er nach einer Weile.

»Ja. Ja. Ich überlege nur.«

»Kennen Sie sie?«

»Ja. Flüchtig.«

Ihre Zurückhaltung machte ihn unsicher. »Können wir uns treffen und darüber reden?«, fragte er vorsichtig.

»Wie gesagt, ich weiß nicht viel von ihr. Deswegen lohnt sich kein Treffen.«

Er war überrascht, welchen Stimmungsumschwung der Name Bente Friedrichsen bei Karin Mendel ausgelöst hatte.

»Woher kennen Sie sie denn?«, beharrte er darauf, mehr zu erfahren. Die anvisierte Einladung zum Tee hakte er bereits ab.

»Sie ist Mitglied im ›Arbeitskreis Unternehmerinnen e.V.‹. Ich auch.«

Karin Johannsen war auf diese Möglichkeit gekommen. Er würde sie bei nächster Gelegenheit loben und sich weiter um Freundlichkeit bemühen, nahm er sich vor.

»Sie sagten, Sie wissen nicht viel von ihr. Das Wenige würde mir auch schon helfen.«

»Eigentlich ist sie gar nicht wirklich dabei.«

»Nicht dabei? Woher sonst kennen Sie sie dann?«

»Also gut! Sie hat mal einen Vortrag in unserem Verein gehalten. Darüber, wie Fitness, Wellness und so weiter auf unser Leben einwirken. Positiv natürlich. Auch auf das Berufsleben. Aber das wusste ich auch schon vorher.«

Sie schwieg.

»War das alles?«, hakte er nach.

»Sie hat uns ein paar Tipps gegeben. Ärzte, die wir zurate ziehen könnten, wenn wir Probleme haben.«

»Probleme? Welche Probleme?«

»Das tut doch nichts zur Sache. Es ging um Orthopädie, Ernährung, gesunde Lebensführung. Den üblichen Kram.«

Ihr Ärger war unüberhörbar.

»Ärzte auf der Insel?«, ließ er nicht locker.

»Nein. Auf dem Festland.«

»Wo auf dem Festland?«

»Herr Jung, was soll das? Glauben Sie, Sie finden sie bei denen?«

»Vielleicht. Man kann nie wissen«, lachte er. Sie blieb ernst.

»Ich glaube, es waren Flensburg und Hamburg. Genaues weiß ich nicht mehr. Die Adressen müssen sie schon selbst herausfinden.«

»Warum sind Sie so ungehalten? Hat Frau Friedrichsen Ihnen etwas getan?«

»Herrgott noch mal! Nein.«

Jung wurde vorsichtig.

»Können Sie mir jemanden aus Ihrem Kreis nennen, der näher mit Frau Friedrichsen bekannt war?«

»Nein. Ich kann mir absolut nicht vorstellen, dass sie eine Freundin unter uns hat.«

»Feindinnen vielleicht?«

»Dazu hätte sie öfter da sein müssen. Das sagte ich schon.«

Es entstand eine Pause. Er überlegte, wie er Karin Mendel besänftigen könnte.

»Vielleicht sollten wir doch zusammen einen Tee trinken? Was halten Sie davon?«

»Gerne. Aber bitte ein anderes Gesprächsthema.«

»Selbstverständlich. Wie Sie wünschen. Aber meinen Beruf kann ich nicht an der Garderobe abgeben. Sie doch auch nicht, oder?«

»Manchmal gelingt es mir. Sie könnten sich bemühen.«

»Mein Bemühen ist leider selten erfolgreich. Zumindest in dieser Hinsicht.«

Es entstand eine Pause. Er überlegte, wie er das Gespräch noch umbiegen könnte. Er brauchte dringend mehr. Mehr Informationen, mehr Fakten, mehr Bilder. Seine Überlegungen erübrigten sich. Karin Mendel meldete sich zurück.

»Also gut«, sagte sie. »Ich will Ihnen reinen Wein einschenken, obwohl es mir schwerfällt. Sie wissen, dass ich …«

»… nicht gerne tratsche. Ja, ich erinnere mich. Aber in diesem Fall …«

»… könnte es wichtig sein. Ich weiß.«

»Danke, dass Sie so viel Verständnis haben«, kam er ihr entgegen, obwohl er nicht verstand, warum sie sich dermaßen zierte, es sei denn, sie war selbst in den Fall verwickelt.

Wenn es denn überhaupt einen Fall gab. Er hätte Druck auf sie ausüben können. Er tat es auch jetzt nicht und wartete.

»Ich will es kurz machen. Über Frau Friedrichsen kursieren Gerüchte«, sagte Karin Mendel bedeutsam.

»Gerüchte, ach so. Was denn genau?« Jung klang gelangweilt, als hätte er sowieso nichts anderes erwartet.

»Über ihre Wirkung auf Männer.« Karin Mendel war ihre Erleichterung anzumerken. »Und über ihr Privatleben.«

»Das keiner kennt. Das hörte ich bereits von anderer Seite.«

»Keiner weiß etwas Genaues. Das ist der Boden, auf dem sich Fantasien entzünden.«

»Nur Fantasien? Oder gibt es konkrete Anlässe?«

»Ich glaube das nicht. Zumindest weiß ich von keinem. Aber Anlässe für Gedanken, Befürchtungen oder Sorgen gibt es immer.«

»Ich verstehe. Und die werden dann Frau Friedrichsen angelastet. Haben Sie das gemeint?«

»Ja. So sehe ich das.«

Tomas Jung schwieg. Das Gespräch dauerte schon lange. Für ein Gespräch am Telefon zu lange. Er hätte Karin Mendel lieber gegenübergesessen. Dann hätte er auch noch andere Informationen gewinnen können. Er beendete das Telefonat.

»Vielen Dank für Ihre Offenheit. Sie haben mir sehr geholfen.«

»Gerne. Und Tee können wir auch noch trinken, wenn Sie Frau Friedrichsen gefunden haben.«

»Ich nehme das als eine Einladung. Sehr freundlich. Ich melde mich dann.«

Sie verabschiedeten sich. Tomas Jung klappte das Handy zu und lehnte sich zurück.

Was hatte Karin Mendel dermaßen verstimmt? Der Eindruck, den er von ihr während seiner Ermittlungen im Fall ihrer vergifteten Schwiegermutter gewonnen hatte, hätte ihn nie auf die Idee gebracht, dass sie Befürchtungen hegte oder sich Sorgen machte. Jedenfalls nicht im Hinblick auf ihren Mann. Aber anders vermochte er ihre Reaktion nicht zu deuten. Waren Befürchtungen und Sorgen dieser Art normal? Sozusagen ein genetisch programmierter Reflex der Spezies Frau? Oder hatte es etwas mit den Ärzten zu tun, die Frau Friedrichsen empfohlen hatte? Wer waren sie? Was praktizierten sie? Wer hatte Erfahrung mit ihnen gesammelt? War Karin Mendel eventuell selbst Patientin bei ihnen gewesen?

Egal, er hatte viel Neues erfahren und sah eine Menge Arbeit auf sich zukommen. Er meldete sich bei Karin Johannsen und setzte eine gemeinsame Besprechung nach der Mittagspause an. Dann fuhr er zurück nach Westerland.

Tomas Jung stellte das Auto bei der Polizei ab. Als er ausgestiegen war, stieg ihm der salzige Duft des Meeres in die Nase. Ein gleichmäßiges Rauschen erfüllte die Luft. Die Wolken waren mächtiger geworden, aufgedonnert zu weißen Türmen auf dunkel drohenden Sockeln. Dazwischen tiefstes Blau, aus dem die Sonne ungehindert herab strahlte. Er registrierte bewundernd die Kraft, die Lebendigkeit und die Schönheit des Himmels. Ihn überfiel plötzlich ein gewaltiger Hunger.

Die Auswahl an Gaststätten war groß. Ihm kam ›Il Ristorante‹ in den Sinn. Die Küche war ihm in bester Erinnerung. Die Aussicht, unter Umständen Helga Bongard* dort anzutreffen, ließ ihn jedoch zögern. Schließlich entschied er sich für das Bistro des Hotels ›Stadt Hamburg‹. Der Gedanke an das Cassoulet de Castelnaudry, das er am Morgen als Tagesgericht auf der Karte entdeckt hatte, ließ ihm das Wasser im Mund zusammenlaufen. Würde er das Gänseschmalz herausschmecken? Nur, wenn es original nach Art des Languedoc zubereitet war.

*

Nach einer guten Stunde war er zurück. Als er das Gebäude betrat, wusste er, wo er war, selbst wenn ihm die Augen verbunden gewesen wären. Es roch, wie er befürchtet hatte. Die Mixtur aus Reinigungsmitteln, Bohnerwachs und alten Leuten schlug ihm aufs Gemüt. Der Besprechungsraum ähnelte seinem Büro in Flensburg. Als er die Tür hinter sich schloss, war der Mief verflogen. Das Fenster stand offen. Karin Johannsen roch dezent nach Minze und Seife.

»Was hat der Morgen gebracht?«, eröffnete Tomas Jung das Meeting. »Karin, wie weit bist du gekommen?«

»Also, die Presse wird den Fahndungsaufruf morgen bringen.«

»Welche genau?«, fragte er dazwischen.

»Inselbote, Sylter Nachrichten und Nordfriesland Tageblatt.«

---

* siehe »Inselkoller«

»Okay. Weiter!«

»Gleichlautende Aufrufe habe ich drucken lassen. Nanning hat sie schon verteilt. Dann …«

»Wo?«, unterbrach er sie und wandte sich zu Nanning um.

»Bahnhof, Bushaltestellen, Supermärkte, Rathaus, Fährhafen und so weiter«, sagte Nanning.

»Casino auch«, grinste er und sah ihn an. Nanning grinste zurück, erwiderte aber nichts.

»Okay. Noch was?«

»Bei der Kirche habe ich mich nach ihrer Familie erkundigt. Beim Pastor von St. Severin, um ganz genau zu sein.«

»Was hat er gesagt?«

»Er kennt die Familie Friedrichsen. Schon seinen Vorgängern war sie gut bekannt. Alteingesessene Keitumer. Typische Insulaner. Die lassen sich von niemandem vertreiben. Nicht mal von den Nazis und dem dicken Göring. Im Kirchenbuch …«

»Bente Friedrichsen und die lebenden Angehörigen. Nur die interessieren.«

Dass der immer so drängeln muss, stöhnte Karin Johannsen lautlos. Heute früh war er doch ganz nett gewesen. Hoffentlich blieb das nicht die Ausnahme.

»Ich wollte gerade dazu kommen«, sagte sie rasch. »Also, ihre Eltern sind beide tot. Schon seit über zehn Jahren. Die Großeltern auch. Sie ist nicht verheiratet und hat keine Kinder. Sie hat einen älteren Bruder. Er lebt auf dem Festland …«

»Wusste der Pastor auch, wo da?«

»Ja. In München. Er ist Arzt. Nanning hat ihn schon ausfindig gemacht.«

»Und?«, wandte er sich an Nanning.

»Ich habe ihn gegoogelt. War kein Problem. Dann habe ich angerufen. Er weiß von nichts. Seine Schwester ist nicht bei ihm. Er ist auch nicht beunruhigt. Sie sei so. Der Typ vom Hotel solle sich nicht so anstellen.«

Tomas Jung schmunzelte. Sympathischer Zeitgenosse, dachte er.

»Was ist mit dem Haus in Keitum? Hast du ihn auch danach gefragt?«

»Ja. Sie ist Alleinerbin. Eine Art Lastenausgleich seitens der Eltern. Seine Ausbildung war teuer.«

»Okay. Sehr gut.«

So schlimm ist der doch gar nicht, dachte Nanning. Die Gerüchte über Jung waren bis zu ihnen auf die Insel vorgedrungen. Er hatte sich vorgenommen, ruhig abzuwarten und vorsichtig zu sein. Wie es schien, waren seine Vorbehalte unbegründet.

»Noch was?«, fragte Tomas Jung freundlich.

»Ja«, nahm Karin Johannsen den Faden wieder auf. »Sie ist Mitglied im ›Arbeitskreis für Unternehmerinnen e.V.‹. Ich habe …«

»Deine Vermutung hat sich also bestätigt«, unterbrach er sie erneut. »Gratuliere.« Er lächelte ihr zu und deutete eine Verneigung an.

Ein Lob, freute sie sich. Hoffentlich nicht das letzte.

Sie strich sich eine Haarsträhne hinter das Ohr und lächelte.

»Ich habe die Vizepräsidentin erreicht«, fuhr sie gut gelaunt fort. »Sie hatte nicht viel zu erzählen. Bente Friedrichsen war selten auf den Versammlungen und Veranstaltungen. Eher passives als aktives Mitglied. Sie hat mal einen Vortrag gehalten. Ansonsten Fehlanzeige. Eine Freundin scheint sie in der Vizepräsidentin nicht zu haben.«

»Was hat dich darauf gebracht?«, fragte Tomas Jung.

»Sie war sehr zurückhaltend am Telefon. Fast desinteressiert.«

Tomas schwieg, als wollte er nachdenken.

»Noch was?«, sagte er schließlich.

»Von meiner Seite war's das.« Sie lehnte sich zurück und sah Nanning an.

»Von meiner auch«, sagte der ruhig.

Tomas Jung nickte zufrieden und berichtete dann, was er am Vormittag erfahren hatte. Er beendete seinen Bericht mit der Frage:

»Wann bist du bei ihr gewesen, Nanning? Ich meine, an ihrem Haus?«

»Am Dienstag.«

»Sind dir die Blumen im Wohnzimmer aufgefallen?«

»Nein. Was ist damit?«

»Sie sehen frisch aus. Entweder sind sie künstlich, oder es gibt jemanden, der sich darum kümmert. Eine Zugehfrau, eine Bekannte oder Ähnliches.«

»Okay. Ich übernehme das«, meldete sich Karin Johannsen.

»Danke, Karin. Noch eines. Die Gartenbaufirma aus Tinnum. Finde raus, wie sie heißt. Irgendwas mit Busi, Busos oder Bussi. Vielleicht haben die einen Schlüssel oder wissen etwas, das uns weiterhilft.«

»Eine meiner leichtesten Übungen«, sagte sie lässig.

Jung lächelte und wandte sich Nanning zu.

»Nanning, versuch die Ärzte in Flensburg und Hamburg ausfindig zu machen. Orthopädie, Ernährungsmedizin, Wellness, in diese Richtung. Vielleicht hat einer von ihnen Ähnlichkeit mit George Clooney. Okay?«

Karin und Nanning sahen sich ratlos an.

»Das kann dauern. Hamburg ist groß«, erwiderte Nanning nach kurzem Zögern.

»Flensburg nicht. Versuchen müssen wir es. Fang bei Dr. Bär an.«

»Wem?« Nanning zog die Augenbrauen hoch.

»Dr. Bär aus Flensburg. Er ist Ernährungsmediziner. Ich kenne ihn von früher«, sagte Jung.

»Gut.« Nanning zögerte: »Ich habe schon eine Idee«, sagte er dann.

Tomas Jung nickte zufrieden.

»Ich werde mich um einen Durchsuchungsbeschluss bemühen«, fuhr er fort. »Seit zwei Tagen darf ich mich der Unterstützung der allerhöchsten Mächte erfreuen.« Er lachte. Karin und Nanning nicht. Aus ihren Gesichtern sprach Unverständnis.

»Ich erkläre es euch später«, vertröstete er sie. »Irgendwas werden wir doch im Haus finden«, kam er zurück zum Thema. »Es wäre doch gelacht …«

Das Läuten des Telefons unterbrach ihn. Nanning nahm das Gespräch entgegen. Er sah auf das Display.

»Ja«, meldete er sich.

Während er seinem Gesprächspartner am anderen Ende der Leitung lauschte, erstarb das Lächeln auf seinem Gesicht. Er stand regungslos, wandte sich dann Jung zu und blickte ihm in die Augen. Er stellte keine Fragen und gab keine Antworten. Karin und Jung schwiegen gebannt. Schließlich beendete er das Gespräch.

»Ich kümmere mich um alles Weitere. Die Bereitschaft soll sofort losfahren. Mit Blaulicht. Sagen Sie ihr das. Den Fundort sichern. Nichts anrühren, alles lassen, wie es ist. Die Müllwerker sollen bleiben, wo sie sind, bis wir da sind. Alles klar? … Okay. … Ich bin unterwegs.«

Er legte den Hörer zurück.

»Das war die Zentrale.«

Nanning machte eine Pause.

»Und?«, drängte Karin Johannsen.

»Sie haben eine Leiche.«

»Was haben sie?«, fragte Jung ungläubig.

»Die Müllabfuhr hat den Fund einer Leiche gemeldet. Auf dem Parkplatz Klappholttal. Sie steckt in einem Müllsack. Mehr wissen wir nicht.«

Einen Moment lang herrschte Stille.

»Okay«, beendete Jung das Schweigen. »Nanning, du

fährst da raus und regelst alles Weitere. Keine Touristen und Schaulustigen am Fundort. Hände weg von allem. Auch die Müllmänner. Sie müssen sich gedulden, bis ich komme. Ich verständige die Spurensicherung und die Gerichtsmedizin. Den ganzen Tross. Das volle Programm. Ich komme nach.«

Nanning griff nach seiner Uniformmütze.

»Gut. Bin schon weg.«

»Noch eines, Nanning. Der Hubschrauber braucht Platz. Je mehr, desto besser. Markiere den Landepunkt. Nicht so weit weg. Du weißt schon. Die haben viel zu schleppen. Wandern wollen die auch nicht.«

»Okay. Bis gleich.«

Nanning verließ den Raum. Tomas Jung griff zum Telefon.

»Und was mache ich?«, fragte Karin Johannsen.

»Hast du nicht genug zu tun?«, erwiderte er.

»Gibt es jetzt nichts Wichtigeres?«

»Noch wissen wir nicht, wer die Leiche ist. Aber wenn *sie* es sein sollte, gerade dann gibt es nichts Wichtigeres, als alles zusammenzutragen, was mit ihr in Verbindung steht. Also, Karin, du bist …«

»Du meinst Bente Friedrichsen, nicht wahr?«, unterbrach sie ihn.

»Du nicht?«

»Ja. Stimmt.«

Er ließ es dabei bewenden und wählte die Nummer, die er sogar im Schlaf hätte herbeten können.

*

Er fuhr hoch in den Norden. In Kampen hielt ihn dichter Verkehr auf. Fluchend quälte er sich durch den teuersten Hotspot Sylts. Kampen hatte dunkle Seiten. Eine davon hatte er vor wenigen Jahren kennengelernt. Er vermutete, dass es eher eine von den harmloseren gewesen war.

Kurz darauf sah er zwischen den Dünen das gelbe Blinklicht des Müllwagens. Der Parkplatz war gerade mal zur Hälfte besetzt. Nanning hatte den Fundort großräumig abgesperrt. Das rot-weiße Markierungsband knatterte im Wind. Die Wolken waren noch mächtiger als am Mittag. Nanning hatte die Schaulustigen hinter die Absperrung verbannt, wo sie gespannt beobachteten, was sich vor ihnen abspielte. Nicht das Geringste. Aller Anschein sprach dafür, als sollte sich daran auch in nächster Zeit nichts ändern.

Jung stellte sein Auto am Rande ab und stieg aus. Nanning kam ihm entgegen.

»Hast du schon etwas Konkretes?«, fragte Tomas Jung.

»Sie ist es«, antwortete Nanning, als wüssten sie längst, um wen es sich handelte und als wäre alles andere eine faustdicke Überraschung gewesen. »Ich habe mich vergewissert. Ansonsten ist alles so geblieben, wie ich es vorgefunden habe. Das Gelände ist weitläufig abgesperrt, wie du siehst. Die Müllwerker drängeln. Sie wollen weiter.«

»Gut. Ich bin sofort bei ihnen. Wo ist der Fundort?«

»Drüben, bei der Müllbox. Der Sack liegt direkt daneben.«

Nanning hob das Absperrband und führte ihn über den Parkplatz. Der Sack war aus reißfester schwarzer Plastikfolie und geöffnet. Tomas Jung hielt sich die Nase zu, beugte sich vor und warf einen Blick hinein. Er sah einen Kopf, das Kinn auf die Brust gesunken. Das Gesicht gehörte einmal Bente Friedrichsen. Sie war zu einem grotesken Knäuel zusammengefaltet. Kein Blut, keine erkennbare Gewalt, gekleidet in einen Jogginganzug. Er richtete sich auf und sah Nanning fassungslos an.

»Der Sack ist von der gleichen Art wie der in der Müllbox. Als die Männer ihn wegräumen wollten, haben sie gefühlt, dass da was nicht stimmte«, sagte Nanning emotionslos.

»Okay. Ich rede mit ihnen«, erwiderte Tomas Jung gedankenverloren.

Er lenkte seine Schritte in Richtung Müllauto. Zwei Männer in orangefarbenen Overalls sahen ihm entgegen. Sie rauchten. Bevor er sie erreicht hatte, schnippten sie ihre Kippen auf den Boden.

»Das sollten Sie an einem Tatort nicht tun«, begrüßte er sie ungnädig.

»Äh, wir …«

»Schon gut«, winkte er ab.

»Entschuldigung«, sagte der größere eingeschüchtert. »Wir sollten schon längst wieder unterwegs sein und wollen …«

»Ich mache es kurz«, fiel Tomas Jung ihm ins Wort. »Wann haben Sie den Sack gefunden?«

Die Männer sahen sich an.

»Ungefähr«, ergänzte er.

Sie sahen auf ihre Uhren.

»20 Minuten, halbe Stunde. Um die Drehe herum.«

»Wo genau haben Sie den Sack gefunden?«

»Direkt neben der Müllbox. Als wäre er da extra abgelegt worden.«

»Wie oft fahren Sie den Müll ab?«

»Jede Woche. Freitags.«

»Letzte Woche auch?«

»Ja. Selbstverständlich.«

»Sind Sie immer zur selben Zeit hier? So ungefähr.«

»Nicht immer. Manchmal drehen wir die Tour auch um. Dann fangen wir im Norden an und arbeiten uns nach Süden durch.«

»Und heute?«

»Ganz normal. Von Süden nach Norden.«

Tomas Jung machte eine Pause und blickte selbstvergessen zu den Dünen hinüber.

»Was haben Sie dann gemacht?«, nahm er den Faden wieder auf.

»Was meinen Sie?«

»Nachdem sie den Sack gefunden hatten. Was haben Sie da gemacht?«

»Wir haben sofort die Polizei gerufen.«

»Und vorher?«

»Wie vorher?«

»Sie haben den Sack doch aufgenommen und gemerkt, dass da was nicht stimmte.«

»Ja natürlich. Wir haben den Kabelbinder durchgeschnitten und reingeschaut. Grausig. Klar, was da los war.«

»Wo ist der Kabelbinder jetzt?«

»Weg. Vielleicht liegt er noch neben dem Sack.«

»Okay. Und dann?«

»Dann haben wir die Polizei gerufen.«

»Ja, das sagten Sie schon. Und dann?«

»Gewartet. Auf die Polizei. Die kam ziemlich schnell. Mit Blaulicht.«

»Als Sie gewartet haben, was haben Sie da getan?«

»Wieso? Was meinen Sie?«

»Sie haben doch nicht Däumchen gedreht, oder?«

»Wir haben geraucht. Die Frau am Telefon sagte uns, wir sollen nichts anfassen und Neugierige fernhalten.«

»Okay. Danke. Das war's schon. Bitte hinterlassen Sie Ihre Namen und Adressen bei dem Polizisten da drüber.«

Er zeigte auf Nanning, grüßte kurz und wandte sich dem Bohlweg zu, der vom Parkplatz in die Dünen führte. Er musste allein sein. Nachdenken.

Also doch. Es war passiert. Mord war als Grund für Bente Friedrichsens Verschwinden theoretisch nie auszuschließen gewesen. Aber bis zuletzt hatte er nicht daran geglaubt. Warum? Er verspürte ein immer stärker werdendes Unbehagen.

Nicht, dass es zuvor belanglos gewesen wäre, aber nun war aus einer Alltagsgeschichte ein seltener Fall geworden. Anfangs war es um eine Frau gegangen, nach der allein aus Gründen, die ein übereifriger Hotelmanager vorgebracht hatte, gesucht wurde. Jetzt war es Mord, ein für diese Breiten wahrhaft singuläres Ereignis. Eher wie eine Naturkatastrophe, die niemand so ohne Weiteres auf der Rechnung hat, ganz anders als in Honduras, Jamaika oder Venezuela, Ländern mit den weltweit erschreckendsten Mordraten. Die Namen hatten sich in sein Gehirn gebrannt wie der Name Fukushima. Zugegeben, die Person des Opfers gab irritierende Rätsel auf. Dennoch hatte ihn, trotz gelegentlicher Zweifel, nie der Glaube verlassen, dass sich am Schluss alles als harmlos herausstellen würde. Die Urlaubsinsel, die Sommeridylle, selbst wenn sie dieses Jahr nicht berauschend ausfiel, nichts gab ernsthaft Anlass, an das Allerschlimmste zu denken. Die Realität hatte dem ein brutales Ende gesetzt.

Was folgen würde, steigerte sein Missbehagen weiter. Er mochte sich nicht vorstellen, was los sein würde, wenn sich die Nachricht verbreitete. Der hysterische Hotelmanager und seine Sorge um das Renommee, der verdächtige Grobian mit dem Hang zum Nacktjoggen, die aufgebrachten Klienten der Ermordeten, die Offiziellen, die um den Ruf der Insel bangten, die geifernden Medien, sie alle würden auf ihn einstürmen und schnelle Ergebnisse verlangen. Er hasste das. Absurderweise versprach er sich allein von Holtgreve Entlastung. Dieses Mal würde er nicht Ballast, sondern eine Hilfe sein. Er erinnerte sich an sein Versprechen, ihn zu informieren, wenn etwas Wichtiges vorgefallen war. Warte lieber die ersten Ergebnisse der Spurensicherung ab, beruhigte er sich.

Der Tag hatte eine Wende um 180 Grad genommen. Seine gute Laune war dahin. Scheiße, dachte er. Er brauchte Verstärkung, für den Fall, dass er die Aufklärung übernehmen musste. Die Chance, von dem Fall abgezogen zu werden, tendierte gegen null. Er steckte bereits mittendrin. Der öffentliche Druck würde Holtgreve zwingen, alle Vorteile zu nutzen. Schnelligkeit gehörte dazu.

Er hatte den Dünenkamm erreicht. Der Strand lag vor ihm. Ein stetiges Brausen erfüllte die Luft. Das Meer roch sehr intensiv an diesem Tag. Seetang, Salz, Jod. Ein auflandiger bissiger Wind zauste in seinen Haaren. Er kniff die Augen zusammen. Dann stapfte er durch den Sand dem Wasser entgegen. Wellen, ein, zwei Meter hoch, rollten unaufhaltsam an den Strand und umspülten seine Schuhe.

Sonne und Wolken folgten im raschen Wechsel. Die Urlauber hatten ihre Strandkörbe aus dem Wind gedreht. Einige hatten sich in Decken gehüllt und schienen zu schlafen. Andere lasen. Wenige hatten ihre schützende Behausung verlassen und tummelten sich in der Brandung. Das unaufhörliche Tosen verschluckte alle Geräusche. Es kam ihm so vor, als bliebe die Zeit stehen. Der Frieden erweckte ein schmerzliches Verlangen, es den Urlaubern nachzumachen.

Von Ferne vernahm er das Klopfen von Rotorblättern. Er atmete tief ein und ließ seinen Blick ein letztes Mal über das bewegte Meer wandern. Dann machte er kehrt. Als er auf dem Parkplatz angekommen war, schmerzte seine Schulter.

NICKELS

Er zog fröstelnd den Kopf zwischen die Schultern und sah sich um. Er war allein. Keine Urlauber. Nicht ein einziger. Die hockten in ihren teuren Unterkünften und warteten sehnlichst auf die Sonne. Seine Lippen verzogen sich zu einem Grinsen. Noch eine gute Stunde und alles ist vorbei, dachte er und nickte zufrieden.

Er verspürte ein leichtes Ziehen in der Magengegend. In letzter Zeit hatte er das öfter. Egal. Ein paar Biere, und alles war wieder im Lot.

Bis jetzt lief es perfekt. In seiner Planung hatte das Wetter eine wichtige Rolle gespielt. Es musste passen. Er hatte das Internet nach den besten Vorhersagen durchkämmt. *Windfinder* und *dmi* lieferten, was er brauchte. Darüber war Zeit ins Land gegangen. Aber das musste er in Kauf nehmen. Nichts sollte dem Zufall überlassen bleiben. Absolut nichts! In der Vergangenheit hatte das nicht geklappt. Zu jung. Da kann man nichts machen. Aber jetzt nicht mehr. Erfolg war allein eine Frage der Professionalität. Er lachte in sich hinein.

Spätestens am Abend würde er wieder in Hamburg sein. Das erste Bier danach war immer das beste.

Sein Auto hatte er in der letzten Reihe abgestellt. Warten hatte er gelernt. Er stieg wieder ein und kippte die Lehne nach hinten. Ihm ging der Abend durch den Kopf, der ihn hierher gebracht hatte. Die Erinnerung machte ihn mürrisch. Er verlangte nach etwas anderem. Wie sein Leben verlief, gefiel ihm nicht.

Dabei war es ziemlich in Ordnung gewesen. Solange, bis passiert war, was nie hätte passieren dürfen. Das lag schon einige Zeit zurück. Aber der Schmerz bohrte in ihm wie am ersten Tag.

Alles war umsonst gewesen. Die Plackerei, die Schule, die Lehrer. Der blödeste hatte einen Hund gehabt. Der Typ war geradezu vernarrt in den Köter. Nicht lange, und er hatte sich einen neuen suchen müssen. Er lachte.

Fußball und Sport waren okay. Und er hatte seine Kumpel. Und ein paar Mädels. Der Stress war normal. Wie überall. Weiber waren nun mal so.

Seine Mutter hatte einen ihrer üblichen Anfälle bekommen. Er verspiele seine Zukunft. Nicki, du bist zu Höherem geboren. Blöder Spruch. Sie nannte ihn ihren Goldjungen. Sie hatte Tomaten auf den Augen und war einfach nur peinlich.

Sogar seine Kumpel ächteten ihn wie einen Aussätzigen. Scheiß drauf. Auch auf Ingmar. Schon in der Grundschule hatte er mit ihm herumgehangen. Nach der Schulzeit war Ingmar ins Bankfach eingestiegen.

»Bist du immer noch bei der Bullerei, Nick?«, hatte er ihn bei seiner letzten Begegnung in der alten Stammkneipe gefragt und ihm spöttisch zugeprostet. Er hasste seinen Vornamen. Ingmar ließ sich nicht so blöd verbiegen.

»Und was machst du? Bist du immer noch bei der Kreissparkasse?«, hatte er zurückgeätzt.

»Alles bestens«, hatte der Wichser erwidert und ihn über den Rand seines Bierglases hinweg angegrinst. Am liebsten hätte er ihm eine reingehauen.

Wenigstens hatte er etwas gelernt. Er hatte spezielle Erfahrungen, die sich als nützlich erwiesen. Gerade jetzt … Dabei hatte er doch bloß in Ausübung seiner Pflicht gehandelt. Das bisschen Gewalt war überhaupt nicht der Rede wert. Er hatte diesen Penner gestoppt. Jeder kannte den auf der Wache, Thomas Döbling, 37 Jahre, aber schon Gesichtsgreis und Stammkunde, immer den Kopf nach unten, heimtückisch und im Suff jede Menge Scheiß gebaut. Der Rausschmiss war absolut ungerechtfertigt. Leider war er damals noch Beamter auf Widerruf. Eine Klage wäre völlig aussichtslos gewesen.

Danach erledigte er die Drecksarbeit für Inkassobüros. Auf Dauer war das nichts. Irgendwann war er damit durch. Er machte sich selbstständig. Es lief nicht so, wie es sollte. Das Leben muss besser werden, sagte er sich immer wieder.

*

Im Moment machte er sich keine Sorgen, weil er einen guten Plan hatte. Darüber hinaus brauchte er nichts. Es war nicht gut, mehr zu wissen als unbedingt nötig.

Er schüttelte seine Gedanken ab und konzentrierte sich darauf, seine Umgebung zu beobachten. Er sah auf die Uhr. Es musste jeden Moment soweit sein. Als er den Blick hob, sah er den Wagen auf den Parkplatz einbiegen. Perfekt.

Das war sie. Unverkennbar. Sie blieb sitzen. Was machte die blöde Kuh da? Schließlich legte sie sich ihren Schal um den Hals und stieg aus. Ein kurzer Blick in seine Richtung, dann schloss sie ab.

Das Schlüsselbund verschwand in ihrer Jackentasche. Sie zog den Reißverschluss zu und stülpte die Kapuze über den Kopf.

Sie machte sich warm.

Perfekt, Baby. Genauso bist du richtig. Nicht groß. Keine Pfunde. Sie würde keine Mühe machen.

Dann lief sie los.

Als sie außer Sichtweite war, drehte er die Lehne zurück in die Sitzposition und stieg aus. Er war kein Jogger. Aber bei der Polizei hatte er schnell sein müssen. Leider umsonst. Der Gedanke erfüllt ihn mit Ingrimm.

An der Schutzhütte angekommen blieb er stehen und holte tief Luft. Sie war noch immer nicht in Sicht. Er war zu langsam. Scheiße! Wie konnte das sein?

Auf dem Rückweg würde sie hier wieder vorbeikommen müssen. Er blickte sich um. Ein guter Platz. Nichts wird dem Zufall überlassen bleiben.

Bald hatte er gefunden, was er suchte. Er grinste zufrieden.

*

Er legte den Knüppel aus der Hand und ging neben dem leblos daliegenden Körper in die Hocke. Sie lag mit dem Gesicht auf der Seite im Sand. Er zog die Kapuze zurück und nahm ihr den Schal ab. Dann zog er die Handschuhe aus und tastete die Halsschlagader. Noch lebte sie. Er sah sich prüfend um. Alles okay. Er zog die Schnur aus der Tasche, legte sie ihr um den Hals und zog mit aller Kraft zu. Sie bewegte sich. Er zog fester. Sie zappelte mit den Beinen. Wie lange dauerte das eigentlich? Als sie endlich ermattete, schmerzten seine Muskeln. Kurz darauf war es vorbei. Er ließ locker. Ihr Pulsschlag war erloschen. Er streifte die Handschuhe über, stopfte den Schal in seine Jacke und nahm das Schlüsselbund an sich. Er sah auf die Uhr. Kurz nach neun. Erste Regentropfen zerplatzten auf dem Glas. Perfekte Vorhersage. Der Regen würde stärker werden. Er grinste und machte sich an die Arbeit. Eigentlich hätte es schnell gehen sollen. Aber so, wie es aussah, hatte er alle Zeit der Welt.

*

Er verschloss den Plastiksack mit einem Kabelbinder. Menschen, dachte er und pfiff durch die Zähne. Erst tun sie sich zusammen, dann gehen sie sich an die Gurgel. Völlig idiotisch. Er schüttelte den Kopf. Ihn durchströmte mit einem Mal ein wohliges Gefühl, geradezu Euphorie. Er fühlte sich stark. Die Kräfte flossen ihm zu wie von Geisterhand. Ähnliches hatte er nur wenige Male und auch nur von Ferne verspürt. In der Schule, bei der Polizei. Er wartete sehnlichst auf das nächste Mal. Nur ein Hauch, und schon schien alles gut.

Er sah noch einmal prüfend in die Runde. Nichts. Er nahm den Sack mühelos auf und trug ihn an die Müllbox.

Es sah so aus, als gehöre er dahin.

SPURENSUCHE

Der Trupp hatte sich verteilt. Sie sahen in ihren weißen Ganzkörperfutteralen aus wie ein Rudel exotischer Tiere, die nach Nahrung suchten. Von dem Gerichtsmediziner war nichts zu sehen. Der Leiter der Spurensicherung stand neben dem Fundort und sah nachdenklich auf den Müllsack. Tomas Jung gesellte sich zu ihm.

»Hi, Morten.«

»Hi, Tomas. Grässliche Sache das hier.«

»Ja, abscheulich. Wer tut so etwas?«

»Egal. Wir müssen ihn schnappen. Es muss schnell gehen.«

»Ja. Bevor noch mehr passiert«, erwiderte Jung. In seiner Stimme hielten sich Wut und Resignation die Waage.

Sie schwiegen einen Moment.

»Habt ihr schon was?«, fragte Tomas Jung.

»Nein. Nicht wirklich. Wir suchen die Umgebung ab. Dann ist erst einmal Endert dran.«

»Habt ihr den Kabelbinder gefunden?«

»Ja. Neben dem Sack. Das ist bisher das Einzige.«

»Die Müllbox. Ist sie von den Müllmännern geleert worden?«

»Nein. Da müssen wir noch ran.«

»Was hältst du von dem Fundort?«

»Ich denke, er ist nicht der Tatort. Die Leiche ist hier abgelegt worden.«

»Irgendwelche Spuren?«

»Sieht schlecht aus. Schätzungsweise liegt sie hier schon länger. Tage vielleicht. Es hat in letzter Zeit nur geregnet und gestürmt.«

»Wie lange braucht ihr noch?«

»Schwer zu sagen. Das ist hier ein öffentlicher Parkplatz. Da liegt alles Mögliche herum.«

»Klingt nicht vielversprechend.«

»Vielleicht finden wir etwas, wenn der Herr Rechtsmediziner sich endlich mal in Bewegung setzen würde. Vielleicht an dem Müllsack, an den Klamotten. Wer weiß. Endert müsste mal anfangen, dieser Arsch.«

»Wo ist er überhaupt?«, wollte Tomas Jung wissen.

»Er sitzt im Hubschrauber. Zu viel Wind. Er ist krankhaft empfindlich. Du kennst ihn ja.«

»Ja, so ist er.«

»Meiner Meinung nach ist er nur krank im Kopf.«

»Okay. Ich geh zu ihm und tret ihm in den Hintern.«

»Tu das. Je schneller wir hier fertig sind, desto besser.«

Tomas Jung setzte sich in Bewegung. Bevor er sein Ziel erreicht hatte, sah er Endert umständlich aus dem Hubschrauber klettern und ihm zuwinken.

»Moin, Herr Kollege«, begrüßte er Tomas Jung. »Wann immer Sie auf der Insel sind, gibt es Leichen in Säcken. Das sollte Ihnen zu denken geben, Jung.«

»Moin, Herr Doktor«, erwiderte Jung kurz angebunden. »Wir müssen uns beeilen.«

»Immer diese Hast. Das ist mir schon immer an Ihnen aufgefallen, Jung. Sehr ungesund. Glauben Sie einem alten

Medizinmann. Das führt zu nichts. Außer zu Herzinfarkt, Magenproblemen und kaputten Ehen. Und hinterher jammern Sie dann.«

Enderts Lachen klang eher wie ein Meckern.

»Können wir?«, beendete Jung das Geplänkel.

»Meinetwegen. Wie Sie wollen. Gehen wir.«

Tomas Jung ging voraus. Endert schlurfte gebeugt hinterher. Er litt an Morbus Bechterew, einer Krankheit, gegen die nichts wirklich half. Eine schicksalhafte Heimsuchung. Tomas Jung wusste davon. Aber in diesem Augenblick brachte er kein Mitleid auf. Endert nervte nur.

Der Rechtsmediziner trat an den Sack und zog ein Paar Latexhandschuhe aus der Tasche. Er streifte sie über und ließ sich ächzend auf die Knie sinken.

»Ich brauche ein Messer oder eine Schere«, sagte er. »Und den Fotografen. Er soll das hier festhalten.« Morten Franzen rief seine Leute herbei und fragte nach einem Messer.

»Ich schlitze den Sack auf. Wollen sehen, was wir vor uns haben. Sieht so aus, als wäre sie schon geraume Zeit tot.«

Tomas Jung sah Morten Franzen an und nickte. Ein Beamter brachte ein Skalpell und drückte es Endert in die Hand.

»Ja, ja. Hab ich mir doch gedacht«, murmelte der, während er den Sack aufschlitzte.

»Sie muss schon länger tot sein. Mehrere Tage. Das sieht man an der Haut. Ansonsten ziemlich intakt. Kleider unversehrt. Keine grobe Gewalt.« Er schob die Kapuze vollständig nach hinten und strich ihr die Haare aus der Stirn. Im Blitzlicht sahen sie eine blutverkrustete Wunde am Haaransatz.

»Aha. Sieh eins an«, sagte Endert geheimnisvoll. »Sehen Sie das Blut in den Haaren? Nicht sehr viel. Das meiste ist in die Kapuze gelaufen. Sie hat einen Schlag an die Schläfe bekommen. Kann aber nicht die Todesursache gewesen sein. Dafür war er zu schwach. Keine Zertrümmerungen. Schädelknochen unversehrt.«

Er hob ihren Kopf an und zog ihn vorsichtig in den Nacken.

»Da haben wir's«, rief er zufrieden aus. »Sie ist erdrosselt worden. Mit einer dünnen Schlinge. Saubere Arbeit.« Das Blitzlicht bekräftigte seine grauenerregende Feststellung.

»Wann? Können Sie das in etwa einschätzen?«, fragte Tomas Jung.

»Nein. Sehr schwer zu bestimmen. Der Sack war verschlossen. So gut wie luftdicht. Die letzten Tage war der Himmel bedeckt. Es hat dauernd geregnet. Keine Sonneneinstrahlung, keine Wärmeentwicklung. Schwer zu sagen. Ich muss mir das genauer ansehen.«

»Wann werden Sie soweit sein?«, wollte er wissen.

»Geben Sie endlich Ruhe, Jung. Sie gehen mir auf den Keks. So schnell wie möglich, natürlich«, erwiderte Endert ungehalten.

»Können Sie sonst noch etwas sagen?«, ließ er sich nicht beirren.

Der Rechtsmediziner erhob sich mühsam. Er reichte das Skalpell an Morten Franzen weiter und streifte die Handschuhe ab.

»Sie muss sehr gelenkig gewesen sein. Zusammengefaltet wie eine Gummipuppe.«

»Sie war Fitnesscoach von Beruf«, sagte Tomas Jung.

»Kein Wunder.«

»Sonst noch was?«

Endert schnaufte hörbar durch die Nase. »Ihre Fragerei macht mich nicht schneller, Jung, eher langsamer.« Er setzte sich grußlos in Bewegung und schlurfte in Richtung Hubschrauber davon.

»Was ist deine Meinung?«, wandte sich Tomas Jung an seinen Freund.

»Wir müssen abwarten. Wir haben noch nichts Verwertbares. Was wir bis jetzt eingesammelt haben, wäre hier ohnehin zu finden gewesen. Ziemlicher Mist, bis auf den Kabelbinder. Okay. Es kommt alles in die KTU*.«

»Sie ist niedergeschlagen worden. Vielleicht mit einem Knüppel, einem Stück Holz oder Ähnlichem. Die Verletzung ist nicht gravierend, sagt Endert.«

»Wir suchen weiter. Ich sage meinen Männern, wonach sie Ausschau halten sollen.«

»Können wir sonst noch etwas tun?«

»Die Leiche kommt in die Gerichtsmedizin. Der Sack in die KTU. Ich werde Dampf machen. Morgen ruf ich dich an. Hast du eine Nummer für mich?«

»Meine Handynummer.«

»Okay.«

»Das war's dann wohl. Du fliegst mit deinen Leuten zurück?«

»Ja. Sobald wir hier fertig sind.«

---

* Kriminaltechnische Untersuchung

Sie verabschiedeten sich voneinander. Tomas Jung schloss sein Auto auf und fuhr zurück. In seinem Kopf schwirrten die Gedanken. Er versuchte, eine Agenda für die nächsten Stunden festzulegen. Bleib ruhig, sagte er sich. Er fuhr schnell. Schneller als sonst. Kampen hielt ihn nicht auf. Der Verkehr hatte sich gelegt.

*

»Die Presse hat schon angefragt«, empfing ihn Karin Johannsen in der Polizeistation. »N3 und RTL wollen eine Stellungnahme von uns. Ich habe sie erst einmal abgewimmelt.«

»Wie kommen die nur immer so schnell an die Informationen? Das ist ja unheimlich.«

»Keine Ahnung«, erwiderte sie.

»Du weißt also Bescheid«, sagte er und schloss die Tür hinter sich.

»Nanning hat angerufen und mich informiert.«

»Ah. Sehr gut. Wir sind jetzt eine Mordkommission. Jedenfalls mit großer Wahrscheinlichkeit.«

Sie zog die Augenbrauen zusammen. Er reagierte nicht.

»Wie gehen wir vor?«, fragte sie vorsichtig.

»Ich erledige erst einmal das Dringlichste. Dann sehen wir weiter.«

»Die Mediensache. Wer soll das übernehmen?«

»Du.«

»Ich? Ich habe überhaupt keine Erfahrungen.«

»Dann machst du jetzt welche.«

»Aber ich ...«

»Es gibt keine Bessere«, kam er ihr zuvor. »Du hast gute Kontakte zur lokalen Presse. Das hast du selbst gesagt. Du bist jung, siehst gut aus und bist eloquent. Du ...«

»Ist das dein Ernst?«, fragte sie dazwischen.

»Mein völliger Ernst.« Er musste nicht wirklich lügen. Das Meiste stimmte.

»Und was soll ich den Typen sagen?«

»Ganz einfach: Es gibt eine Leiche. Eine Frau. Wir wissen, wer sie ist und wo sie gearbeitet hat. Auf keinen Fall Namen nennen. Wir sind rund um die Uhr im Einsatz. Sachdienliche Hinweise nehmen wir gerne entgegen. Fertig.«

»Warum machst *du* das nicht?«

»Ich sehe nicht gut aus und bin nicht jung. Und eine Frau bin ich auch nicht. Du wirst im Fernsehen ein Ereignis sein. Am Schluss werden die Typen bedauern, dass es schon vorbei ist. Glaub mir.«

Ihre Lippen kräuselte ein Lächeln aus Verlegenheit und Stolz. Noch schien sie nicht ganz überzeugt zu sein.

»Denk an den schlechten Ruf der Polizei, Karin«, bekräftigte er sein Anliegen. »Du musst lächeln. Das wirkt.«

»Wenn du meinst«, sagte sie und lächelte schon mal zur Probe. Er atmete auf. Sie scheint sich mit dem Gedanken anzufreunden, dachte er. Es wird nicht lange dauern, und sie findet ihn gut.

»Gibt es hier für mich einen Schreibtisch mit Telefon?«, fragte er betont sachlich.

»Drüben, im Besprechungszimmer. Ich kann auch meinen Schreibtisch freimachen. Aber den willst du ja nicht. Von wegen Medienvertreter, nicht wahr?«

Sie lächelte ihn verschmitzt an.

»Okay. Ich muss ein paar Telefonate erledigen«, beendete er das Gespräch.

*

Holtgreve war sofort am Apparat.

»Ich hab auf deinen Anruf gewartet, Tomas«, begrüßte er ihn. »Die Spurensicherung ist mit großem Trara ausgerückt. Ich weiß ungefähr, um was es geht. Kannst du Näheres sagen?«

»Wir haben eine weibliche Leiche«, begann er und informierte Holtgreve über die wichtigsten Fakten. »Es handelt sich mit an Sicherheit grenzender Wahrscheinlichkeit um die, die wir suchen«, schloss er ab.

»Hast du Zweifel?«

»Nicht wirklich. Wir haben von ihr ein Foto aus neuester Zeit. Ihr Bruder wird sie abschließend identifizieren.«

»Gibt es erste Anhaltspunkte?«, fragte Holtgreve weiter.

»Nein. Jedenfalls keine konkreten. Ein paar auffällige Personen, obskure Begebenheiten, merkwürdige Zufälligkeiten. Vielleicht spielen sie eine Rolle. Vielleicht auch nicht. Bislang nur Vermutungen.«

»Okay. Was hat deiner Einschätzung nach jetzt Vorrang? Sollen wir nach Schema Eff vorgehen?«

Er atmete erleichtert auf. Holtgreve enttäuschte ihn nicht. Das machte es ihm leichter. Verunsicherte ihn aber auch.

»Soll ich die Ermittlungen leiten? Das fällt eigentlich nicht in mein Ressort, Henning.«

»Du bist mittendrin, Tomas. Wir haben keine Zeit zu verlieren. Ich entscheide. Die Verantwortung übernehme ich.«

»Gut. Ich habe hier zwei tüchtige Beamte. Das reicht nicht. Ich brauche Verstärkung.«

»Sehe ich ein. Hast du jemanden Bestimmten im Auge?«

»Charlotte Bakkens. Sie war als Praktikantin mit mir in Québec. Du erinnerst dich?«

»Ja, aber sie ist jung und unerfahren, Tomas.«

»Sie ist eine gute Kriminalistin. Meiner Meinung nach.«

»Mag sein. Aber …«

»Sie ist nicht nur eine gute Beamtin«, unterbrach er ihn. »Sie ist mehr. Ich habe sie außerordentlich schätzen gelernt, Henning.«

»Wie darf ich das verstehen, Tomas?«

Holtgreve klang irritiert. Tomas Jung stutzte und brauchte eine Sekunde, bis er begriffen hatte.

»Ich habe mich vielleicht etwas missverständlich ausgedrückt. Ich meinte, sie hat exzellente Kenntnisse auf den Gebieten Fitness, Gesundheit, Ernährung, Krankheiten und so weiter. Sie joggt regelmäßig und hat einen knallharten Gesundheitsplan. Alles Dinge, die auch in unserem Fall eine Rolle spielen dürften.«

»Ach so, ich dachte schon an sonst was. Wir können

uns das nicht leisten, Tomas. Ich muss dir das nicht extra erklären, oder?«

»Nein, nein. Kein Problem. Ich …«

»Schon gut. Ich telefoniere gleich mit Kiel. Ich versuche, sie loszueisen.«

»Dann brauche ich noch einen Durchsuchungsbeschluss für das Haus«, fuhr er geschäftsmäßig fort.

»Welches Haus?«

»Der Toten. Wir müssen da rein.«

»Ja, natürlich. Tu, was du für nötig hältst. Sie lebt doch allein da, nicht wahr?«

»Lebte«, verbesserte er seinen Chef.

»Ja, richtig. Lass dich nicht aufhalten. Ich liefere das Papier nach. Mach dir keinen Kopf deswegen.«

»Ich möchte die Spurensicherung dabei haben.«

»Okay. Ich schick sie gleich wieder los. Noch was?«

»Die Journalistenmeute ist schon von der Kette. Ich habe kein Interesse, die auch noch am Hals zu haben. Ich habe vorsorglich eine Pressesprecherin ernannt.«

Tomas Jung machte eine Pause und wartete gespannt auf eine Reaktion. Er wusste, wie empfindlich Holtgreve in diesen Dingen war. Die Polizei hatte Imageprobleme. Deswegen wurde auf Außenwirkung höchster Wert gelegt. Sie musste unter allen, auch den widrigsten Umständen stimmen. Sonst wurde Holtgreve nervös und übellaunig. Es dauerte.

»Ist in Ordnung. Falls nötig, können wir das später immer noch übernehmen. War's das?«

»Ja, fürs Erste. Ich mach mich an die Arbeit.«

»Viel Erfolg. Ich höre von dir.«

»Ich melde mich.«

»Halt, Tomas. Noch etwas.«

Holtgreve zögerte kurz. »Es gab hier eine Menge Anrufe für dich.«

»Von wem?«

»Hat er nicht gesagt.«

»Er? Wieso hast *du* damit zu tun?«

»Der Anrufer wollte anonym bleiben. Die Zentrale hat ihn abgewimmelt. Er hat aber nicht aufgegeben. Schließlich haben sie ihn zu mir durchgestellt.«

»Und?«

»Er hat mir nicht verraten, wer er ist.«

»Was wollte er?«

»Auch das wollte er nicht sagen.«

»Habt ihr seine Nummer?«

»Nein. Die Rufnummer ist unterdrückt. Ich dachte, du wüsstest, wer er ist.«

»Keine Ahnung.«

»Na gut. Ich wollte das nur erwähnt haben.«

»Okay. Ich melde mich, wenn es Neues gibt.«

»Gut. Bis dann.«

Tomas Jung legte den Hörer auf und stierte auf das Telefon. Wer war der verrückte Anrufer? Er hatte absolut keine Ahnung, nicht mal eine vage Idee. Egal. Das musste warten. Etwas anderes beschäftigte ihn mehr. Wenn er an seinen letzten Einsatz auf Sylt zurückdachte, konnte er nicht glauben, mit dem gleichen Chef gesprochen zu haben. Wie war das möglich? Er verfiel ins Grübeln. Aber nur kurz. Nanning meldete sich. Es gäbe Neuigkeiten. Er setzte eine gemeinsame Besprechung an. In einer halben Stunde bei Karin.

Er lehnte sich zurück und versuchte, sich zu konzentrieren. Ihn überfielen Bedenken. Er war Leiter des S-Kommissariats. Seine Sache waren die unaufgeklärten Kapitalverbrechen. Seine Arbeit begann, wenn die Kollegen der anderen Kommissariate ihre Arbeit beendet hatten. Ohne abschließendes Ergebnis natürlich. Sonst wären die Fälle nicht bei ihm gelandet. Aber die Basisarbeit war getan. Er hatte daran keinen Anteil und deswegen auch nicht viele Erfahrungen gesammelt. Die Zeiten, in denen das möglich gewesen wäre, hatte er vergeudet mit erfolglosen Feldzügen gegen Kleinkariertheit, engstirnige Beamtenmentalität und verdreckte Kühlschränke. Jetzt rächten sich seine schwachsinnigen Unternehmungen.

Erschwerend kam hinzu, dass sein Kommissariat nur aus einem einzigen Beamten bestand. Ihm selbst. Er war sein eigener Chef. Bislang hatte er das als ein unverdientes Glück betrachtet, das ihm ein gnädiges Schicksal beschert hatte. Aber jetzt? Aufgabenmanagement und Menschenführung hatte er nicht gelernt. Teamarbeit war er nicht gewöhnt. Teamführer erst recht nicht. Er durfte sich Leiter nennen, war es aber in Wirklichkeit nicht.

Er lachte lautlos in sich hinein. Er war eigentlich durch nichts qualifiziert. Mach dich nicht kleiner als du bist, sprach er sich Mut zu. Québec ist ein guter Anfang gewesen. Und wer weiß? Routine und Erfahrung waren wichtig, führten aber öfter als erwünscht zu partieller Blindheit und Unbeweglichkeit. Leg los und denk nicht so viel, feuerte er sich noch einmal an.

Er kam seufzend aus seinem Sessel und ging hinüber in Karins Büro.

*

»Der Fall hat eine schreckliche Wende genommen«, eröffnete Jung die Besprechung. »Was vorher wichtig war, ist jetzt noch wichtiger. Bevor wir das weitere Vorgehen besprechen, sollten wir uns auf den neuesten Stand bringen. Nanning, was hast du herausgefunden?«

»Ich habe die Ärzte. Ihr wisst schon. Die mit Ernährung, Fitness und so weiter. In Hamburg …«

»Wie bist du so schnell daran gekommen?«, fragte Jung dazwischen.

»Ich dachte mir, die Vorsitzende des Vereins könnte die Daten festgehalten haben. Sie hat die Herren tatsächlich in ihrem Computer. Dr. Bär ist übrigens auch darunter. Ob er Ähnlichkeit mit George Clooney hat, weiß ich nicht. Fotos hatte sie nicht.«

»Bär hat so viel Ähnlichkeit mit George Clooney wie ich mit Brett Pitt«, erklärte Jung.

Sie lachten aus vollem Hals. Jung fing sich als Erster.

»Was ist mit den anderen?«, machte er weiter.

»Wie gesagt. Fotos habe ich nicht.«

»Okay. Nur Männer, keine Frauen?«

»Ja, nur Männer.«

»Wie war sie am Telefon?«

»Was meinst du?«

»War die Präsidentin ähnlich desinteressiert wie ihre Vizin?«

»Ach so, ja. Große Anteilnahme habe ich nicht verspürt.«

»Du hast natürlich nicht verraten, dass wir sie gefunden haben, oder?«

»Nein. Die Leiche habe ich nicht erwähnt.«

»Sehr gut. Sie war also ähnlich kühl wie ihre Vizin, mit der Karin gesprochen hat.«

»Ja, kann man so sagen.«

»Okay. Noch was?«

»Bis jetzt hatten wir nur Kleinkram. Das wird sich sehr schnell ändern. Ich denke, wir brauchen Verstärkung.«

»Wir werden Verstärkung bekommen«, beruhigte ihn Jung. »Aus Kiel. Eine Kriminalkommissarin. Ich kenne sie gut.«

»Endlich mal eine Frau«, rief Karin Johannsen erfreut. »Das wird aber auch Zeit. Wie heißt sie denn?«, fragte sie neugierig.

»Charlotte.«

Sie lächelte, als hätte er ein Geheimnis verraten.

»Hat sie auch einen Nachnamen?«, fragte sie spitzbübisch.

»Bakkens«, erwiderte er kühl.

»Und wie alt ist sie?«

»Das musst du sie schon selber fragen. Hast du sonst noch etwas beizutragen, Karin? Zugehfrau, Gartenbaubetrieb? Wie sieht□s damit aus?«

Er kann wirklich eklig sein, dachte Karin Johannsen.

»Der Gartenbaubetrieb in Tinnum heißt Bussius«, antwortete sie, als sei nichts gewesen. »Ich habe mit denen am Telefon gesprochen. Sie haben einen Vertrag mit Frau Friedrichsen. Sie sind da einmal im Monat. Wenn ...«

»Haben sie Zugang zum Haus?«

»Ich wollte gerade dazu kommen. Schlüssel haben sie nicht. Vor Kurzem wurde bei Frau Friedrichsen eingebrochen. Sie hat ein neues Schloss einbauen lassen. Sie ...«

»Und zum Schuppen?«

»Auch nicht«, erwiderte Karin. Sie zögerte. Kann er nicht mal abwarten, stöhnte sie lautlos. Irgendwer muss ihm beibringen, geduldiger zu sein. Aber nicht ich.

»Sie kommen und machen ihre Arbeit«, fuhr sie fort. »Alles, was sie dazu brauchen, bringen sie mit. Eine Haushälterin oder Zugehfrau haben sie nie zu Gesicht bekommen. Nur Frau Friedrichsen.«

»Wann waren sie das letzte Mal auf dem Grundstück?«

»Vor drei Wochen. Nächste Woche wären sie wieder dran gewesen.«

»Okay. War's das?«

Karin und Nanning nickten stumm.

»Gut. Es gibt viel zu tun. Fangen wir an.«

Er informierte die beiden, was er mit Holtgreve vereinbart hatte. Die Unterrichtung des Bruders trug er Nanning auf. Der Bruder müsse auch die Leiche identifizieren. Wenn er sich auf Sylt eingefunden habe, wolle er ihn sprechen. Karin beauftragte er mit der Auswertung der eingehenden Telefonate.

»Heißt das, ich muss den ganzen Tag das Telefon bewachen?«, schmollte sie.

»Genau das heißt es«, bestätigte er ihre Befürchtung. »Es ist wichtig, Karin. Die Suchanzeige, die Aushänge. Einer von uns muss immer ansprechbar sein. Wenn der Fall erst in der breiten Öffentlichkeit angekommen ist, ist das unter Umständen sogar entscheidend. Nicht zu vergessen die Medien. Dein neuer Job«, versuchte er, ihr die Sache schmackhaft zu machen. Sie spielte mit dem Stift in ihrer Hand und schwieg.

»Ich werde noch heute das Haus durchsuchen«, leitete er das Ende der Besprechung ein. »Zusammen mit der Spurensicherung. Sie meldet sich, wenn sie gelandet ist. Der Flugplatz ist ja gleich nebenan.«

»Müssen wir dabei sein?«, fragte Nanning.

»Nein. Nicht nötig.« Er sah auf die Uhr.

»Wenn die ersten Ergebnisse von KTU und Gerichtsmedizin vorliegen, treffen wir uns wieder. Bis dahin ist Charlotte auch da. Hoffe ich jedenfalls. Sie gewinnt dann gleich einen Überblick. Noch Fragen?«

Sie schüttelten verneinend die Köpfe.

»Noch etwas, Nanning. Vielleicht kannst du doch noch Fotos von den Ärzten auftreiben. Wenn nicht, wirst du sie dir persönlich anschauen müssen.«

»Okay. Warum ist …«

Jungs Handy meldete sich. Seine Tochter hatte ihm als Klingelton den Tim-Benzko-Song ›Nur noch kurz die Welt retten‹ aufgespielt. Karin und Nanning grinsten. Er verdrehte die Augen und nahm das Gespräch entgegen.

»Jung. … Ja. … Okay … Ich mach mich auf den Weg. Bis gleich.« Er klappte das Handy zu. »Die Spurensicherung ist unterwegs. Ich fahre raus. Bis dann.«

*

»Dass wir uns so schnell wiedersehen, Morten«, begrüßte er seinen Kollegen.

»Hätte ich auch nicht gedacht«, erwiderte der Leiter der Spurensicherung säuerlich.

»Es ist nicht weit. Gehen wir«, sagte er.

Sie setzten sich mit schnellen Schritten in Bewegung. Er registrierte, dass die Wolken, die sich über Mittag noch explosionsartig aufgetürmt hatten, dabei waren, in sich zusammenzufallen. Die Sonne stand schon im Westen und begann unterzugehen. Wiesen, Bäume und Häuser leuchteten gelb, rot und golden. Auch der Wind wehte lange nicht mehr so frisch wie noch vorhin am Strand. Vielleicht lag es daran, dass der Tag sich allmählich dem Ende zuneigte und er anfing einzuschlafen.

»Habt ihr was gefunden?«, fragte er seinen Freund.

»Wir stecken mitten in der Arbeit. Meine Leute machen Überstunden, Tomas.«

»Schon gut. Aber …«

»Als Holtgreve mich losschickte«, fiel Morten Franzen ihm ins Wort »habe ich mich gefragt, wie wir am schnellsten ins Haus kommen.«

»Hast du nicht einen Fachmann dafür?«

»Klar. Aber besser ist, wir haben passende Schlüssel. Mein Experte macht nämlich gerade eine Fortbildung beim LKA.«

»Verstehe.«

»Ich habe bei der Toten keine Schlüssel gefunden«, fuhr Morten Franzen fort.

»Sie joggte gerade.«

»Sie trug Laufklamotten, Tomi. Das ist richtig. Aber auch dann muss sie irgendwann zurück ins Haus.«

»Wie ist sie überhaupt da hoch in den Norden gekommen? Ziemlich weit weg. Selbst für eine passionierte Läuferin.«

»Darauf gibt es viele Antworten. Nur ihr Mörder kennt die richtige«, stöhnte Morten Franzen.

»Jedenfalls nicht in ihrem Auto. Das steht im Carport«, bemerkte Tomas Jung lakonisch.

Sie schwiegen eine Weile.

»Hast du denn irgendetwas anderes gefunden?«, ergriff Jung als Erster wieder das Wort.

»Was meinst du genau, Tomi?«

»Zum Beispiel eine Laufuhr, einen Herzfrequenzsender, einen Brustgurt. Etwas in der Art.«

»Nichts. Auch keinen Ausweis, kein Geld, nichts.«

»Hatte sie überhaupt irgendetwas bei sich?«

»Nein. Nicht einmal ein Papiertaschentuch.«

»Auch keine normale Armbanduhr?«

»Ja. Allerdings. Eine Armbanduhr trug sie.«

»Welche Marke?«

»S.Oliver mit Silikonband. Steingrau.«

»Also eine von hunderttausend.«

»Ja.«

»Sonst nichts?«

»Absolut nichts.

»Komisch«, bemerkte Tomas Jung leise.

»Ja, nicht wahr? Wo sind die Schlüssel? Wie kommt sie ins Haus?«

»Vielleicht hat sie ein Versteck. Vielleicht hat die Schlüssel ihr Mörder. Vielleicht gab es ein Gerangel und sie sind verloren gegangen.«

»Meiner Meinung nach sieht das Ganze nach Raubüberfall aus. Und ihr Mörder hat alles mitgehen lassen.«

»Raubüberfall und fachmännische Erdrosselung? Das passt irgendwie nicht zusammen, Morten.«

»Vielleicht hatte ihr Mörder etwas ganz Bestimmtes im Visier. Im Haus vielleicht. Alles andere hat er verschwinden lassen, um uns abzulenken und in Schwierigkeiten zu bringen.«

»Ein Profi also. Könnte sein«, pflichtete Tomas Jung ihm bei.

»Aber was sucht ein Profi bei einer harmlosen Fitnesstrainerin, die reichen Rentnern auf ihre letzten Tage noch das Laufen schmackhaft machen soll?«

»Vielleicht führte sie ein Doppelleben, Morten.«

»Vielleicht. Vielleicht auch nicht. Fragen über Fragen.«

»Du hast recht. Das ganze Drumherum wirft irritierende Fragen auf. Viel zu viele nach meinem Geschmack.«

»Deine Fragen, Tomi. Nicht meine«, feixte Morten Franzen.

»Ich weiß. Wie geht's jetzt weiter?«

»Ich sehe mir zuerst das Schloss an. Die Dinger können verdammte Schwierigkeiten machen. Aber letztlich ist brutale Gewalt am wirksamsten. Und am schnellsten.«

Tomas Jung lachte. Sie waren am Haus angekommen. Franzens Männer schwärmten aus. Sie beide gingen den Weg hoch an die Haustür. Morten Franzen untersuchte kritisch die Tür und das Schloss.

»Ein echtes Schmuckstück. Eine Designeranlage der neuesten Generation. Mit Gegensprechanlage, Videoüberwachung, beleuchtetem Namensschild und einem Briefkasten mit gepufferter Klappe. Wer leistet sich das denn?«

»Das Schloss ist kürzlich ausgewechselt worden. Es gab einen Einbruch«, erklärte Tomas Jung.

»Aha«, grunzte er. »Wir sollten ab jetzt Handschuhe tragen. Wenn wir erst drin sind, brauchen wir auch Überzieher für die Schuhe.« Er rief einen seiner Männer herbei. »Gibt es einen zweiten Zugang, Tomi?«

»Ja. Hinten, zum Hauswirtschaftsraum.«

»Sehen wir uns den lieber auch noch an«, brummte er und nahm Latexhandschuhe und Plastiküberzieher entgegen.

Die Tür zum Hauswirtschaftsraum war von einem Schloss der gleichen Art gesichert.

»Ihr Sicherheitsbedürfnis muss groß gewesen sein«, bemerkte Morten Franzen.

»Ein Einbruch macht nicht gerade ruhiger, Morten«, gab Tomas Jung zu bedenken.

»Also gut, machen wir es auf die einfache Art.«

Franzen nahm einen faustgroßen Kiesel von der Hauseinfriedung und schlug ohne zu zögern mit großer Wucht die Türscheibe ein. Dann zog er sich die Handschuhe über, griff durch die Öffnung und drückte die Innenklinke herunter. Die Tür sprang auf.

»Glück hat nur der Tüchtige«, sagte er erleichtert. »Hätte teurer werden können.«

Sie streifen sich die Schutzfolien über die Schuhe und traten ein.

Obwohl Tomas Jung schon einen ersten Eindruck gewonnen hatte, war er gespannt. Der Hauswirtschaftsraum beherbergte eine Gastherme mit Warmwassertank, Waschmaschine und Wäschetrockner. Die Tür zu einem Gefrierschrank stand auf. Er war leer. Der Wäschesack neben der Waschmaschine ebenfalls. An der Wand hingen Verteiler- und Sicherungskästen neben Telekommunikationsanlage mit W-LAN-Router. Gas-, Strom- und Wasserzähler waren leicht zugänglich und gut ablesbar. Der Raum sah aus, als hätte sich einer Gedanken gemacht, und als hätte der Nutzer das zu schätzen gewusst. Funktionell, übersichtlich, sauber und ordentlich. Jung fand seinen ersten Eindruck bestätigt.

»Wer wohnt *hier* denn?«, fragte Franzen beeindruckt.

»Sie *wohnte* hier, Morten«, verbesserte ihn Jung.

»Jedenfalls muss man hier nicht lange rumwühlen. Liegt ja alles ausgebreitet vor uns. Ich rufe meine Leute. Sie können anfangen.«

Tomas Jung wechselte in den Wohntrakt. Es zog ihn ins Dachgeschoss. Die Treppe führte hinauf zu einer offenen Galerie, auf der ein Arbeitsplatz eingerichtet war und von der man Zugang zu einem Schlafzimmer, einem Gästezimmer und einem Bad hatte. Er ließ sich Zeit mit der Besichtigung. Wie schon am Vormittag überkamen ihn Zweifel. Die Betten waren gemacht, die Schränke geschlossen. Es lag nichts herum, kein Kleidungsstück, keine Tasche, nicht einmal ein Handtuch oder ein Kamm.

Das Bad war groß. Viel zu groß für die paar Toilettenartikel, die auf der Ablage des Waschtisches aufgereiht standen. Der Raum war sehr sauber. Toilette, Wanne und Dusche blitzten. Nur eine Dose Kokosnussbutter, ein Lippenstift und die in größerer Zahl unter dem Waschtisch gestapelten Handtücher erinnerten daran, dass sich hier eine Frau zurechtmachte. Wenigstens im Bad, dem intimsten Ort einer Wohnung, hätte er mehr erwartet. Gespenstisch, dachte er. Nicht einmal einen Medikamentenschrank gab es. Auch keine Pillen oder Kondome.

Er beendete seinen Rundgang kopfschüttelnd und trat zurück auf die Galerie. Den Arbeitsplatz hatte er sich bis zum Schluss aufgehoben.

Auf der Arbeitsplatte des kleinen modernen Sekretärs

stand ein zugeklappter Laptop. Darunter ein Drucker. In die Fächer über der Arbeitsplatte waren Papiere sauber einsortiert. Auf den ersten Blick lauter Rechnungen: Zahnarzt, Elektroinstallateur, Schornsteinfeger, Heizungsbauer und so weiter und so fort. Viele Rechnungen. Sie muss sehr gut verdient haben, ging es ihm durch den Kopf, als er die Papiere wieder zurückschob. Nebenan steckte ein Aktenordner. Er blätterte flüchtig durch. Versicherungspolicen, Krankenkasse, Hausrat, Haftpflicht, Gebäude, Brandschutz und so weiter. Das Übliche. Ansonsten fand er noch ihren Personalausweis und den Pass. Auf der Platte stand eine kleine Holzschale mit Schreibutensilien.

Die Schubladen rechts und links waren nicht abgeschlossen. Eine enthielt das Netzteil für den Laptop. Die zweite einen Fotokalender von Sylt. Ohne Einträge. Er suchte weiter. Keine Briefe, keine Kreditkarten, keine Kontoauszüge, kein Notizbuch, keinen Timer, nichts Persönliches, rein gar nichts, nicht einmal Briefmarken. Der Papierkorb war auch leer. Eine Enttäuschung nach der anderen. Er war frustriert und rief nach Franzen.

»Was hältst du davon?«

»Sieht aus, als wäre sie für eine lange Zeit ausgeflogen.«

»Ja. Aber hat hier überhaupt jemals ein Mensch gelebt, Morten?«

»Jedenfalls keiner wie du und ich, Tomi.«

»Nee, das ist offensichtlich.«

»Warts ab. Mach dir nicht zu viel Gedanken. Wir werden was finden.«

»Kannst du dir vorstellen, dass ihr Mörder hier etwas gesucht hat?«

»Schwer. Es ist zu sauber und zu aufgeräumt. Das müsste schon ein außerirdischer Profi gewesen sein. Übrigens haben wir Schlüssel gefunden. Es gibt ein Schlüsselbrett im Windfang.«

»Damit ist aber unsere Frage noch nicht vom Tisch, Morten.«

»Schon klar. Die Haustürschlüssel waren auch nicht dabei.«

»Welche Schlüssel?«

»Zum Schuppen, zum Briefkasten und zum Auto.«

»Keine für die Tür zum Hauswirtschaftsraum?«

»Nein.«

»Okay. Was schließen wir daraus?«

»Gar nichts, Tomi. Wir brauchen mehr. Meine Leute arbeiten daran. Wenn da was ist, werden sie es finden.«

»Das letzte Mal hat das nicht so richtig geklappt, Morten.«*

»Okay. Aber wir lernen dazu. Sie sind wirklich Profis, Tomi.«

»Schon gut. Entschuldige.«

Morten Franzen hatte den Laptop auf dem Sekretär aufgeklappt und gestartet. Sie warteten gespannt. Schließlich erschien die Aufforderung zur Passworteingabe.

»Na klar. Wäre auch zu schön gewesen.«

»Können wir das irgendwie umgehen?«

---

* Siehe »Inselkoller«

»Keine Ahnung. Ich nehme den ganzen Kram mit, Tomi, einschließlich der Papiere. Wir untersuchen das gründlich. Den Laptop schicke ich den Nerds vom LKA.«

»Wie lange wird das dauern?«

»Ein paar Tage. Aber auch nur, wenn ich gehörig Druck mache.«

»Ich erwarte morgen eine junge Kollegin. Sie versteht was davon. Könnte ich den Kram morgen wieder haben?«

»Morgen? Du hast vielleicht mal Vorstellungen, Tomi.«

»Morten, mir zuliebe. Wenn du das hinkriegst, lade ich dich auf ein Glas Wein ein.«

»Von deinem Luxustropfen, die Flasche über 200 Euro?«

»Geht das oder geht das?«, ignorierte er Franzens Sarkasmus.

»Okay. Du hast etwas gut bei mir. Morgen hast du alles wieder zurück. Ich schick einen Kurier. Für dich gibt es hier nichts mehr zu tun. Wir bleiben noch. So eine Untersuchung dauert. Ich will keinen Fehler riskieren.«

»Danke, Morten. Wir sehen uns.«

»Bis bald, Tomi. Gib draußen die Überzieher zurück. Wir müssen sparen.«

Sie lachten.

*

Es war spät geworden. Der Wind war weiter abgeflaut. Die Türme am Himmel waren zusammengefallen, und die übrig gebliebenen Fetzen trieben seewärts der untergehenden

Sonne entgegen. Viel zu schön, um sich mit einem Mord zu beschäftigen, dachte Tomas Jung, als er, am Flugplatz angekommen, sein Auto aufschloss. Einen kurzen Moment überlegte er, wo er zu Abend essen wollte. Merkwürdigerweise hatte er überhaupt keinen Hunger. Umso größer war seine Müdigkeit. Er beschloss, früh schlafen zu gehen.

*

Der Tag hatte vielversprechend begonnen. Und wie hatte er geendet?

Tomas Jung stand vor dem Spiegel und putzte sich die Zähne. In der Vergangenheit hatte er Probleme mit Zahnstein und Zahnfleischbluten gehabt. Es drohe eine Parodontitis, hatte sein Zahnarzt ihm Angst gemacht. Danach hatte er nie wieder die Reinigungsbürsten für die Zahnzwischenräume vergessen. Er befühlte Zahnfleisch und Zähne mit der Zunge. Alles in bester Ordnung. Wenigstens das!

Nicht, dass er großen Ärger über die Wende, die der Tag gebracht hatte, empfunden hätte. Schließlich war das sein Beruf. Er verdiente damit sein Geld. Geld, das er für seinen und den Lebensunterhalt seiner Familie brauchte. Aber was hieß das schon? Durfte er deswegen kein Unbehagen empfinden? Svenja hatte nie Schwierigkeiten gemacht, wenn sein Beruf alle seine Aufmerksamkeit und Zeit aufgesogen hatte. Ihr Verständnis war größer, als er jemals zu hoffen gewagt hatte. Du liebst doch, was du tust, gab sie zu bedenken, wenn er sich gelegentlich über die Zumutungen beschwerte.

Er hatte darauf keine Antwort gehabt. Liebe schien ihm in diesem Zusammenhang das falsche Wort zu sein. Liebte er sein Vaterland? Liebte er sein Auto? Liebte er seinen Garten? Er liebte seine Frau, selbst wenn sie ein paar Eigenheiten pflegte, die ihm jedes Mal übel aufstießen. Warum musste Svenja immer einen Rest auf dem Teller zurücklassen, nie die Tasse leer trinken oder einen neuen Joghurt anbrechen, bevor der alte aufgebraucht war? Eine Marotte. Nichts, was wert gewesen wäre, an die große Glocke gehängt zu werden. Aber die durch nichts, auch nicht durch praktische Vernunft zu erschütternde Zwanghaftigkeit bereitete ihm Unbehagen. Spott und Ironie brachten Svenja auf die Palme. Sie beharrte störrisch auf ihrem sogenannten Selbstbestimmungsrecht. Völlig idiotisch, aber nicht zu ändern. Jedenfalls nicht auf seine Art und Weise. Er hatte die Versuche eingestellt. Sie brachten nichts außer Verdruss.

Genauso ging es ihm, wenn er mit krimineller Gewalt konfrontiert war. Er hätte sofort dem Einwand zugestimmt, dass beides ja doch wohl nicht miteinander zu vergleichen sei. Aber das änderte nichts an seinem Unbehagen. Gewalttäter hatten immer einen Grund für ihr Tun und Lassen. Und immer fühlten sie sich getrieben, einen Zustand zu ändern, den sie selbst als Gewalt empfanden: übermächtig, ausweglos und unerträglich. Aber Gewalt hatte noch nie Probleme gelöst, nur neue geschaffen. Die Geschichte der Menschheit war voll davon, ja, sie war im Grunde eine Geschichte von Gewalttätern. Dafür wurden ihnen Denkmäler errichtet. Jeder konnte das, wenn er wollte, in den Geschichtsbüchern nachlesen. Menschen und ihre Geschichte waren Gegenstand von Forschung, die sich bemühte, ihre Antriebe, Bedingungen und Psychologie aufzudecken. Kluge Köpfe an Universitäten und Instituten drangen bis in die letzten Geheimnisse vor. Es wurde viel Geld dafür ausgegeben. Der Versuch, Zweifel zu streuen und eine Dummheit zu predigen, die nur den ewigen Gewalttätern nützte, hatte noch in der Vergangenheit funktioniert, im Zeitalter des Internet würden sie letztendlich zum Scheitern verurteilt sein. Nur Analphabetismus konnte das noch verhindern. Aber auch damit würde es über kurz und lang vorbei sein. War das ein Trost?

Vielleicht. Aber nicht in diesem Augenblick und nicht für den vorliegenden Fall. Er empfand so etwas wie Schmerzen. Schmerzen, die er einfach nicht loswurde. Er hatte seine Empfindsamkeit schon oft verflucht. Sie verführte ihn zum Grübeln. Sie war lästig. Sie behinderte ihn. Gleichzeitig nutzte sie ihm. Sie brachte ihn auf unbekannte Wege, führte ihn zu Abseitigkeiten, die sich später als Schlüssel zum Verständnis eines scheinbar unverständlichen Geschehens entpuppten.

Die Motive. Wo waren sie? In der Gegenwart, in der Vergangenheit? Im Berufsleben oder im Privaten? Konnte man das überhaupt trennen? Morgen würde Charlotte dazukommen. Mit ihr würde er darüber reden können. Die Gespräche waren immer anregend gewesen, wenn auch ab und zu belastend und unbequem. Aber gerade deswegen beruhigte ihn der Gedanke an sie.

Er legte die Zahnbürste zurück in den Becher. Aus dem Spiegel sah ihn ein fremdes Gesicht an. Er fuhr sich durch die Haare. War er alt? Er fühlte sich nicht so. Der Hotelmanager kam ihm in den Sinn. So wie der werde ich niemals sein, flüsterte er. Er löschte das Licht und ging zu Bett. Es dauerte nicht lange und er war eingeschlafen.

SAMSTAGVORMITTAG, DER 21.

Ingeborg zerstörte die Hoffnung auf mehr Tage mit Sonne. Sie stürmte vom Atlantik heran und hatte keine Mühe, niederzuwalzen, was nur einen Tag Zeit gehabt hatte, zu wachsen und stark zu werden.

Tomas Jung wachte vom Trommeln gegen die Scheiben auf. Die Fenster zur Seeseite ächzten unter den Hieben des wütenden Sturms. Vom Balkon auf der Wattseite bot sich ein Anblick, der ihn den Kopf schütteln ließ. Der Neid, den er gestern noch auf die urlaubenden Strandbesucher gehegt hatte, wandelte sich in Mitleid. Er sah auf die Uhr. Schon neun. Dem Tageslicht nach hätte es erst sieben seien dürfen. Er hatte verschlafen.

*

»Sie ist schon da«, begrüßte ihn Karin Johannsen, als er mit tropfenden Haaren und nassen Füßen in ihr Büro stapfte.

»Moin. Wer ist da?«

»Die Kommissarin. Deine Charlotte.«

»Sie ist nicht *meine* Charlotte. Wo ist sie?«

Tomas Jung entledigte sich fluchend seiner durchgeweichten Jacke.

»Schon unterwegs. Sie sieht sich das Haus an.«

»Von Bente Friedrichsen?«

»Ja. Sie will sich einen ersten Eindruck verschaffen.«

»Gut. Gibt es hier einen Kaffeeautomaten? Ich habe verpennt.«

»Der Gerichtsmediziner hat auch schon angerufen«, ignorierte Karin seine Frage.

»Was hat er gesagt.«

»Du sollst zurückrufen. Ein komischer Kauz.«

Tomas Jung lächelte vielsagend.

»Was ist mit dem Kaffeeautomaten?«, fragte er noch einmal.

»Ich mach' das schon. Mit Zucker und Sahne?«

»Das volle Programm. Ich bin drüben.«

*

Tomas Jung war gespannt auf die Untersuchungsergebnisse. Er hoffte auf eine Spur, die ihn weiter bringen würde. Und er freute sich. Charlotte war eingetroffen. In ihr würde er eine große Hilfe haben. Er war sich sicher. Darüber hinaus war sie auch für Überraschungen gut. Ob angenehm oder unangenehm, darin war er sich allerdings nicht so sicher. Aber es störte ihn nicht. Seine feuchten Socken störten. Das stand fest.

Er griff zum Telefon. Endert meldete sich nach dem ersten Läuten.

»Das ging ja erfreulich schnell, Dr. Endert. Schneller als …«

»Ersparen Sie uns das Gesülze, Jung«, unterbrach ihn

der Rechtsmediziner. »Die Zeit ist knapp. Das sagen Sie, nicht ich. Also kommen wir zur Sache.«

»Wie Sie wünschen. Fangen Sie an«, erwiderte Tomas Jung kühl.

»Sie ist mit einem dünnen Seil aus Kunstfaser erdrosselt worden. Unscharfe Wundränder, aber keine Fusseln. Es muss sehr schnell gegangen sein. Daher auch der geringe Blutverlust. Der Schlag an die Schläfe hat sie nur kurz betäubt. Das Schlagwerkzeug ist aus Holz und hat in Meerwasser gelegen. Wir haben minimale Splitter in der Wunde gefunden und chemisch analysiert. Ansonsten nichts. Sehr schade, jammerschade, mein Lieber.«

»Schade? Was ist schade?«, fragte Tomas Jung verständnislos.

»Ich habe in meiner langjährigen Praxis noch nie eine wie sie auf meinem Blechtisch gehabt«, antwortete Endert und machte eine Pause. Tomas Jung hatte den Eindruck, als wolle er ihn verunsichern oder seine Fantasie und Kombinationsgabe auf die Probe stellen.

»Wie meinen Sie das?«, fragte er leicht verärgert.

»Sie war gesund. In bester Verfassung, besser geht's nicht. Einfach exorbitant.«

Das Wort exorbitant fand Tomas Jung in diesem Zusammenhang völlig daneben. Er wurde wütend.

»Was heißt das? Inwiefern ist das für uns wichtig?

»Ob das für Sie wichtig ist oder nicht, müssen Sie schon selbst herausfinden.«

»Danke, dass Sie mich daran erinnern, Herr Doktor.

Aber wichtig ist vor allem, den genauen Todeszeitpunkt zu kennen.«

»Ja, das ist das Problem. Wie gesagt, ihr Allgemeinzustand war einzigartig, geradezu perfekt. Jedenfalls bevor der Tod von ihr Besitz ergriff. Keine krankhaften Veränderungen im und am Körper, wirklich nichts, nicht mal ein Kratzerchen. Kein unnatürlicher Verschleiß, keine Operationen, keine Narben, kein überflüssiges Fett, keine Verkalkungen, keine Gefäßverengungen, keine Giftspuren. Ich weiß nicht, was ich noch alles aufzählen soll.«

»Was ist mit GV?«

»Nein. Die Frau hatte in letzter Zeit keinen Verkehr. Nichts, was darauf schließen lässt.«

»Gut. Was sagt das über den Todeszeitpunkt aus?«

»Dazu kommt ein annähernd gleichbleibendes Temperaturniveau in den letzten Tagen«, fuhr Endert unbeirrt fort. »Die Schwankungen waren nur geringfügig.«

»Okay. Zu welchem Ergebnis sind Sie gekommen?«

»Wir müssen auch ins Kalkül ziehen, dass die Leiche mehrere Tage unter Luftverschluss zugebracht hat. Es ist nicht genau …«

»Wann ist sie gestorben?«, unterbrach Tomas Jung den Rechtsmediziner ärgerlich.

»Unter Berücksichtigung aller Umstände innerhalb 48 Stunden, nachdem sie zum letzten Mal gesehen worden ist«, antwortete Endert ungehalten.

»Also ungefähr zwischen Donnerstag 23 Uhr und Samstag 23 Uhr.«

»Sie können ja sogar rechnen, Herr Kollege.«

Tomas Jung kam kurz in Versuchung, heftig zu werden, bezwang sich aber.

»Ist das alles?«

»Ist das nicht genug?«

»Die Bestimmung des Todeszeitpunktes ist vage. Äußerst dürftig«, entgegnete er unfreundlich.

»So ist das eben nun mal im Leben, Jung. Ich kann Ihnen in *diesem* Punkt nicht weiterhelfen.«

»In welchem denn *sonst*, Herr Dr. Endert?«

»Sie war schwanger«, sagte Endert selbstgefällig.

»Was? Und das sagen Sie mir erst jetzt?«

»Sie sind ungeduldig, Jung. Das ist Ihr Fehler.«

Jung gab sich Mühe, ruhig zu bleiben.

»Seit wann?«, fragte er barsch.

»Es ist gut möglich, dass sie ihre Schwangerschaft noch gar nicht realisiert hatte.«

»Also vier Wochen?«

»Ich würde mal sagen, vier bis sechs Wochen. Bei Würdigung ihrer Gesamtkonstitution ist auch das noch mit einem Fragezeichen zu versehen.«

»Wieso? Wenn sie so gesund war, sollte sie auch ihre Tage in schöner Regelmäßigkeit bekommen haben.«

»Eben. Aber sie ist mindestens seit einer Woche tot. Der Embryo auch. Für ihn gilt, was auch für die Mutter gilt.«

»Bekomme ich das noch schriftlich zum Kapieren?«, fragte Jung süffisant.

»Meinen Bericht haben Sie morgen auf dem Schreibtisch.«

»Wenn Sie noch mehr Überraschungen in petto haben, Endert, dann rücken Sie jetzt damit raus.«

»Das ist alles. Sie klingen verärgert, Jung. Warum?«

»Ihre Art, Endert, geht mir auf den Sack.«

»Haben Sie sich mal gefragt, wohin *Ihre* Art *mir* geht, Herr Kriminaloberrat?«

Früher hatte Tomas Jung sich um Nachsicht bemüht. Er hatte einfach keinen Nerv mehr für Enderts Spielchen.

»Nein«, sagte er scharf und glaubte, das Gespräch sei vorbei.

»Das sollten Sie aber«, ließ Endert sich nicht abhalten. »Man soll die Hoffnung niemals aufgeben. *Wer immer strebend sich bemüht, den können wir erlösen.** *Das* kennen Sie doch, Herr Kollege, oder?«

»Sie hätten lieber weiter vorne, in Teil I lesen sollen, Endert. *Ich bin ein Teil von jener Kraft, die stets das Böse will und stets das Gute schafft***.«

»Beantragen Sie mal 'ne Kur«, ließ Endert nicht locker. »Das rate ich Ihnen als Arzt.«

»Arzt? Gütiger Gott. Ich denke eher …«

»Hören Sie auf zu denken, Jung. Das bringt nichts. Weder Ihnen noch sonst irgendjemandem.«

»Aha! Gut zu wissen. Vor allem aus so berufenem Munde«, erwiderte Jung ätzend.

---

* J. W. v. Goethe, »Faust II«
** J. W. v. Goethe, »Faust I«

»Ihnen fehlen Nüchternheit und Realitätssinn, Jung. Sie sind von sich und Ihrer Berufung so besoffen, dass aus Ihrem Denken nur ewig das Gleiche herausspringt: Wie toll Sie doch eigentlich sind. Einer von den ganz, ganz Guten.«

»Von wem reden Sie eigentlich, Endert, von sich oder von mir?«

»Finden Sie lieber den Vater, Jung, dann haben Sie auch ihren Mörder. Guten Tag.«

Wie kindisch, ärgerte sich Jung, als er den Hörer auf die Halterung knallte. Warum hatte er sich auf diesen idiotischen Streit eingelassen? Falls er Svenja davon erzählte, würde sie ihn auslachen. Zu Recht. Hier ging es um Mord und nicht um die albernen Spielchen zweier in die Jahre gekommener Kindsköpfe.

*

Als Karin Johannsen den Kaffee brachte, sah sie Tomas Jung an, dass etwas passiert war. Sie spürte, dass er lieber nicht danach gefragt werden wollte, und stellte den dampfenden Becher wortlos vor ihn auf den Tisch.

Tomas Jung hob den Kopf und sah sie an. Es schien, als sei er gerade von weither zurückgekommen.

»Danke, Karin.«

Er nickte ihr freundlich zu, nahm den Becher auf und pustete.

»Wann ist sie gegangen?«

»Die Kommissarin? Gegen acht.«

»So früh? Wann ist sie denn gekommen?«

»Ganz normal. Halb acht.«

Er wagte einen ersten Schluck und stellte den Becher zurück.

»Sie ist jung und sieht sehr gut aus«, sagte Karin Johannsen kokett und lächelte.

»Ich schätze an ihr ihre Intelligenz und ihr Wissen. Eine gute Kriminalbeamtin. Wir haben zusammengearbeitet. In Québec. Ohne sie wäre ich jetzt tot.«

»Mein Gott! Was ist denn passiert?«, rief Karin erschrocken.

»Vielleicht erzähle ich dir das irgendwann mal später. Sie ist sportlich und achtet auf ihre Ernährung. Ähnlich wie unser Opfer. So wie ich das sehe, könnte ihr Wissen von Nutzen sein.«

»Ich habe sie in groben Zügen informiert«, sagte Karin Johannsen.

»Und daraufhin wollte sie sich das Haus anschauen. Sehr gut. Das passt zu ihr.« Jung nickte gedankenverloren. »Wo ist Nanning?«, fragte er unvermittelt.

»Er kümmert sich um die Fotos.«

»Welche Fotos?«

»Von den Ärzten.«

»Ach ja, richtig. Gibt es schon Reaktionen auf unsere Suchanfrage?«

»Ja. Ich habe jede Menge Anrufe gehabt.«

»Etwas, was uns weiterhilft?«

»Lauter Spinner und Hotelgäste, die wissen wollen, was passiert ist.«

»Spinner? Erzähl mal.«

»Der eine will Bente Friedrichsen gestern in Westerland gesehen haben. In einem blauen New Beetle Cabrio. Ein anderer glaubt, sie am Dienstag auf dem Festland, im Schlemmerkontor in Niebüll, erkannt zu haben. Ein anderer meint, sie sei eine Zockerin und spiele im Casino Roulette. Und so weiter.«

»War Nanning nicht wegen eines Vorfalls im Casino?«

»Ja. Was ist damit?«

»Nichts. Schon gut. Also bisher nur Müll.«

»Alles Männer.«

»Ich hab's gewusst«

»Was hast du gewusst?«

»Nichts. Wirklich nichts. Hat sich erledigt.«

Sie schwiegen. Karin Johannsen überlegte für einen Moment, womit sie Tomas Jung aufheitern könnte. Er schien deprimiert zu sein. Das Telefon kam ihr zuvor. Tomas Jung nahm den Hörer auf, und sie verließ den Raum.

»Ja.«

»Moin, Tomi. Du klingst, als wärest du mit dem linken Bein aufgestanden. Ich glaubte, du freust dich.«

»Sorry, Morten. Ich war mit meinen Gedanken gerade woanders.«

»Wo denn? Doch nicht etwa im Urlaub? Den kannst du vorerst vergessen, mein Lieber.«

»Hast du was für mich?«, entgegnete Jung müde.

»Etwas mehr Enthusiasmus hätte ich schon erwartet. Wir haben die Nacht durchgemacht, Tomi.«

»Entschuldige, Morten. Aber ich hatte gerade Dr. Rechtsmedizin am Apparat.«

»Verstehe. Das reicht als Ausrede. Du musst jetzt ganz stark sein, Tomas.«

»Spuck's aus, Morten. Ich höre.«

»Ich mach's kurz. Wir haben nur drei Indizien gefunden, die wirklich interessant sein könnten. Ein fremdes Haar in der Kapuze ihres Jogginganzugs. Mit großer Wahrscheinlichkeit ein Männerhaar. Angegraut, nicht gefärbt. Dazu den Fussel eines Schals. Graue Kaschmirwolle. Und einen persönlichen Brief, den wir allerdings niemandem zuordnen können. Nur ein Vorname, kein Datum, kein Absender. Er lag in der Küchenschublade zusammen mit ihrer Brieftasche.«

»Und der Festnetzanschluss? Die meisten haben Rufnummernspeicher, Anrufbeantworter und so weiter.«

»Wir haben keinen Apparat im Haus gefunden.«

»Auch keine Haustürschlüssel, keine persönlichen Unterlagen, keine Adresskartei, keinen Stundenplan, Abrechnungen, Kostennoten?«

»Nichts. Absolut nichts. Etwas Bargeld. Eine EC-Karte. Visa- und Mastercard.«

»Welche Bank?«

»Sparda-Bank Hamburg. Die haben keine Filiale auf Sylt. Das haben wir schon recherchiert.«

»Dann wird sie ihre Bankangelegenheiten online abgewickelt haben.«

»Das liegt nahe. Ja.«

Nach einer kurzen Pause fragte Tomas Jung:

»Und im Auto?«

»Haben wir ihren Führerschein und ein Smartphone gefunden. Ich nehme an, es gehört ihr. Jedenfalls sind nur ihre Fingerabdrücke drauf. Ausweis und Pass sind letztes Jahr im Amt Südtondern erneuert worden, einschließlich gespeicherter Fingerabdrücke.«

»Was ist sonst mit Fingerabdrücken?«

»Ein paar nicht zu identifizierende haben wir im Haus gefunden. Sonst nur ihre eigenen.«

»Und am Müllsack?«

»Nichts.«

»Der Kabelbinder. Woher kommt der?«

»Den und auch den Sack kannst du in jedem x-beliebigen Baumarkt kaufen. Die Suche nach der Herkunft dürfte ziemlich aussichtslos sein.«

»Und der Knüppel?«

»Fehlanzeige. Ich bin mir sicher, dass der Fundort nicht der Tatort ist.«

»Wie sicher?«

»Sicherer geht's nicht. Jedenfalls nach menschlichem Ermessen.«

»Wo sollen wir suchen?«

»Keine Ahnung. Wir haben keine Hinweise gefunden. Nicht den kleinsten.«

»Der Knüppel muss im Meer gelegen haben, sagt Endert.«

»Meer ist auf der Insel überall, Tomas.«

»Ja. Schon richtig. Sogar das Festland liegt am Meer.« Jung machte eine Pause.

»Bleiben noch ihr Laptop und das Smartphone«, fuhr Morten Franzen fort. »Wir haben da nichts ausrichten können. Du hast beide noch heute auf dem Tisch, zusammen mit dem Papierkram. Wenn du fertig bist, schick alles wieder zurück. So schnell es geht. Die Spurensuche ist noch nicht abgeschlossen. Der Elektronikkram soll ins LKA.«

»Kriegen die das geknackt?«

»Ich glaube schon. Fragt sich nur, wann.«

»Okay. Danke, Morten. Den schriftlichen Bericht schickst du gleich mit?«

»Ja. Er liegt schon vor mir. Du hast genug zu tun, Tomas. Ich wünsch dir was.«

»Danke, gleichfalls.«

»Deine Hilfe, von der du erzählt hast. Ist sie schon da?«

»Sie sieht sich gerade das Haus an. Habt ihr die eingeschlagene Tür gesichert?«

»Provisorisch. Das Haus ist versiegelt.«

»Okay. Sie wird bald hier sein.«

»Also dann, Tomi. Nochmals viel Erfolg und Tschüss.«

»Tschüss, Morten.«

*

Du bist ein Scheißbulle, ein ungeduldiger Wichser. Wenn du so weiter machst, verlierst du noch deinen einzigen Freund in der BKI, schimpfte Tomas Jung lautlos.

Das Telefonat mit Endert war ihm aufs Gemüt geschlagen wie ein trüber, nasskalter Novembertag. Dazu passten seine kalten Füße und seine feuchten Hosen. Er sehnte sich nach ein bisschen Wärme. Am liebsten hätte er einen heißen Glühwein getrunken, jetzt, im August, mitten im Sommer.

Er schüttelte den Gedanken ab. Ich werde mein Verhalten ändern, schwor er sich. Dann versuchte er, sich auf die vor ihm liegenden Aufgaben zu konzentrieren.

Finden Sie lieber den Vater, Jung, dann haben Sie auch ihren Mörder. Wo musste er suchen? Wo war der Tatort? Wann? Und warum? Tomas Jung befiel eine plötzliche Unruhe. In ihm wuchs die Überzeugung, dass der Mörder sich gut versteckt hielt und noch gar nicht auf dem Bildschirm seiner Fantasie erschienen war.

*

Tomas Jung stand am Fenster und starrte in den Regen, als er sie kommen sah. Sie lief über den Parkplatz in Richtung Eingang. Selbst in einem Taucheranzug hätte er sie wiedererkannt. Sie trug gelbe, wadenhohe Gummistiefel. Ihr Körper verschwand unter einem knielangen Friesennerz*, dessen Kapuze ihren Kopf verhüllte.

Er ging zurück an seinen Schreibtisch und setzte sich. In seinem Kopf entfalteten sich Bilder, Töne und Gerüche. Er dachte an die Nacht in Québec, wie sie sich bei ihm ein-

---

* Gelbes Ölzeug

gehakt und ihn aus der Dunkelheit am Cap Blanc in die Sicherheit ihres Hotels geleitet hatte.

Dann dachte er an Svenja, an die Algarve, ihren vermissten Koffer und das Haus in Carvoeiro.

Und an seine Tochter Cara nach dem Wahnsinn von Fukushima.

Und er dachte an seine Mutter, wie sie mit zurückgelegtem Kopf und merkwürdig verkrampftem Handgelenk ein Glas Sherry kippte.

Eben erst hatte er sich einen Glühwein gewünscht, und nun erwärmte ihn der Anblick dieser jungen Frau.

Pass auf dich auf, Tomi, flüsterte er sich zu. Die Dinge sind niemals so, wie sie scheinen. Das solltest du eigentlich am besten wissen.

Tomas Jung lehnte sich zurück, verschränkte die Hände hinter dem Kopf und wartete.

*

Ihre Begrüßung war kurz und förmlich. Fast so, als müsse ihnen ihr Wiedersehen peinlich sein. Charlotte Bakkens Marotte, ihn mit *Sie* und *Chef* anzureden, machte die Sache nicht besser.

Während Tomas Jung zusah, wie sie das Regenzeug ablegte, erinnerte er sich lebhaft an ihr erstes Zusammentreffen: groß, über 1,80, kräftig, makellose Figur, kurzer, kunstloser Haarschnitt, ungeschminkt, weißes Sweatshirt, kurze, braune Lederjacke, beigefarbene Jeans und flache

Schnürschuhe. Heute trug sie Regenstiefel, ein paar andere Farben, einen Pullover. Aber die Veränderungen fielen gar nicht weiter auf. Allein ein Rock, ein Kleid oder ein Hosenanzug wäre eine Sensation gewesen. Tomas Jung empfand so etwas Ähnliches wie Freude.

*

»Sie muss gut verdient haben oder anderweitig gut versorgt gewesen sein«, stellte Charlotte Bakkens nüchtern fest.

»Woran liest du das ab, Charlotte?«, fragte er.

»Sie ist teuer eingerichtet. Sehr geschmackvoll. Das Haus ist aufwendig restauriert. Modernste Technik, neuster Standard. Einfach toll.«

»Bist du im Haus gewesen?«

»Selbstverständlich, Chef.«

»Durch die kaputte Tür?«

»Nein. Durch die Eingangstür.«

»Hast du die eingeschlagen?«

»Ach Quatsch, Chef. Natürlich nicht.«

Tomas Jung sah sie verblüfft an.

»Das Haus ist durch ein hypermodernes Schließsystem gesichert. Sogar an der Hintertür. Ist Ihnen das nicht aufgefallen? Zumindest die Kollegen von der Spurensicherung hätten das sehen müssen.«

Sie machte eine Pause. Tomas Jung schwieg. Es schien ihm, als mache es sie stolz, den anderen voraus zu sein, und ihn, den Chef, ratlos zu sehen.

»Charlotte, ich weiß nicht, wovon du redest.«

»Diese Schließanlage ist der letzte Schrei und sehr teuer. Sie ist …«

»Vor Kurzem erst installiert worden. Das wissen wir«, warf Jung ein.

»Sie ist gefeit gegen Verlieren, Vergessen, Diebstahl und Fälschung«, fuhr sie nahtlos fort. »Der eigene Finger ist der Schlüssel. Biometrische Identifikation. Fingerprint nennt man das.«

»Und dein Finger hat funktioniert?«

»Natürlich nicht. Das ist doch der Zweck des ganzen Schnickschnacks. Normalerweise braucht der Besitzer keine Schlüssel. Also kann er sie ruhig mal vergessen, verlegen oder sonst was damit machen. Er kommt trotzdem rein.«

»Ich verstehe. Und unnormalerweise? Was heißt in diesem Fall unnormal?«

»Für alle Fälle gibt es natürlich einen richtigen Schlüssel. Dafür muss es ein Depot geben. Ein Versteck, wenn Sie wollen. Irgendwo am Haus. Das ist doch so klar wie Kloßbrühe, oder?«

Tomas Jung schüttelte den Kopf.

»Jedenfalls für mich. Es war ganz einfach.«

»Wo?«, fragte Jung ergeben.

»In einer Höhlung im Baumstamm.«

Er sah vor seinem inneren Auge die Ahornbäume vor Bente Friedrichsens Haus, in die der Blitz gefahren war.

Charlotte Bakkens schwieg. Tomas Jung lachte lautlos in sich hinein. Die Frage, die ihn so lange aufgehalten hatte,

hatte sich in Luft aufgelöst. Er gratulierte sich zu seiner Wahl und sandte einen stillen Dank an Holtgreve. Plötzlich schoss ihm durch den Kopf, dass sie einen Schlafplatz brauchte.

»Wo bleibst du überhaupt? Hast du schon eine Unterkunft?«

Charlotte Bakkens zögerte einen Moment.

»Der Blonde mit der Narbe im Gesicht hat mich bei seiner Mutter untergebracht«, erwiderte sie schließlich »Hoffentlich sind wir hier bald fertig, Chef«, fügte sie seufzend hinzu.

Tomas Jung lachte. Sieh mal einer an, dachte er. Hatte Nanning ihm gegenüber nicht von Problemen gesprochen?

»Ist es so schlimm?«, fragte er fürsorglich.

»Nein, nein. Überhaupt nicht. Sie vermietet an Feriengäste, hat er mir versichert.«

»Ach so. Dann bin ich ja beruhigt.«

»Was hat Sie denn beunruhigt, Chef?«

»Unser Fall«, erwiderte er abweisend. »Es gibt Fragen. Irritierende Fragen. Mich beschäftigt vor allem, wer in dem Haus gewohnt hat? Was für ein Mensch ist sie gewesen? Was glaubst du?«

»Ich habe vorher noch etwas anderes, Chef. Es könnte wichtig sein.«

»Raus damit, Bakkens.«

»Die Türschließanlage hat eine Videoüberwachung. Ich …«

»Das haben wir auch gesehen. Was ist damit?«

»Die Bilder werden gespeichert. Wir könnten also sehen,

wer an der Tür geklingelt hat. Vielleicht auch, wer nur davor gestanden oder sich bis auf wenige Schritte genähert hat.«

»Ah, das ist ein brauchbarer Hinweis. Woher hast du das, Charlotte?«

»Die Anlage ist von der Firma Siedle. Mir fiel neulich durch Zufall ein Prospekt in die Hände. *Siedle-Magazin Nr. 2, Architektur an der Schwelle*. Sehr aufwendig gemacht. Ich fand den Titel irgendwie witzig.«

Tomas Jung lachte.

»Witzig! Mein Gott, ja. Alles ist irgendwie witzig. Selbst das Traurigste.« Er legte den Kopf in den Nacken und sah an die Decke.

»An der Schwelle, damit ist nicht nur die Schwelle zum Haus gemeint, sondern die Schwelle zu einem neuen Zeitalter«, fuhr Charlotte Bakkens fort.

»Und wie habe ich das zu verstehen?«, wandte sich Tomas Jung ihr wieder zu.

»Das Netz ändert alles, ist ihre Devise.«

»Das Internet, ich verstehe. Und was geht uns das an? Ich meine, bezüglich des Falls, den wir zu lösen haben.«

»Vielleicht sind mit den Bildern auch andere Daten gespeichert und irgendwo im Netz abgelegt.«

Sie schwiegen. Tomas Jung sah Charlotte lange unverwandt an. Die einsetzende Stille lastete auf ihm wie ein immer schwerer werdendes Gewicht.

»Das wäre ja Wahnsinn«, sagte er und fuhr sich durch die Haare. Nach einer längeren Pause sagte er nachdenklich: »Was meinst du, Charlotte?«

»Zu der Frau?«

»Ja, zu der Ermordeten. Was für ein Mensch ist sie gewesen? Was glaubst du?«

»Was weiß ich, Chef? Ich kenne bisher nur ihr Haus.«

Tomas Jung schüttelte den Kopf.

»Sie war schwanger«, sagte er unvermittelt.

»Schwanger? Verdammte Scheiße!« In Charlottes Stimme mischten sich Bestürzung und Anteilnahme. »In welchem Monat?«

»Vierte bis sechste Woche. Der Rechtsmediziner meint, es sei durchaus möglich, dass sie ihre Schwangerschaft noch gar nicht realisiert hatte.«

»Das ist ziemlicher Bullshit, Chef. Eine Frau spürt das. Einige sogar schon sofort nach der Empfängnis.«

»Vorausgesetzt, die Frau ist einigermaßen klar«, gab Tomas Jung zu bedenken.

»Was heißt denn *das*, Chef?«, entrüstete sich Charlotte Bakkens. »Wann sind denn Frauen, Ihrer Meinung nach, unklar?«

»Bei Krankheit, unter Drogen, Medikamenten oder bei enormem Stress. Wenn …«

»Also wie bei Männern auch.«

»Ja, natürlich. Ich …«

»Ich wollte das nur richtiggestellt haben, Chef«, sagte sie aufmüpfig.

»Und ich wollte nur sagen, dass, wenn alles geballt zusammenkommt, es oftmals zu spät ist. Dann geht's ums Überleben und nicht um ein leichtes Unwohlsein am Morgen. Ich dachte, du als Gesundheitsapostel wüsstest das, Charlotte.«

»Okay. Meinetwegen. Da könnte was dran sein.«

»Danke.« Tomas Jung schenkte ihr ein schmales Lächeln.

»Sie war übrigens gesund«, fuhr er nüchtern fort, »Gesünder geht's gar nicht, sagt der Rechtsmediziner. Sie war gut situiert. Das sagen bisher alle, die sie gekannt haben. Wenn von ›kennen‹ überhaupt die Rede sein kann. Der Anschein spricht jedenfalls dafür, dass …«

»Vielleicht wollte sie die Schwangerschaft nicht wahrhaben, weil sie Probleme befürchtete«, unterbrach ihn Charlotte.

»Oder weil sie nicht damit rechnete. In ihrem Lebensplan war das nicht vorgesehen. In ihrem Haus gibt es nichts …«

»… das einen Hinweis auf ein Baby liefern könnte«, ergänzte Charlotte Bakkens.

»Genau. Ich meine, da ist alles so beklemmend ordentlich und sauber, so hingestellt und unlebendig wie … Mir ist das fast unheimlich.«

»Mir nicht. Ich kenne das.«

»Woher?«

»Aus anderen Wohnungen.«

»Der eigenen?«

»Die möchte ich Ihnen lieber nicht zeigen, Chef. Jedenfalls nicht unangemeldet.«

Tomas Jung lachte. Es war noch zu früh für tiefer gehende Erörterungen, dachte er.

»Die Berichte des Rechtsmediziners und der Spurensicherung sind auf dem Weg hierher. Heute Nachmittag mache ich ein Briefing. Was wissen wir, wo stehen wir, welche Schritte sind angesagt und …«

»Ich weiß, was ein Briefing ist, Chef.«

»Umso besser. Es wäre gut, wenn du die Berichte vorher liest, Charlotte.«

Sie ging ans Fenster und sah hinaus.

»Es hat aufgehört zu regnen«, sagte sie. »Meine Joggingrunde ist heute früh buchstäblich ins Wasser gefallen. Sie wissen ja, ohne die läuft bei mir gar nichts.«

»Es ist genug Zeit.«

»Okay, Chef. Ich tu, was ich kann.«

»Könntest du deine Runde in den Norden verlegen, dahin, wo wir sie gefunden haben?«

»Geht in Ordnung. Der Genius loci. Ich weiß.«

»Hast du ein Auto?«

»Ich bin mit dem Auto hier. Kein Problem.«

»Noch etwas, Charlotte. Ihr Laptop und das Smartphone zusammen mit den Berichten werden in Kürze eintrudeln. Sieh dir das bitte genau an. Ich weiß, dass du spezielle Kenntnisse hast. Wir müssen schnell sein. Ich will nicht noch einer Joggerin ins tote Antlitz schauen müssen.«

»Wann soll das Briefing sein?«

»17 Uhr.«

»Okay. Ich bin schon unterwegs.«

*

Tomas Jung sah ihr aus dem Fenster nach, wie sie ihr Auto bestieg. Als sie aus seinem Blickfeld verschwunden war, schaute er auf die Uhr. Nicht mehr lang bis Mittag. Seine Unruhe hatte sich nicht gelegt. Enderts und Mortens Ergebnisse hatten das Bild komplettiert. Aber hatten sie wirklich neue Anhaltspunkte geliefert? Die Schwangerschaft konnte tatsächlich der Dreh- und Angelpunkt des Falles sein. Allem Anschein nach war Endert aber der Erste und Einzige, der davon wusste. Der neue Mensch im Bauch von Bente Friedrichsen hatte in der realen Welt noch gar keine Dynamik entfalten können. Allem Anschein nach! Aber eben *nur* dem Anschein nach.

Und sonst? Ein graues Männerhaar, ein Wollfussel und ein Brief ohne Absender und Datum. Da waren Charlottes Neuigkeiten schon interessanter. An erster Stelle war wichtig, den Tatort zu finden und den Todeszeitpunkt zu präzisieren. Innerhalb 48 Stunden konnte viel passiert sein.

Die Videoüberwachung an der Schwelle könnte helfen, die letzten Stunden des Opfers zu rekonstruieren. Sie zeichnete Gesichter auf, Begleiter, Freunde, Fremde. Sogar ihr Mörder könnte darunter sein. Wurden auch Datum und Uhrzeit gespeichert? Charlotte würde das herausfinden.

Tomas Jung wechselte in das Büro von Karin Johannsen. Nanning hat sich bei ihr eingefunden. Er breitete gerade einige Fotos auf dem Tisch aus. Tomas Jung begrüßte ihn mit einem Nicken.

»Sind das die Konterfeis der Herren Doktoren?«, fragte er.

»Ja. Es sind die aus Hamburg. Dr. Bär aus Flensburg hatten wir ja schon aussortiert. Richtig?«

»Richtig. Der fällt als Clooney aus. Wie bist du an die Fotos gekommen?«

»Ich habe die Ärzte gegoogelt. Sie alle haben eine Website. Da gibt's alles über ihre Praxen, nur leider keine Fotos. Aufgefallen ist mir …«

»Ärzte dürfen keine Reklame für sich machen«, warf Karin Johannsen ein.

»Stimmt das?«, fragte Nanning.

»Keine Ahnung«, erwiderte Tomas Jung. »Aber die Fotos. Wo hast du sie her?«

»Mir fiel auf, dass alle einen Verweis auf denselben Link hatten: Impulse-Verlag.de. Da bin ich erfolgreich gewesen.«

»Impulse-Verlag? Impulse wofür?«, fragte Tomas Jung.

»Lebensberatung, Alternative Medizin und so weiter. Ziemlich abgedreht. Esoterischer Bockmist, würde ich dazu sagen.«

»Was ist *das* denn?«, lachte Karin Johannsen.

»Sieh es dir selbst an«, grinste Nanning.

»Gib uns mal 'ne Kostprobe, Nanning«, forderte Jung ihn auf.

»Schamanismus, Neues geistiges Familienstellen, Umweltzahnmedizin, Vier-Wege-Coaching, Chigong, Tai-Chi, Wu wei …«

Sie lachten. Jung fasste sich als Erster.

»Egal. Wir haben die Fotos. Ich sehe allerdings keinen, der auch nur annähernd wie George Clooney aussieht.«

»Warum suchen wir überhaupt diesen Clooney-Typen?«, wollte Karin wissen.

»Eine Nachbarin hat Bente Friedrichsen mit einem Mann zusammen gesehen, einem deutschen George Clooney, wie sie sich ausgedrückt hat. Ich werde ihr die Fotos zeigen. Mal sehen, was sie dazu zu sagen hat.«

Jung beendete die Besprechung. Er hatte Hunger. Seine Schulter schmerzte. Beides würde sich nach einem guten Essen erledigt haben. Grund genug, zuversichtlich nach vorne zu schauen. Der Gedanke an Charlotte steigerte seine Zuversicht. Sie würde der Videoüberwachung neue Informationen entlocken. Aber auch das reichte nicht aus, seine Unruhe aus der Welt zu schaffen. Sie verfolgte ihn wie eine schlummernde, bedrohliche Krankheit.

Wenn er schon gewusst hätte, was der Nachmittag ans Tageslicht bringen sollte, wäre ihm wohler gewesen.

SAMSTAGNACHMITTAG, DER 21.

Sie fühlte sich gut. Sie hätte auf der Stelle die dicksten Bäume ausreißen können. Wann war ihr das zuletzt passiert? Es musste schon einige Zeit her sein.

Zu Beginn hatte es sie Überwindung gekostet. Heute konnte sie sich ihr Leben ohne Laufen nicht mehr vorstellen. Leute, die darüber spotteten, belächelte sie.

Sie stellte den Motor ab und sah nach draußen. Obwohl es nicht mehr regnete, war der Himmel mit dichten Wolken verhangen. Ein paar Schritte weiter sah sie die Müllbox, an der man die Tote gefunden hatte. Ohne schwarzen Plastiksack, stellte sie erleichtert fest. Sie stieg aus. Der Wind war stark, die Temperatur lag weit unter Sommerniveau. Kein ideales Laufwetter.

Der Fall Bente Friedrichsen hatte sie gepackt. Aber statt sich ernste Gedanken zu machen, war ihr mehr danach, ein Lied zu trällern. Am Wetter lag es bestimmt nicht. Sonne und Wärme wären ihr lieber gewesen.

Auch die Insel kam als Grund nicht infrage. Sylt war nicht ihr Ding. Sie hasste Schickimicki, Protz und zu viel Geld.

Es war ihr erster richtiger Fall, und es würde die zweite Zusammenarbeit mit Kriminaloberrat Jung sein. Für ihren Geschmack war er ein bisschen zu alt. Seine Moral und seine Grübeleien hatten etwas Besessenes, gleichzeitig auch Altjüngferliches und Betuliches. Er schlug öfter einen belehrenden Ton an, der ihr auf die Nerven ging. Er war einfach uncool, wie von gestern, irgendwie … Das rechte Wort fiel ihr nicht ein. Aber sie wusste genau, was sie meinte.

Außerdem war er verheiratet. Man merkte ihm das aber nicht an. Einen Ring trug er nicht. Sie lernte von ihm. Mit anderen geschah ihr das selten.

Sie konnte einfach nicht ausmachen, woran ihre gute Laune lag. Zugegeben: Sie hatte gut gefrühstückt. Frischkornbrei mit Apfel, Banane und Cranberries, überzogen mit etwas Sahne und Ahornsirup, dazu einen Becher Kaffee. Ein wirklich guter Einstieg in den Tag.

Aber dann?

Nur Regen. In Strömen. Die ganze Fahrt über. Das einzig Tröstliche war, dass sich vor der Autoverladung in Niebüll keine Warteschlangen gebildet hatten. Sie war pünktlich gewesen. Nur Jung hatte gefehlt.

Die Polizistin in der Außenstelle hatte sie in groben Zügen informiert. Ziemlich gut, das musste sie ihr lassen. Etwas sparsam zwar, jedenfalls für ihren Geschmack, dafür umso mehr Blond und mädchenhaftes Getue.

Dann war da noch der Große mit der Narbe. Er hatte ihr zu einem Zimmer in der Pension seiner Mutter verholfen. Die hatte sich als wahrer Hausdrache herausgestellt. Überall hingen Zettel herum. An der Zimmertür klebte die Hausordnung. In der Schranktür war zu lesen: *Die Bügel gehören dem Vermieter*; am Spiegel: *Wechseln sie bitte nicht unnötig die Handtücher*; an der Kühlschranktür: *Ab 22 Uhr herrscht Nachtruhe.* Wirklich ätzend. Als Heiratskandidat kam der Typ allein schon wegen der Mutter nicht infrage. Schade eigentlich. Denn von außen sah er recht passabel aus.

*

Als Jung auf sich warten ließ, war sie rausgefahren nach Keitum und hatte sich das Haus angeschaut. Ein kluger Entschluss, wie sich später herausgestellt hatte. Ihr Einstand war gelungen. Sie war stolz darauf. War *das* Grund genug?

Sie schloss den Wagen ab, zog den Reißverschluss bis unters Kinn und die Kapuze über den Kopf. Außer ihrem Golf standen noch ein paar andere Autos auf dem Parkplatz. Was machten die hier bei diesem Wetter? Wahrscheinlich das gleiche wie sie.

Nach dem Aufwärmen lief sie los. Ihren optimalen Rhythmus erreichte sie nach zehn Minuten. Dann atmete sie gleichmäßig, ihr Lauf war flüssig, ohne Anstrengung, die reine Freude an der Bewegung. Sie hätte ihre Uhr danach stellen können. Sie checkte die Zeit. Exakt zehn Minuten. Fantastisch. Wie aus dem Lehrbuch. Sie sah sich um. Der Wind quälte den Strandhafer und trieb Sand vor sich her. Wie mit feinen Nadeln stach er auf der Haut. Sie zog die Ärmel über die Hände.

Jetzt passierte sie eine Schutzhütte. Bis hierhin war ihr noch niemand begegnet. Der Unterstand war leer. Von der fernen Straße wehten Verkehrsgeräusche herüber. Ihr Puls ging gleichmäßig.

Nach 15 Minuten sollte sich einstellen, was Dr. Strunz, der ›Fitnesspapst‹, als wahres Geheimnis des richtigen Laufens bezeichnet hatte: Sie laufen leicht, locker, lächelnd. Er hatte recht.

Zwischen dem Dünengras entdeckte sie die Reste einer verendeten Möwe und stolperte. Das passierte ihr selten. Sie sah sich um. Da lag ein Stück Treibholz im Weg. Sie lachte.

25 Minuten später hatte sie einen Zustand erreicht, in dem sie sich fühlte, als könne sie bis ans Ende der Welt weiter laufen. Die Euphorie erfasste sie wie ein warmer Strom. Alles war gut. Sie würde erreichen, was sie wollte. Die Videoüberwachung, der Laptop, das Smartphone, sie würde ihnen ihre Geheimnisse entreißen. Sie wusste auch schon, wie. Es war nicht das erste Mal. Nur mit dem Smartphone würde es schwierig werden. Aber vielleicht waren Passwörter und Codes irgendwo abgelegt.

Vor ihr kam der Unterstand wieder in Sicht. Danach war es nicht mehr weit. Schade, dass es schon vorbei war. Sie passierte die Hütte und sah ein paar Läufer, die für eine Weile Unterschlupf gesucht hatten. Sie selbst wäre nie auf diese Idee verfallen. Bei Regen schon. Sie hasste nasse Klamotten und kalte Füße.

*

Franzen hatte nicht zu viel versprochen. Nach dem Mittagessen hatte Tomas Jung das, was er wollte, auf dem Tisch. Die Berichte förderten, außer dem Brief ohne Adresse, nichts zutage, was ihm über das hinaus, was er schon erfahren hatte, interessant erschien. Er las aufmerksam.

Hallo Bente,

letzte Nacht habe ich von dir geträumt. Vielleicht erinnerst du dich an mich. Wir waren Teenager und hatten mal was miteinander. Fast, ist wohl richtiger. Ein, zwei Monate, dann war es schon wieder vorbei. Ich war wohl zu schüchtern oder zu arrogant. Wie man's nimmt.

Dein Bruder hieß Malte. Er war dünn und hatte ein loses Mundwerk. Er hat mich tatsächlich einmal dazu gebracht, mich zu entschuldigen. Ich ließe meine schlechte Laune an anderen Leuten aus (damit hatte er wohl dich gemeint). Das sei schlechtes Benehmen und unakzeptabel.

Viele Jahre später habe ich dich noch einmal auf der Straße gesehen. Du hast zu mir herübergeschaut, aber nichts gesagt.

Was machst du jetzt? Ich würde dich gern wiedersehen. Wenn du mir nach so langer Zeit im Traum begegnest, dann hat das etwas zu bedeuten. Du weißt, wo Du mich findest.

Nickels.

Tomas Jung wusste nicht, was er davon halten sollte. Der Brief gab Rätsel auf. Er war auf dem Computer geschrieben, das war unverkennbar. Keine E-Mail, sondern eine snakemail. Die Diktion ließ auf Bildung schließen. Vielleicht ein

Akademiker. Aber warum fehlten Ort und Datum? Warum keine Unterschrift von Hand bei einem doch sehr privaten, wenn nicht sogar intimen Brief? Er glich einem Bekenntnis, das der Schreiber sicher nicht öffentlich gemacht haben würde.

Der Name war äußerst selten. Jung hörte ihn zum ersten Mal. Einer der vielen Friesennamen, die nur hier oben an der Küste und auf den Inseln Tradition hatten. Aber geläufig war er nicht. Vielleicht wusste Nanning Näheres. Er war schließlich ebenfalls Träger einer dieser eigentümlichen Namen.

Tomas Jung fiel Brar Ole Mickelsen ein. Noch einer von diesen Sonderlingen. Nicht nur, was den Namen anbelangte. Er sollte überprüft werden. Er sah neue Arbeit auf sich zukommen. Für Nanning, nicht für mich, dachte Jung. Außerdem sollte Nanning noch einmal dem Einbruch bei Bente Friedrichsen nachgehen. Warum war er nicht in den Akten der Polizei zu finden? War er überhaupt angezeigt worden? Bei dieser Gelegenheit sollte er ihn auch mal fragen, was er dauernd im Spielcasino zu suchen hatte.

Er selbst behielt sich vor, der Nachbarin von Bente Friedrichsen die Fotos zu zeigen. Wer weiß, wen sie darauf erkennen würde.

Tomas Jung beauftragte Nanning, in den Akten nach der Anzeige des Einbruchs zu suchen, und machte sich auf den Weg nach Keitum.

*

»Ist der Chef da?«

»Er ist unterwegs zu einer Zeugin.«

»Und die Sachen von der Spurensicherung? Sind die schon eingetroffen?«

»Ja. Er hat sie durchgesehen. Sie liegen auf seinem Schreibtisch.«

»Der Laptop auch?«

»Ja.«

»Gut. Ich schnapp mir den Kram und geh damit noch einmal ins Haus. Richten Sie das bitte dem Chef aus.«

»Okay, mach ich.«

Karin Johannsen war im Zweifel, wie sie die Neue anreden sollte. Warum war sie nur so förmlich?

»Wir duzen uns hier alle«, sagte sie.

»Im Dienst bin ich für Sie Frau Kommissarin oder Frau Bakkens. Ich möchte, dass das ganz klar ist, Frau Johannsen. Okay?«

»Gut. Dann weiß ich Bescheid. Wenn Tomi zurück ist, richte ich ihm Ihre Nachricht aus, Frau Bakkens.«

»Danke.«

Charlotte Bakkens war verärgert. Sie fand Hierarchien nützlich. Sie waren da, um Aufgaben und Verantwortlichkeiten klar voneinander zu trennen und Kompetenzüberschreitungen zu vermeiden, entscheidende Voraussetzungen, um effektiv und erfolgreich zu sein. Familiäre Vertrautheit in Büros fand sie falsch. Sie führte zu Nachlässigkeiten und Fehlern. Davon ließ sie sich nicht abbringen. Wann immer sie auf Förmlichkeit beharrte, war sie auf Unverständnis und Ablehnung gestoßen. Sie hatte das Gefühl, als sei sie eine Spielverderberin unter lauter netten Menschen. Sie hasste diese Rolle, seit sie im Sandkasten den zickigen Gören die Zöpfe lang gezogen hatte. Gleichzeitig war sie stolz darauf.

Als Charlotte Bakkens Jungs Büro betrat, war ihr Ärger schon wieder verflogen. Sie packte die Sachen auf dem Schreibtisch zusammen und verließ das Gebäude.

Ihre Absicht war, in Bente Friedrichsens Haus mit der Arbeit an der Entschlüsselung weiterzumachen. Die Aura des Ortes würde ihr helfen, in die Gedanken- und Gefühlswelt des Opfers einzudringen. Bente Friedrichsen war von Beruf Fitnesscoach gewesen. Sie selbst hätte auch Lust dazu gehabt. Sie mochte Menschen, die ihren Körper achteten wie einen Schatz, der ihnen der liebe Gott anvertraut hatte.

Die Berichte der Rechtsmedizin und der Spurensuche würden dazu kommen. Von ihnen erwartete sie sich nähere Informationen über den körperlichen Zustand Bente Friedrichsens und über die Umgebung, in der sie sich bewegt hatte.

Alles das würde helfen, das elektronische Schloss zur Welt des Opfers zu knacken.

War überhaupt irgendetwas zu knacken? Konnte es nicht sein, dass es ebenso einfach war, in den Laptop einzudringen wie in das Haus? Sie kannte viele, vor allem unter den Angehörigen der neuen Generation, denen Geheimniskrämerei und Sicherheitsfanatismus völlig fremd waren. Sie sahen keine Veranlassung, etwas verbergen oder schützen zu müssen. Ihre Werte waren Transparenz und Offenheit, nicht Abschottung und Verschwiegenheit.

Diese Überlegungen gingen Charlotte Bakkens während der Fahrt durch den Kopf. Als sie angekommen war, hielt sie sich nicht lange auf. Sie setzte sich an den Sekretär auf der Galerie, legte die Papiere ab und startete den Laptop. Während sie auf die Kennworteingabe wartet, untersuchte sie das Gerät genau. Es war ein schneller, leistungsfähiger Fujitsu-Siemens-Computer.

Er konnte noch nicht alt sein. Ein Tastaturabrieb war nicht feststellbar. Verschmutzungen auch nicht. Die Tasten mussten vor Kurzem gereinigt worden sein. Ihre Hoffnung, Hinweise auf die Benutzergewohnheiten zu bekommen, löste sich in Luft auf. Hatten die Techniker der Spurensicherung die Tastatur untersucht? Sie fluchte leise vor sich hin und griff nach dem Papierstapel mit den Berichten.

Zuoberst lag ein auf dem Computer geschriebener Brief eines gewissen Nickels an die Verstorbene. Sie überflog das Papier und legte es beiseite. Wesentliche Punkte aus den Berichten des Rechtsmediziners und der KTU kannte sie bereits. Die genaue Durchsicht brachte nichts, was ihr weiterhalf. Dann folgten Verträge mit diversen Versicherungen, darunter ein Vertrag mit Versatel-Nord, einem Telekommunikationsanbieter. Angeheftet eine Auftragsbestätigung und eine technische Information für den Internetzugang. Auf dem Papier mit der Rufnummernzuteilung war handschriftlich eine vierstellige Zahl notiert. Sie überprüfte den Vertrag. Es waren vier Nummern zugeteilt worden. Allesamt sechsstellig. Im Bericht der KTU war darauf hingewiesen worden, dass kein Festnetzanschluss im Haus existierte. Eine Handynummer sah anders aus. Warum war diese Nummer notiert worden?

Charlotte Bakkens mochte nicht glauben, was sich ihr aufdrängte. Sollte sie so leichtes Spiel haben?

Sie tippte den Zahlencode ein und drückte auf ENTER. Auf dem Bildschirm öffnete sich Windows7 *Home premium* und anschließend die Ansicht einer Dünenlandschaft vor einer über dem Meer untergehenden Sonne. Sie warf den Kopf in den Nacken und klatschte in die Hände.

Nur wenige ICONs störten den Anblick des beeindruckenden Inselpanoramas. *Papierkorb*, *Computer*, *OpenOffice*, *skype, iTunes*, ein paar Verknüpfungen zu Dateien mit *Rechnungen*, *Vorträgen*, *Steuerunterlagen*, *Ernährungsplänen*.

Die Festplatte hatte eine enorme Speicherkapazität, war aber fast leer. Sie rief die Suchfunktion auf, um einen Ordner mit Passwörtern, Codes und PINs zu finden. Wie könnte er heißen? Ihre Anstrengungen blieben erfolglos. Enttäuscht lehnte sie sich zurück. Ein E-Mail-Programm war nicht zu finden. Auf der Taskleiste waren Schnellstarttasten für einen Internetbrowser und einen Mediaplayer abgelegt. Die Symbolleiste rechts unten zeigte ihr an, dass der Computer über NETGEAR mit dem Internet verbunden war. Sie startete den Browser und wartete gebannt auf die Startseite. Oben auf der Symbolleiste waren diverse Favoriten abgelegt, darunter *Sparda-Bank-Hamburg.de*, *versatel.de* und *parship.*

de. Charlotte Bakkens schüttelte den Kopf und wählte sich auf die Seite des Netzanbieters ein. Zum zweiten Mal an diesem Nachmittag klatschte sie in die Hände. Das Login war ausgefüllt, das Kennwort vom Computer automatisch eingesetzt. Ein Klick, und sie hatte das Eingangstor zur Welt der Bente Friedrichsen aufgestoßen.

Mit jedem Klick drang sie tiefer in das Leben der Toten ein. Es war minutiös auf dem Server ihres Dienstleisters abgelegt. Organizer, Tages-, Wochen- und Monatspläne, E-Mail-Verkehr, Adressbuch – das Leben der Toten entrollte sich vor ihren Augen, als läse sie das Protokoll einer Rundum-Überwachung. Fast schämte sie sich für ihre Zudringlichkeit. Sogar die Aufzeichnungen an den Haustüren waren mit Datum und Uhrzeit abgespeichert. Eine Liste aller Passwörter und PINs existierte ebenfalls.

Charlotte Bakkens kramte eine Banane und eine Flasche Wasser aus ihrer Tasche hervor und machte eine Pause. Ich habe unbeschreiblichen Dusel, dachte sie.

Mit jedem Klick wuchs Charlottes Respekt vor der Verstorbenen. Sie hatte ihr Leben in die Hand genommen und sich der besten Mittel bedient, um es übersichtlich, einfach und effizient zu organisieren. Sie vertiefte sich in die letzten Wochen vor und nach dem Mord und verlor sich darin. Sie machte Notizen und fertigte Ausdrucke von Gesichtern, Daten und Kontobewegungen.

Mit dem letzten Klick schloss sie den Browser und beendete die Sitzung. Sie lehnte sich zurück und atmete tief ein und wieder aus. Abschließend durchkämmte sie das Smartphone der Toten nach Anrufen, SMSs und Rufnummern. Dann war es geschafft. Wie lange hatte sie gebraucht? Sie sah auf die Uhr. Hastig raffte sie alles zusammen und verließ das Haus, ohne sich noch einmal umzusehen. Sie hatte, was sie wollte.

*

Karin Johannsen hatte den Hörer zwischen Schulter und Ohr geklemmt und starrte verzweifelt auf die gegenüberliegende kahle Wand. Ihre Finger spielten mit einem Bleistift.

»Ja, wir sind für jeden Hinweis dankbar«, sagte sie ergeben in den Hörer.

»Nein, die Ermittlungen laufen auf Hochtouren … Darüber dürfen wir keine Auskunft geben. Bitte haben Sie dafür Verständnis … Was? … Nein. Zu gegebener Zeit werden wir eine Presseerklärung herausgeben … Das darf ich Ihnen wirklich nicht sagen. Bitte haben Sie Geduld … Ich habe Ihre Aussage notiert, selbstverständlich. Name und Adresse auch. Wir melden uns, wenn wir noch Fragen haben. Ich mache jetzt Schluss. Wir haben viel zu tun. Das verstehen Sie doch. Danke für Ihre Hilfe.«

Sie legte den Hörer zurück und seufzte. Jung sah sie fragend an.

»Ein Hotelgast. Idiotisch. So geht das den ganzen Tag. Kann das nicht mal ein anderer übernehmen?«

»Du machst das ausgezeichnet, Karin«, lobte sie Tomas Jung.

»Danke. Aber es gibt auch andere.«

»An wen denkst du?«, fragte Jung lächelnd.

»Ach, was weiß ich. Nur nicht ich.«

Sie lehnte sich zurück und stieß die Luft aus, dass ihre Lippen flatterten.

»Irgendetwas Wichtiges?«, fragte Jung sachlich.

»Ja. Heute Mittag hatte ich einen Anrufer, der …«

»Warte noch etwas, Karin«, unterbrach sie Jung und sah auf seine Uhr. »Sie müssen gleich da sein.«

»Okay. Ich hol mir einen Kaffee. Wenn's klingelt, lass es klingeln. Der ruft später garantiert noch mal an.«

Als er allein war, überlegte Jung, wie er das Briefing straffen könnte. Der Tag war schon lang. Vorhin waren ihm beim Lesen die Augen zugefallen, er hatte Lust auf ein Glas Wein und Appetit auf einen Happen Käse. Sichere Anzeichen, dass seine Müdigkeit bald so schwer auf ihm lasten würde, dass es besser war, eine Pause einzulegen, bevor er Fehler machte.

Er musste nicht lange warten. Sie kamen zu dritt herein marschiert, als hätten sie sich verabredet. Jung begrüßte sie mit einem Kopfnicken und legte los, noch bevor sie sich gesetzt hatten.

»Gut. Ich fang mal an. Mein Besuch bei der Nachbarin hat nichts gebracht. Sie hat keinen auf den Fotos erkannt. Sie meinte …«

»George Clooney war nicht dabei. Das wundert mich nicht«, lachte Karin Johannsen.

»Sie war fast beleidigt. Pappnasen seien das. Die würde sie nicht mal mit dem Hintern ansehen.«

Sie lachten.

»Mit anderen Worten, die Spur ist tot«, sagte Charlotte.

»Ja. So sieht es aus«, seufzte Jung und wandte sich Karin Johannsen zu. »Karin, du bist die Nächste. Du hast was Wichtiges.«

Karin Johannsen setzte den Kaffeebecher ab, nahm ihren Notizblock zur Hand und strich sich eine Haarsträhne hinter das Ohr.

»Viele Anrufe. Die meisten von Neugierigen und Wichtigtuern. Ich …«

»Karin, nur das Wesentliche, bitte«, redete Jung dazwischen.

»Ein Herr Eissing aus Dortmund hat heute Mittag angerufen. Er macht Urlaub auf Sylt. Er hat von dem Mord in den Nachrichten gehört. Er gibt an, am Freitag, dem 13., den Sack auf dem Parkplatz gesehen zu haben. Er …«

»Wann«, fragte Jung scharf.

»Gegen zehn Uhr.«

»Sicher?«

»Der Mann erschien mir glaubwürdig.«

»Warum?«

»Er sprach kurz, klar und in vollständigen Sätzen. Kein Wichtigtuer.«

»Gut. Hat er sich nicht über einen Müllsack gewundert, der *neben* der Müllbox liegt?«

»Im Gegenteil. Er sagt, der Anblick hat ihn gefreut. Am Abend zuvor …«

»Warum denn das?«, fiel Nanning ihr ins Wort.

»Lass sie ausreden«, unterbrach ihn Jung. »Weiter, Karin.«

»Danke. Am Abend zuvor gab es am Strand eine Party. Das Wetter war ausnahmsweise mal so, wie es im Sommer eigentlich immer sein sollte. Lauschig und warm. Er hat sich gefreut, dass die Partygäste ihren Müll eingesammelt und an die Müllbox getragen haben. Das war's.«

Sie schwieg.

»Hat er gesagt, was er auf dem Parkplatz zu suchen hatte?«, fragte Charlotte.

»Natürlich habe ich ihn das gefragt. Er wollte am Strand spazieren gehen. Mieses Wetter hält ihn nicht ab.«

»Okay. Das ist ein wichtiger Augenzeuge.«

»Oder ein Windei mehr«, warf Nanning ein.

»Eher nicht. Karins Eindruck spricht dagegen. Außerdem können wir ihn uns noch einmal vornehmen. Hast du seine Daten?«

»Ja. Telefonnummer, Heimat- und Ferienadresse.«

»Okay. Gehen wir mal davon aus, es stimmt, was er sagt. Dann ist die Tatzeit erheblich eingegrenzt«, erwiderte Jung.

»Sie liegt exakt zwischen 7.41 Uhr und 10.00 Uhr, falls wir dem Mann glauben wollen«, stellte Charlotte entschieden fest.

Alle Köpfe drehten sich zu ihr um. Auf ihren Mienen spiegelte sich Verblüffung.

»Woher hast du das, Charlotte?«, fragte Jung.

»Ich berichte gleich im Zusammenhang, Chef. Okay?«

»Okay. Noch was, Karin?«

»Nein. Das war's von meiner Seite.«

Sie nahm ihren Becher auf und trank.

»Danke, Karin. Nanning!«

Jung machte eine auffordernde Geste. Nanning zog einen Notizblock aus der Jackentasche und blätterte darin herum. Schließlich hatte er gefunden, was er suchte.

»Erstens: Der Bruder der Toten wird morgen die Leiche identifizieren und anschließend auf die Insel kommen. Wir können ihn dann befragen. Zweitens: Der Einbruch im Haus der Toten wurde nicht angezeigt. Deswegen haben wir auch keine Unterlagen. Für einen möglichen Zusammenhang mit der Tat gibt es also keinen Anhaltspunkt, der …«

»Noch nicht«, unterbrach ihn Jung.

»Ist auch sehr unwahrscheinlich«, ergänzte Charlotte.

Jung sah sie an und lächelte. »Später im Zusammenhang, nicht wahr?«, sagte er.

»Ich will nur schon am Anfang verhindern, dass wir uns verzetteln, Chef.«

»Okay, danke. Mach weiter, Nanning.«

»Zum Namen des Briefschreibers: Nickels ist als Vorname selten. Er steht auf der Liste der beliebtesten Vornamen an Stelle 2520. Er ist eigentlich nur bei uns an der Westküste und im Grenzgebiet zu Belgien gebräuchlich. Als Nachname ist er etwas häufiger. Außerdem gibt es eine e-learning Software für Mediziner mit diesem Namen. Mir selbst ist bis jetzt nur ein einziger Nickels begegnet. Ein ehemaliger Mitschüler auf der Polizeischule. Aber das ist schon lange her. Auf der Insel kenne ich keinen einzigen. Soweit dazu.«

Nanning hielt inne und las in seinem Notizbuch.

»Du kennst wohl jeden auf der Insel. Richtig?«, sagte Jung.

»Fast jeden. Zumindest diejenigen, die hier zu Hause sind. Und die meisten, die hier arbeiten.«

»Auch die im Casino? Was hast du eigentlich so oft da zu tun?«, fragte Jung.

»Es gibt hin und wieder Schwierigkeiten. Randale, Spielsucht, Geld. Das Übliche. Der Casinoleiter ist daran interessiert, den Spielbetrieb ruhig und ordentlich abzuwickeln. Die Polizei kann ihm dabei ab und zu nützlich sein. Wir kennen uns gut.«

»Und heute? Was war da konkret?«

»Es gab letzte Nacht Ärger mit einem Kunden. Einem …« Nanning blätterte ein paar Seiten weiter und las dann vom Blatt ab. »Brar Ole Mickelsen. Er …«

Jung stieß einen höhnischen Lacher aus. »Den Herrn kenne ich. Ein Widerling. Kein Wunder. Wie ist das Ganze ausgegangen?«

»Peer, also der Chef, hat ihm Hausverbot erteilt. Vorsorglich hat er mir schon mal die Personalien übergeben. Er befürchtet Schlimmes.«

»Das würde ich an seiner Stelle auch. Okay. Knöpf dir den Mann vor. Er braucht ein Alibi für die Tatzeit.«

»Kommt er als Täter infrage?«

»Er war Kunde der Toten. Ich habe mit ihm gesprochen. Wenn man das überhaupt so nennen kann. Jedenfalls ein äußerst zweifelhaftes Vergnügen. Sein cholerisches Temperament könnte mit ihm durchgegangen sein.«

»Cholerisch und eiskalte Professionalität? Das passt nicht zusammen, Chef«, warf Charlotte ein.

»Stimmt. Er ist grob und laut. Dennoch müssen wir ihn überprüfen. Nanning, du übernimmst das. War's das?«

»Ich bin durch. Ja.«

»Okay.« Jung machte eine Pause, als wolle er überlegen. Charlotte beugte sich vor, legte die Unterarme auf den Tisch und sah ihn an. Auf ihrem Gesicht spiegelte sich Ungeduld.

»Gut. Leg los, Charlotte. Wir sind gespannt.«

»Ich will nicht lange in die Details gehen« eröffnete sie ihre Runde. »Ich mach's kurz.«

Sie breitete ihre Unterlagen vor sich auf dem Tisch aus und sah kurz in die Runde, als wolle sie sich der Aufmerksamkeit ihrer Zuhörer vergewissern.

»Ich habe den Laptop der Toten knacken können und dort einen vollständigen Überblick über ihr Leben gewonnen.« Sie machte eine kurze Pause. Ihre Zuhörer schwiegen gebannt und hingen ihr an den Lippen.

»Ihre privaten und beruflichen Aktivitäten können wir jetzt lückenlos nachvollziehen. Seit dem Einbau der neuen Schließanlage sind auch die Gesichter und Zeiten ihrer Besucher und ihre eigenen gespeichert. Sie hat so etwas Ähnliches wie Cloud Computing betrieben. Auch alle PINs, Passwörter und so weiter sind auf dem Server ihres Anbieters abgelegt. Also auch die PIN für das Smartphone. Dessen Informationen sind uns zugänglich, soweit sie nicht gelöscht worden sind. Anzeichen dafür habe ich nicht gefunden. Ist aber nicht auszuschließen. Dennoch: Was drauf ist, dürfte genügen. Jedenfalls glaube ich das nach der ersten Durchsicht. Ihr Alltag war komplett durchorganisiert, nicht nur ihre Arbeitszeit, sondern auch ihre Freizeit. Die Tote hatte keinerlei finanzielle Probleme. Sie verdiente gut und viel. Sie war gesund. Das wissen wir schon von der Gerichtsmedizin. Soweit ich das in der Kürze der Zeit nachprüfen konnte, hat sie in diesem Jahr nicht ein einziges Mal einen Arzt oder Apotheker aufgesucht. Hinweise auf Medikamente habe ich auch nicht gefunden. Die Freitage und Samstage hielt sie von Arbeit frei. Sie hatte einen Lover. Er heißt Claus. Claus mit C nicht mit K. Einen Nachnamen habe ich nicht gefunden. Dafür aber die Telefonnummer. Kein Festnetzanschluss, eine Handynummer. Ihrem Terminkalender konnte ich entnehmen, dass sie jeden Tag um acht Uhr morgens joggt. Am Freitag regelmäßig zusammen mit einer Frau. Einer gewissen H. Handynummer stand daneben. Am Donnerstag, dem 12., betrat sie ihr Haus um 23.30 Uhr. Allein. Am Freitag, dem 13. verließ sie das Haus um 7.41 Uhr. Auch allein. Danach kamen der Postbote und später diverse bekannte Polizeibeamte an ihre Haustür. Am letzten Freitag, dem Tag also, an dem ihre Leiche gefunden wurde, klingelte H um 7.25 Uhr. Eine Minute später ging sie unverrichteter Dinge wieder weg.«

Charlotte hielt inne und holte tief Luft. Ihre Zuhörer verharrten in Schweigen. Tomas Jung bewegte sich als Erster.

»Chapeau, Charlotte. Beeindruckend. Ich würde gerne …«

»PC knacken? Wie geht das denn?«, fragte Karin Johannsen aufgeregt. »Normalerweise …«

»Jetzt nicht, Karin«, brachte Jung sie zum Schweigen. »Die Zeit drängt. Wer ist die Frau, die freitags mit ihr joggt? Wie kommen sie so hoch in den Norden? Gelaufen können sie nicht sein. Dafür reichte die Zeit nicht. Wo hat der Mörder sie getroffen? Warum?«

»Dazu habe ich eine vage Vermutung, Chef«, unterbrach ihn Charlotte.

»Okay. Lass hören.«

»Auf dem Bohlenweg, auf dem sie gelaufen ist, liegt Strandgut rum. Knüppel von der Art, wie wir ihn suchen. Gemäß Protokoll des Rechtsmediziners.«

»Wo genau?«

»Unweit der Schutzhütte an der Strecke. Wenn sie nicht im knöcheltiefen Sand gelaufen ist, dann ist sie auf dem Bohlenweg gelaufen. Ist übrigens verboten.«

»Was ist verboten?«

»In den Dünen zu laufen. Die fangen an zu wandern, wenn der Strandhafer zertrampelt wird.«

»Okay. Ist einen Versuch wert. Nanning, du rufst die Spurensicherung an. Sie soll sich den Ort um die Schutzhütte vornehmen.«

»Jetzt sofort?«

»Jetzt sofort. Wir haben keine Zeit zu verlieren.«

Nanning stand auf und verließ den Raum. Tomas Jung rieb sich die Augen, als wolle er sich an etwas erinnern, das ihm entfallen war.

»Gut. Weiter. Wir waren bei der Frau. Sie joggt zusammen mit der Toten. Nur freitags?«

»So ist es im Terminkalender vermerkt. Ja«, antwortete Charlotte Bakkens.

»Sie muss vom Verschwinden ihrer Laufpartnerin nichts gewusst haben, sonst hätte sie sie nicht eine Woche später abholen wollen. Was sagt uns das?«

»Sie hat nichts mitgekriegt. Weiß nichts vom Mord. Ihre Verbindung ist lose. Eine Laufbekanntschaft. Mehr nicht.«

»Sie liest keine Zeitung, war die Woche über auf dem Festland. Vielleicht war sie verreist und …« Karin Johannsen hob die Arme, drehte die Handflächen nach außen und zog die Augenbrauen in die Höhe.

»Ja. Alles Gründe, die in Betracht kommen«, fuhr Jung fort. »Wir haben …«

»… ihre Telefonnummer«, übernahm Charlotte. »Und wir haben zusätzlich …«

»Was ist mit ihrem Lover? Dessen Telefonnummer haben wir auch«, warf Karin Johannsen ein.

»Auch richtig. Sie war schwanger. Wenn …« Jung brach ab, als wäre ihm eingefallen, wonach er in seinem Gedächtnis gekramt hatte.

»Bleiben wir bei der Frau.« Charlotte Bakkens Stimme klang, als sei sie völlig unnötig unterbrochen worden. »Sie muss auf der Insel zu Hause sein. Sie joggen zusammen. Regelmäßig. Immer freitags. Sind sie auch an dem Freitag zusammen gejoggt, an dem Bente Friedrichsen ermordet wurde? Das ist die entscheidende Frage, meiner Meinung nach.«

»Weil sie als Täterin infrage kommt?« Jung schüttelte den Kopf.

»Nein. Das denke ich eher nicht. Hätte sie dann eine Woche später an ihrer Tür geklingelt? Das wäre doch ziemlich abwegig. Aber sie könnte uns vielleicht sagen, was an dem Morgen passiert ist.«

»Oder zumindest Hinweise geben«, sagte Jung nachdenklich.

»Richtig. Wir sollten das als Erstes tun.«

Jung sah auf die Uhr. »Okay. Morgen früh. Als Erstes«, sagte er und lehnte sich zurück. Im selben Augenblick wurde ihm klar, was in seinem Kopf herumgespukt hatte. Jung richtete sich wieder auf.

»Jetzt zu ihrem Lover«, sagte er energisch. »Was haben wir über ihn?«

»Seine Handynummer«, sagte Karin Johannsen in einem Ton, als müsse sie sich gegen die herrschende Missachtung zur Wehr setzen.

»Richtig, Karin. Das sagtest du schon«, sagte Jung versöhnlich. »Was wissen wir noch von ihm?«

»Die Beziehung zwischen ihm und Bente Friedrichsen ist ziemlich intensiv gewesen. SMS, Anrufe en masse«, sagte Charlotte Bakkens.

»Auf ihrem Smartphone?«, fragte Jung.

»Festnetzanschluss hat sie nicht.«

»Okay. Kann man eigentlich über die Handynummer herausbekommen, Charlotte, wer der Besitzer ist, wo er wohnt, seine Bankverbindung und so weiter und so fort?«

»In seinem Fall glaube ich das nicht. Wenn mich nicht alles täuscht, hat er eine Nummer, die auf ALDI-Talk verweist. Das lässt sich aber herausfinden.«

»Kann man sein Handy orten?«

»Wenn es aktiviert ist, ja.«

»Okay. Diesen Claus nehmen wir uns als Zweiten vor. Morgen, gleich nach der Frau. Sonst noch was?«

»Ja, Chef«, meldete sich Charlotte Bakkens. »Nochmals zu der Frau. Es …«

»Zu der H?«

»Ja. Zu der ominösen H. Die Videoüberwachung macht Fotos von den Hausbesuchern.«

»Das wissen wir bereits, Charlotte«, warf Jung ein.

»Die Fotos werden gespeichert«, fuhr sie lässig fort, Jungs Bemerkung ignorierend. »Ihr Foto habe ich ausgedruckt. Der Abzug ist zwar nicht perfekt, liefert aber dennoch einen brauchbaren Eindruck.«

Charlotte Bakkens kramte in ihren Unterlagen und schob ein Blatt gewöhnliches Kopierpapier in die Tischmitte.

Die Tür öffnete sich, und Nanning betrat den Raum.

»Ist erledigt«, sagte er. »Sie kriegen das noch vor Einbruch der Dunkelheit hin. Schönen Gruß vom Leiter der Spurensicherung. Du möchtest …«

Nanning hielt inne und fixierte das Papier auf dem Tisch.

»Wer ist das?«

»Die Joggingpartnerin von Bente Friedrichsen«, erklärte Charlotte.

»Die kenn ich. Damals sah sie nicht so gesund aus. Andere Haare hatte sie auch. Dennoch: Sie ist es.«

HELEN EHRENBERG

»Mein Gott, ich dachte schon, ich sehe Sie nie wieder. Kommen Sie doch herein.«

Helen wusste mit der Begrüßung ihrer Fußpflegerin nichts anzufangen.

»Was meinen Sie? Ich hätte doch angerufen, wenn etwas dazwischen gekommen wäre.«

Sie betraten das Studio. Helen setzte sich in den Behandlungsstuhl und streifte die Schuhe ab.

»Haben Sie denn keinen Fernseher?«, fragte die Fußpflegerin, während sie ihr Besteck zurechtlegte.

»Hab ich was Wichtiges verpasst? Ich sehe nicht oft fern. Letzte Woche war ich auf dem Festland unterwegs.«

»Sie sieht Ihnen auf dem Foto wirklich ähnlich. Ich kann es noch immer nicht ganz glauben.«

»Wer? Was ist denn passiert?«

»Bitte die Füße in die Schüssel. So ist's recht.« Sie beugte sich nach vorn und krempelte Helens Hosenbeine auf. »Sie waren auf dem Foto nicht sehr gut getroffen«, sagte sie. »Trotzdem: Ich dachte wirklich, Sie sind's.«

»Von wem reden Sie denn?«

Die Frau trocknete Helens Füße ab und machte sich an die Arbeit.

»Von der erdrosselten Frau. Haben Sie nicht davon gehört?«

»Nein. Erdrosselt? Wer denn? Wo denn?«

»Es stand in der Zeitung. Das Schleswig-Holstein-Magazin hat's auch gebracht. Oben im Norden, im Klappholttal haben sie eine Leiche gefunden. Eine Frau. Es soll am Freitag dem 13. passiert sein. Kein Wunder. Da passieren immer solche Sachen.«

»Das ist ja entsetzlich. Weiß man schon, wer sie ist?«

»Den Namen haben sie nicht genannt. Aber sie wurde schon länger gesucht. Sie ist von der Insel.«

»Mein Gott. Von unserer Insel? Von Sylt? Wer denn?«

»Sie sollten mal zum Hautarzt gehen, Frau Ehrenberg. Sie haben hier zwischen den Zehen eine Hautverfärbung, die größer geworden ist. Sie fühlt sich hart an.«

»Ja. Gut. Aber wer nur? Wer tut so etwas? Weiß man was Näheres?«

»Beim Kaufmann hieß es heute Morgen, sie sei aus Keitum. Deswegen dachte ich auch gleich an Sie.«

Sie machte eine Pause und griff nach einer Feile.

»Und? War das alles oder weiß man noch mehr von ihr?«

»Sie soll in List gearbeitet haben und ziemlich erfolgreich gewesen sein«, sagte die Fußpflegerin, während sie die Nägel feilte.

Helen Ehrenberg erschrak, ließ sich aber nichts anmerken.

»Wo denn? Ich meine, was hat sie da oben in List gemacht? Haben Sie auch dazu was gehört?«, fragte sie um Unbekümmertheit bemüht.

»In einem Hotel. Irgendwas mit Wellness, Gesundheit, und so weiter. Sie hatte ihre Haare genauso wie Sie. Vielleicht bin ich darauf reingefallen.«

Über den Rest der Sitzung blieb Helen einsilbig. Während die Fußpflegerin ihrer Arbeit nachging, sah sie ihrer Kundin hin und wieder aufmerksam in die Augen. Um keine Verlegenheit aufkommen zu lassen, plauderte sie ungehemmt drauf los. Der Inseltratsch und das Neuste aus der Gerüchteküche waren unerschöpflich.

»Soll ich die Nägel lackieren?«, fragte sie Helen abschließend.

»Ja gerne.«

»Wie immer?«

»Wie immer, bitte.«

*

Auf dem Nachhauseweg überquerte Helen ohne nach rechts oder links zu sehen die Straße. Fast hätte sie ein Auto erfasst. Das Quietschen der Reifen auf dem Asphalt riss sie aus ihren Gedanken. Sie musste zur Polizei gehen oder die Polizei würde zu ihr kommen, schoss ihr durch den Kopf.

KEIN TAG WIE JEDER ANDERE

Tomas Jung drückte die Klingel. Drinnen rührte sich nichts. Er sah auf seine Uhr. Es war acht Uhr morgens.

»Vielleicht schläft sie noch.«

»Es ist Sonntag, Chef«, bemerkte Charlotte Bakkens trocken.

»Egal. Ein Mord rechtfertigt so ziemlich alles«, erwiderte er und drückte noch einmal auf den Klingelknopf. Dieses Mal länger.

Sie hörten eine Tür schlagen. Dann Schritte. Jemand kam die Treppe hinunter und ging an die Haustür. Ein Schlüssel drehte sich im Schloss, und die Tür öffnete sich einen Spaltbreit.

»Guten Morgen. Was gibt es?«, begrüßte sie eine Frau im Bademantel.

»Moin. Wir sind von der Polizei.« Tomas Jung hielt ihr seinen Dienstausweis unter die Nase.

»Kriminaloberrat Jung. Das ist meine Kollegin Kriminalkommissarin Bakkens. Wir möchten Sie sprechen. Dürfen wir reinkommen?«

»Es ist Sonntag und sehr früh«, erwiderte die Frau verschlafen.

»Sie sind doch Helen Ehrenberg, nicht wahr?«, sagte Jung unbeeindruckt.

»Ja natürlich. Schon gut. Kommen Sie herein. Ich hab bereits davon gehört. Unfassbar. Ich bin gerade erst aufgestanden«, entschuldigte sie sich und gab den Weg frei.

»Gehen Sie doch bitte schon mal vor. Ich zieh mir rasch etwas an.« Sie wies mit der Hand in Richtung einer Glastür.

Sie betraten einen gepflegten Wohnraum mit gemauertem Kamin, einer durchgehenden Bücherwand und breiten, hellen Ledersofas. Die lichten Farben der Gardinen, Kissenbezüge und Teppiche harmonierten mit der übrigen Einrichtung, so, als hätte ein professioneller Raumausstatter seine Finger im Spiel gehabt. Durch bodentiefe Fenster ging der Blick in einen Naturgarten und auf einen künstlich angelegten Teich, der von einer geräumigen Holzterrasse eingefasst wurde.

»So habe ich mir das Zuhause einer Spielsüchtigen nicht vorgestellt«, flüsterte Charlotte Bakkens.

Jung sah sie aufmerksam an, ging aber nicht weiter auf ihre Bemerkung ein.

»Schön hat sie's hier«, sagte er vieldeutig und trat vor die Bücherwand. »Eine Menge Literatur. Und viele Kriminalromane«, bemerkte er beiläufig.

Helen Ehrenberg kam zurück. Sie hatte sich helle Jeans und ein blaues langärmeliges Sweatshirt übergestreift. Für eine sorgfältige Toilette war die Zeit zu kurz gewesen. Dennoch sah sie wohl aus: die Haare kurz aufgeschüttelt, kein Make-up, kein Lippenstift. Charlotte Bakkens kamen Zweifel, ob sie mit der Richtigen sprachen.

»Bitte setzen Sie sich doch«, sagte sie und machte eine einladende Geste mit der Hand.

»Danke«, erwiderte Jung und nickte Charlotte aufmunternd zu. »Sie sagten eben, Sie hätten davon gehört. Wovon haben Sie gehört?«, eröffnete Jung das Gespräch.

»Von der ermordeten Frau.«

»Wann?«

»Was wann?«

»Wann haben Sie davon gehört?«

»Gestern, von meiner Fußpflegerin. Das Fernsehen hat darüber berichtet.«

»Sie kennen das Opfer?«

»Ich bin mir nicht sicher. Nicht unbedingt. Ich habe eine Vermutung, das ist richtig. Aber eigentlich kann das überhaupt nicht sein. Irgendwas … Nur jetzt, wo Sie da sind, muss es doch wohl so sein. Es ist Bente Friedrichsen, nicht wahr?«

»Ja. Sie ist erdrosselt worden. Wir ermitteln im Mordfall Bente Friedrichsen.«

Helen Ehrenberg stützte die Ellenbogen auf die Oberschenkel und bedeckte für einen Moment ihr Gesicht mit den Händen. Als sie sich wieder aufrichtete, lag auf ihrem Gesicht eine Mischung aus Ergebenheit, Widerwillen und Unverständnis.

»Wie kann ich Ihnen helfen?«, sagte sie.

»Sie joggten zusammen. Ist das richtig?«

»Ja. Wenn nichts dazwischen kam, trafen wir uns jeden Freitagmorgen. Immer abwechselnd. Mal bei ihr, mal bei mir.«

»Am letzten Freitag, also vor zwei Tagen, wollten Sie sie abholen. Ist das richtig?«

»Ja. Aber sie war nicht da.«

»Haben Sie sich nicht gefragt, wo sie ist?«

»Nein. Sollte ich?«

»Frau Friedrichsen war in solchen Sachen sehr penibel. Das wissen wir. Sie hätte Ihnen Bescheid gegeben, wenn sie verhindert gewesen wäre.«

»Es hat mich schon gewundert. Das ist richtig. Aber unsere Beziehung war nicht so eng. Sie hat mir mal geholfen. Beruflich. Das ist schon länger her. Die gemeinsame Joggingrunde ist von damals übrig geblieben. Wir trinken hin und wieder eine Tasse Tee. Sie gibt mir einen Tipp in puncto Ernährung. Ansonsten …«

Helen Ehrenberg machte eine vage Handbewegung und schüttelte leicht den Kopf.

»Und den Freitag davor? Am 13.? Was war da?«

»Sie kam, um mich abzuholen. Aber ich wollte nicht. Ich hatte die ganze Nacht nicht geschlafen. Nachmittags hatte ich einen wichtigen Termin. Vorher wollte ich unbedingt zu Kräften kommen. Sie hat mich darin bestärkt und mir ein Beruhigungsmittel empfohlen.«

»Und dann?«

»Wir laufen immer im Norden, in der Westerheide. Dort sind wir ungestört. Ich bot ihr meinen Wagen an. Wenn sie schon vergeblich gekommen war, war das das Einzige, was ich für sie tun konnte. Nach dem Laufen wollte sie ihn zurückbringen und die Schlüssel in den Briefkasten werfen. Falls ich noch schliefe oder unterwegs sein sollte.«

Tomas Jung und Charlotte Bakkens sahen sich an. Ihre Mienen verrieten Verblüffung, Zweifel und Genugtuung. Jung fasste sich als Erster.

»Ihr Wagen. Welcher Typ?«

»New Beetle Cabrio.«

»Farbe?«

»Blau«

»Kam sie wieder zurück?«

»Das ist ja das Unheimliche. Als ich mittags aufwachte, stand das Auto vor der Tür, und der Schlüssel lag im Briefkasten. Das ist doch … Ich finde das jedenfalls unbegreiflich. Also … Sie ist doch da oben, auf dem Parkplatz im Klappholttal gefunden worden, nicht wahr?«

»Woher wissen Sie das?«

»Von meiner Fußpflegerin. Das erwähnte ich bereits. Sie hat es aus den Fernsehnachrichten. Die Gerüchte sind inzwischen …«

»Es gibt verschiedene Erklärungen dafür, Frau Ehrenberg«, unterbrach sie Charlotte Bakkens. »Die erste ist, Sie sagen uns nicht die Wahrheit. Die …«

»Das ist absurd!«, erregte sich Helen Ehrenberg.

Jung warf Charlotte einen strengen Blick zu, hüllte sich jedoch in Schweigen.

»Die zweite: Frau Friedrichsen ist zurückgefahren, wurde danach erdrosselt und anschließend wieder auf den Parkplatz geschafft.«

»Was wollen Sie damit sagen? Dass ich mit dem Mord zu tun habe? Das ist einfach …«

»Wir wollen gar nichts sagen, Frau Ehrenberg. Meine Kollegin hat nur mögliche Erklärungen aufgezählt. Weiter nichts«, griff Jung beschwichtigend ein.

»Sie machen mir Angst. Haben Sie noch mehr Fragen?«

»Ja. Sie sprachen davon, dass Sie nicht geschlafen hätten, und von einem wichtigen Termin am Nachmittag. Was war der Grund? Welcher Termin?«

Helen Ehrenberg zögerte. Sie sah aus dem Fenster und schien mit sich zu ringen. Schließlich richtete sie sich auf und wandte sich wieder Jung zu.

»Ich hatte an dem besagten Nachmittag ein Treffen mit meinem Mann.«

»Ein Treffen? Wie dürfen wir das verstehen, Frau Ehrenberg?«

»Wie ich's gesagt habe. Ein Treffen eben. Im Café Wien in Westerland.«

»Wenn ich meine Frau treffe, dann am Frühstückstisch, in der Küche oder sonst wo. Können Sie die Natur Ihres Treffens näher erläutern?«

»Wir haben uns getrennt«, erklärte sie. »Er lebt in Hamburg, ich hier. Wir … Also in letzter Zeit … Ich weiß nicht. Er hat sich …« Helen Ehrenberg hielt für einen Moment inne. »Das ist wirklich sehr privat. Ich möchte nicht …« Sie brach ab und sah Charlotte flehend an.

»An der Haustür steht H und C Ehrenberg. Haben Sie Kinder?«, fragte Charlotte Bakkens.

»Nein. Mein Mann hat nie Kinder gewollt. Das Schild ist noch von früher. Mein Mann heißt Claus. Mit C am Anfang.«

Jung warf Charlotte einen beschwörenden Blick zu. Sie fing seinen Blick auf und verfiel augenblicklich in Schweigen.

»Haben Sie ein Foto Ihres Mannes zur Hand?«, fragte Jung und machte Anstalten aufzustehen.

»Ja. Wieso?«

»Reine Routine, Frau Ehrenberg. Dürfte ich es sehen?«

Sie verließ das Zimmer und kam kurz darauf mit einem gerahmten Foto zurück. Jung nahm ihr das Foto ab, warf einen kurzen Blick darauf und reichte es ihr zurück.

»Schon gut. Für heute ist das alles. Vielen Dank, Frau Ehrenberg. Sie haben uns sehr geholfen. Wollen Sie vielleicht noch etwas wissen? Soweit es uns erlaubt ist, geben wir gerne Auskunft.«

»Nein danke. Haben Sie schon einen Verdacht?«

»Nein. Es ist jetzt zwei Tage her, dass sie gefunden wurde. Wir arbeiten mit Hochdruck.«

»Sogar am Sonntag. Ich weiß.«

Jung lachte.

»Noch eine letzte Frage, Frau Ehrenberg: Hat Bente Friedrichsen Ihnen gegenüber einmal den Namen Nickels erwähnt?«

»Nein.«

»Kennen *Sie* einen Mann namens Nickels?«

»Nein. Absolut nicht. Ein sehr seltener Name.«

»Ja. Äußerst selten«, sagte Jung nachdenklich.

»Gut, Frau Ehrenberg. Ihre Aussagen werden zu Protokoll genommen. Wir brauchen Ihre Unterschrift. Bitte kommen Sie in nächster Zeit auf die Kripo-Außenstelle in

Westerland. Ich hoffe, Sie haben Verständnis für die Unannehmlichkeit.«

»Natürlich. Auf Wiedersehen. Einen schönen Sonntag kann ich Ihnen ja nicht wünschen.«

»Wir machen das Beste daraus. Bis bald.«

Sie reichten sich die Hände. Charlotte verabschiedete sich mit einem kurzen Kopfnicken.

»Noch etwas, Frau Ehrenberg.« Jung drehte sich noch einmal um. »Wir müssen Ihr Auto auf Spuren untersuchen. Bitte rühren Sie nichts an. Wir beeilen uns. Dürften wir die Schlüssel haben?«

»Kein Problem. Wenn ich nach Westerland muss, ist der Bahnhof gleich nebenan. Ein Fahrrad habe ich auch.«

Sie ging ins Haus und kam mit dem Schlüssel zurück.

»Haben Sie einen Zweitschlüssel?«, fragte Jung.

Sie sah ihn vorwurfsvoll an, begab sich wieder zurück ins Haus und schaffte den Zweitschlüssel herbei.

»Danke«, sagte Jung und wandte sich endgültig ab.

Bevor Charlotte und Jung ihr Auto bestiegen, starrten sie sich über das Dach hinweg an. Keiner sagte ein Wort.

*

Jung fuhr auf der Keitumer Landstraße Richtung Westerland. Er wollte so schnell wie möglich zurück auf die Wache.

»Und die soll spielsüchtig sein? Das ist wirklich schwer zu glauben«, beendete Charlotte Bakkens die aufgestaute Spannung.

»Zweifelst du daran? Nanning hat mit ihr zu tun gehabt. Es muss schlimm gewesen sein.«

»Ja, so hörte es sich an. Sie hat davon gesprochen, dass Bente Friedrichsen ihr geholfen habe. Ein Fitnessprogramm kann sehr hilfreich sein, um mit einer Suchtkrankheit klarzukommen. Überzeugende Arbeit. Finden Sie nicht auch, Chef?«

»Ich finde, sie haben eine gewisse Ähnlichkeit. Statur, Figur, Frisur. Bente Friedrichsen hat bei ihr eine ganze Menge bewirkt, wie es scheint.«

»Ja. Der Mensch kann sich ändern. Aber Sucht ist eine Krankheit, Chef, so ähnlich wie eine Hasenscharte, ein Klumpfuß oder ein angeborener Herzfehler.«

»Ah ja, Krankheiten, dein Spezialgebiet. Ich gebe zu bedenken, dass nicht alle Süchtigen an einer Überdosis verrecken oder in der Gosse landen. Ganz im Gegenteil. Viele sind sehr erfolgreich, darunter nicht wenige, die bewundert, ja sogar vergöttert werden. Dennoch: Hasenscharte, Klumpfuß? Du musst mir das bei Gelegenheit erklären.«

»Meinetwegen. Irgendwann. Aber was halten Sie denn von dem Ehemann, diesem Claus mit C? Reiner Zufall? Das glaube ich nicht. Er ist unser Lover. Was meinen Sie, Chef?«

»Er sieht auch noch George Clooney ähnlich, Charlotte. Ich wollte das vorhin nicht an die große Glocke hängen.«

»Noch ein Zufall, Chef? Nein, das kann ich nicht glauben. Er ist es!«

»Zufall hin, Zufall her. Ich glaube nicht an Zufälle.«

»An was dann?«, fragte Charlotte Bakkens leicht amüsiert, aber nicht uninteressiert.

»An Schicksal«, antwortete Jung lapidar.

»Schicksal? Spielen wir hier Schicksal?«

»Unser Schicksal bestimmen andere Mächte, nicht wir.«

»Und hier waltet das Schicksal durch irgendeine willkürliche Namensgebung oder eine Ähnlichkeit des Gesichts«, spottete Charlotte.

»Claus lernt Bente Friedrichsen bei seiner Frau kennen. Sie findet ihn toll. Die Eheleute sind sich schon lange nicht mehr grün. Und dann? Bingo!«

»Er vögelt die Freundin seiner Frau, Chef. Sie ist von ihm schwanger. Seiner Ehefrau hat er Kinder immer verweigert. Ist das auch Schicksal? Nee! Das ist totale Scheiße, finde ich.«

»Freundin ist übertrieben, Charlotte. Im Übrigen steht doch gar nicht fest, dass er wirklich ihr Lover war. Und von wem sie schwanger war, auch nicht«

»Die Wahrscheinlichkeit ist aber sehr groß, geradezu überwältigend groß, Chef.«

»Die Eheleute leben getrennt. Und zwar endgültig, so wie es aussieht. Würde man sich sonst an einem öffentlichen Ort treffen, wenn es etwas zu besprechen gibt? Irgendwann ist ein für alle Mal Schluss. Beide haben die Schnauze gestrichen voll. Null Bock auf gar nichts.«

»Ich weiß nicht. Mich würden Rachegelüste befallen, wenn ich dahinterkäme.«

»Rache? Kann sie nicht eher froh sein, ihn los zu sein?«

»Sie machte Andeutungen, als ändere sich gerade irgendetwas. Ich meine, im Verhältnis zu ihrem Ex. Wenn …«

»Ein Claus mit C ist der Lover von Bente Friedrichsen. Das allein ist unstrittig, Charlotte. Stimmst du darin mit mir überein?«

»Ja, das steht fest.« Sie machte eine längere Pause »Dann ist da noch das Auto, Chef«, nahm sie das Gespräch wieder auf. »Bente Friedrichsen ist damit gefahren. In die Westerheide …«

»Vorausgesetzt, Helen Ehrenberg sagt die Wahrheit«, warf Jung ein.

»… hoch in den Norden«, blieb Charlotte stur. »Fuhr sie auch wieder damit zurück? Die Zeit könnte reichen. Wo ist der Mord begangen worden? Auffällig ist, dass …«

»Wir sind da«, unterbrach sie Jung verstimmt. »Hören wir auf zu spekulieren, Charlotte. Sammeln wir lieber Fakten.«

Jung hatte sein Auto abgestellt und sie stiegen aus.

»Du hast die Handynummer des Lovers. Ruf ihn an und finde raus, ob es Claus Ehrenberg ist. Wenn nicht, brauchen wir seinen Namen.«

Sie betraten die Wache und strebten den Büros im ersten Stock zu.

»Verrate aber nicht, dass du von der Kripo bist«, redete Jung im Laufen weiter. »Er kommt als Täter infrage.«

»Aufgrund dessen, was wir wirklich wissen, ist das reinste Spekulation, Chef«, widersprach Charlotte mit deutlicher Ironie in der Stimme.

»Okay. Aber bevor wir nicht *mehr* wissen, sollten wir ihn nicht verschrecken. Das ist besser so. Egal, ob nun schuldig oder unschuldig.«

»Okay, Chef. Treffe ich Sie später im Büro?«

»Ja. Ich hoffe, die Ergebnisse der Spurensicherung liegen inzwischen vor. Der Bruder der Toten sollte auch angekommen sein. Falls ich weg bin, weiß Karin Bescheid, wo ich bin.«

Jung winkte grüßend mit der Hand und steuerte das Büro von Karin Johannsen an. Sie saß vor ihrem Laptop und klimperte auf der Tastatur. Als sie ihn hörte, drehte sie sich um und lächelte ihn an.

»Sie haben den Knüppel tatsächlich gefunden, Tomi«, sagte sie aufgekratzt.

»Der Bericht ist da?«

»Ja. Er liegt auf deinem Schreibtisch.«

»Gut. Ausgezeichnet. Übrigens, die Spurensicherung muss noch einmal antanzen. Hier sind ein Paar Autoschlüssel. Gib sie ihnen, wenn sie da sind. Okay?«

»Okay, mach ich.«

»Und sonst? Was Neues von der Schreibtischfront?«

»Immer das Gleiche. Neugierige Hotelgäste und Leute, die die Tote gesehen haben wollen. Ich könnte darüber lachen, wenn …«

»Sie haben tatsächlich eine gewisse Ähnlichkeit, Karin.«

»Wer?«

»Bente Friedrichsen und Helen Ehrenberg. Ihr gehört ein blaues New Beetle Cabrio. Die KTUler werden sich das vornehmen.«

Karin Johannsen schwieg, als schämte sie sich ihrer Unaufmerksamkeit.

»Mach dir nichts draus, du bist unsere Pressesprecherin und nicht Sherlock Holmes«, tröstete sie Jung. »Was machen denn die Medien?«

»Sie rennen mir die Bude ein.«

»Hab ich's nicht gesagt? Sie mögen dich.«

»Sie wollen Neuigkeiten, Sensationen, Täter. Am liebsten perverse Fieslinge.« Sie schüttelte sich angewidert.

»Und? Was sagst du ihnen?«

»Wir arbeiten rund um die Uhr. Wenn es etwas zu vermelden gibt, erfahren sie es als Erste. Auf gar keinen Fall nenne ich Namen. Vor allem lächle ich.«

Jung lachte. »Ausgezeichnet, Karin. Du bist die Richtige. Ich habe es gewusst. Wo treibt sich Nanning eigentlich herum? Nicht schon wieder im Casino, oder?«

Sie lachten.

»Nein. Der Bruder der Toten ist da. Nanning begleitet ihn zum Haus. Die Versiegelung. Du weißt schon. Den Nachlasskram, die Beerdigung, das ganze traurige Zeug hat er jetzt am Hals. Nanning weiß mehr.«

»Okay. 17.00 Uhr ist Briefing bei mir.«

»Heute ist Sonntag, Herr Chef!«

»Sonntag ist 52 Mal im Jahr. Wie oft im Jahr ist Mordtag, Frau Polizeiobermeisterin?«

Sie zuckte mit den Schultern.

»Jedenfalls nicht 52 Mal. Also …«

Jung ließ sie allein.

In seinem Zimmer angekommen, rief er zuerst Franzen an und beorderte seine Truppe noch einmal auf die Insel. Der Leiter der Spurensicherung murrte, fügte sich aber schließlich in die Notwendigkeiten.

Jung setzte sich an den Schreibtisch und las den Bericht. Ein Knüppel mit Bluteinfärbungen war nahe der Schutzhütte an der Laufstrecke sichergestellt worden. Die Laboruntersuchungen ergaben eine Übereinstimmung mit dem Blut der Toten. Darüber hinaus wurde nichts gefunden, was zusätzliche Hinweise auf Tatort, Tathergang und Täter hätte liefern können. Regen und Wind hatten alle Spuren verwischt.

Tomas Jung war mit der geleisteten Arbeit zufrieden. Tatzeit und Tatort waren eingekreist. Aber immer neue Fragen türmten sich auf. Seine Unruhe wuchs. Um sich zu sammeln, begann er das Protokoll über das Gespräch mit Helen Ehrenberg aufzusetzen. Während er schrieb, kamen noch mehr Fragen hinzu. Es dauerte, und seine Unruhe wuchs weiter. Als er schließlich fertig war, schmerzte seine Schulter. Er hatte sie fast schon vergessen. Er öffnete das Fenster und atmete tief ein und aus. Die frische Meeresluft tat ihm gut. Seine Lebensgeister meldeten sich gestärkt zurück.

Er sah auf die Uhr. Zeit fürs Mittagessen. Er verspürte keinen Appetit, nicht einmal auf ein Glas Wein, worauf er normalerweise nur bei höherer Gewalt oder aus Vernunftgründen verzichtet hätte. Ein Spaziergang würde jetzt das Richtige sein, dachte er.

Er hinterließ bei Karin Johannsen, dass er spätestens in

zwei Stunden wieder zurück sein werde. Dann verließ er die Wache, bestieg sein Auto und fuhr auf der Lister Straße in Richtung Norden. Auf dem Parkplatz Klappholttal stellte er das Auto ab und nahm den gleichen Weg zum Strand, den er am Tag, an dem sie Bente Friedrichsen gefunden hatten, auch gegangen war.

Der Himmel war bedeckt, die Wolken jedoch nicht so schwer, als dass Regen zu befürchten war. Die Temperatur war für die Jahreszeit zu niedrig, aber dennoch erträglich, der Wind so, dass er nicht störte. Das Rauschen des Meeres empfand Jung als eine wohltuende Abwechslung von den Geräuschen des Alltags. Der Strand lag vor ihm. Er schien endlos. Allein ein paar Unentwegte und die bunten Strandkörbe erinnerten daran, dass er auf der berühmtesten Ferieninsel Deutschlands stand. Er stapfte durch den Sand, bis das Wasser die Sohlen seiner Schuhe umspülte. Er zog Schuhe und Socken aus und wanderte den Meeressaum entlang, den Kopf gesenkt, knöcheltief im Wasser watend, Muschelschalen und Steinen ausweichend, in den Ohren das Kreischen der Seevögel. Es dauerte nicht lange und er wurde müde. Er wandte sich landeinwärts, ließ sich im Windschatten der Dünen in den Sand fallen und schlief sofort ein.

*

»Frau Ehrenberg, schön, dass Sie da sind. So schnell habe ich Sie gar nicht erwartet.«

Tomas Jung war in sein Zimmer geeilt, nachdem Karin Johannsen ihn unterrichtet hatte, dass er Besuch habe. Die ähnliche Frau, hatte sie geheimnisvoll geflüstert.

»Was erledigt ist, ist erledigt. Sie sind doch so ein Typ, nicht wahr?«, erwiderte Helen Ehrenberg schelmisch.

Jung wunderte sich, woran sie das abgelesen haben wollte.

»Sie scheinen mehr zu wissen als ich«, lachte er verhalten.

»Aus den Augen, aus dem Sinn, oder nicht?«, überging sie lässig seine Bemerkung.

»Sie haben recht. Nicht unbedingt angenehm das Ganze.«

Als sie nichts darauf erwiderte, nahm er das Gesprächsprotokoll und schob es ihr hin.

»Lesen Sie es bitte in Ruhe durch. Wenn Sie keine Einwände haben, unterschreiben Sie.«

Sie griff sich das Papier und begann zu lesen. Jung beobachtete sie interessiert. Ihre Aufmachung hatte sich verändert: Make-up, Lippenstift, ein dezentes Parfüm, das er nicht kannte. Schuhe mit hohen Abätzen, helle Jeans, weiße Bluse mit aufgestelltem Kragen und eine glatte, taillierte Jacke aus blauem Leinen. Elegant, cool, kontrolliert, nicht groß aber sportlich, sehr schlank, alles zusammen suggerierte eine Klasse, die er ihr nicht wirklich abnahm. Am Morgen hast du mir besser gefallen, dachte Jung. Sie war spielsüchtig, hatte Nanning berichtet. Ein schwerer Fall. Über sie war ein Spielverbot verhängt worden, weil sie permanent die Limits überschritt. Niemand, da war Jung absolut sicher, würde bei ihrem Anblick darauf kommen, mit wem er es zu tun hatte. Nichts ist so, wie es auf den ersten Blick scheint, rief er sich zum wiederholten Mal ins Gedächtnis. Aber Helen Ehrenberg war ein Sonderfall.

Sie blätterte die letzte Seite um. Jung schüttelte seine Gedanken ab und sah zu, wie sie ihre Unterschrift unter das Protokoll setzte.

»Alles okay?«, fragte er freundlich.

»Ja, alles okay«, bestätigte sie seufzend.

»Was machen Sie eigentlich beruflich, Frau Ehrenberg?«, fragte Jung beiläufig.

»Warum wollen Sie das wissen? Ist das wichtig für Ihre Ermittlungen?«

»Ich frage rein persönlich. Sie haben keine Kinder. Ich könnte mir vorstellen, dass …«

»Ich bin Bankkaufmann«, unterbrach sie ihn etwas ungnädig.

»Ihr Mann auch?«

»Wie kommen Sie darauf?«

»Meistens ist es doch so: Man lernt sich bei der Arbeit kennen. Man beginnt sich zu schätzen …«

Helen Ehrenberg lachte.

»Sie haben eine blühende Fantasie, Herr Kommissar. Aber Sie haben recht. Mein Mann ist Investmentbanker bei der HSH-Nordbank.«

»Momentan ist er nicht gerade auf Rosen gebettet, nicht wahr? Sein Boss, der Herr Nonnenmacher, ist schon vom Namen her ein einziges Desaster.«

»Und auch vom Programm«, lachte sie laut.

»Weil er Nonnen macht?«, erlaubte sich Jung einen schlechten Scherz.

»Meistens ist es doch so«, äffte sie ihn nach. »Man ist gierig. Man sorgt für Konkurrenz unter den Kollegen. Man beginnt sich zu belauern und schon …«

Sie machte eine Geste mit den Händen, als entließe sie einen gefangenen Vogel in die Lüfte, und lachte wehmütig.

»Und Sie?«, fragte Jung.

»Ich mache gerade eine Auszeit. Ich bin in der angenehmen Lage, mir das leisten zu können. Der Beruf schlaucht und …«

»So genau wollte ich es gar nicht wissen«, fiel Jung ihr freundlich ins Wort. »Ich dachte nur, auf einer Insel, so allein in einem großen Haus, ohne Mann, ohne Kinder, da würde ich …«

»Es geht schon. Sie machen sich zu viele Gedanken, Herr Kommissar«, sagte sie schmunzelnd.

»Ja gewiss. Sie deuteten schon an, dass sich etwas ändern würde. Aber …«

»Es wird sich etwas ändern«, sagte sie entschieden.

»Hat das Treffen mit Ihrem Mann …?«

»Ach du meine Güte«, fiel sie ihm ins Wort. »Nein, nein. Überhaupt nicht. Da kann ich Sie beruhigen.«

»Ich bin nicht beunruhigt. Ich bin …«

»… nur neugierig«, ergänzte Helen Ehrenberg lachend. »Ich muss jetzt gehen. War schön, mit Ihnen geplaudert zu haben, Herr Kommissar. Übrigens, Ihre Leute waren schon da.«

»Und? Haben sie was gefunden?«

»Keine Ahnung. Ich habe die Schlüssel jedenfalls wieder.«

»Dann ist ja alles in bester Ordnung. Einen schönen Restsonntag.«

»Danke. Ebenfalls.«

Sie verabschiedeten sich voneinander wie alte Bekannte. Jung schloss leise die Tür hinter ihr. Plaudern, lachen, scherzen und ein Anflug von Poesie? Für jemanden, der seiner Laufpartnerin für die Fahrt in den Tod sein Auto überlassen hatte, war sie zu locker, fast abgebrüht, dachte Jung. Er schüttelte seine Irritation ab. Die Unruhe, die sein Mittagsschlaf beendet hatte, kehrte wieder. Viel zu schnell, seufzte er.

*

»Okay. Alle da? Fangen wir an«, eröffnete Tomas Jung das Briefing. »Karin, du als Erste. Irgendwas Neues?«

»Die Presse will Neuigkeiten. Wenn's geht, Sensationen. *Der Killer vom Klappholttal*, haben sie getitelt. *Die Bestie von Sylt*. Von mir haben sie das nicht.«

»Werden sie aber bald kriegen, schätze ich«, warf Charlotte Bakkens ein.

»Nachher im Zusammenhang, nicht wahr Charlotte?«, lächelte Jung sie an.

»Ja, Chef. Ich glaube, wir sind auf der richtigen Spur.«

»Okay. Noch was, Karin?«

»Nein. Ich habe fertig.«

Sie lachten.

»Nanning, was hast du Neues?«, nahm Jung den Faden wieder auf.

»Der Bruder hat gestern die Leiche identifiziert. Er ist auf der Insel und kümmert sich um den Nachlass.«

»Wie hat er es aufgenommen?«

»Sehr gefasst. Er ist Unfallchirurg.«

»Was meinst du damit?«

»Er ist öfter mit dem Tod konfrontiert als wir. Er gehört zu seinem Beruf.«

»Aber nicht mit dem seiner Schwester. Den gibt es nur ein einziges Mal, sowohl faktisch als auch emotional. Du hast ihn befragt?«

»Ja. Er hat ein bombensicheres Alibi. Er war in München und hat den ganzen Tag praktiziert. Dafür gibt es Zeugen en masse. Ich hatte seine Assistentin am Apparat.«

»Welches Motiv hätte er denn überhaupt haben sollen?«, fragte Karin Johannsen.

»Neid, Geldsorgen«, sagte Charlotte lapidar.

»Ihr Haus ist Millionen wert«, ergänzte Jung trocken.

»Den Eindruck macht er auf mich nicht«, sagte Nanning. »Er ist ein Typ, der das nicht nötig hat. Jedenfalls nach meiner Einschätzung.«

»Ist ja auch egal. Er hat ein bombensicheres Alibi«, würgte Jung die Diskussion ab. »Was ist mit dem Grobian, Brar Ole Mickelsen?«

»Können wir von der Liste der Verdächtigen streichen. Er war zur fraglichen Zeit auf dem Golfplatz bei Munkmarsch. Der Platzmanager …«

»So früh?«

»Deswegen wusste der Platzmanager auch sofort, nach wem ich fragte. Der Mann ist einfach nicht zu übersehen.«

»Und nicht zu überhören«, fügte Jung hinzu.

»Seine Flight ist übrigens in den Unterlagen dokumentiert. Die Golfpartner habe ich nicht befragt. Schien mir nicht mehr nötig.«

»Okay. Charlotte, jetzt du.«

»Ich mach's kurz. Claus Ehrenberg ist der Lover von Bente Friedrichsen. Ich habe die Handynummer angewählt und hatte ihn am Apparat.« Sie machte eine Pause, um ihre Nachricht wirken zu lassen.

»Mein Gott! Das ist ja abgefahren«, stöhnte Karin Johannsen.

»Bist du ganz sicher?«, fragte Jung.

»Ich habe mich als Immobilienmaklerin ausgegeben, die an seinem Haus in Keitum interessiert ist. Um sicherzugehen, habe ich ihn um Namen und Adresse gebeten. Er ist es.«

»Clever. Sehr clever.«

»Mich hat überrascht, wie eilfertig er auf meine Offerte eingegangen ist. Er schien geradezu darauf gelauert zu haben. Im Falle …«

»Wie meinst du das?«, unterbrach sie Jung.

»Wenn *mich* ein Wildfremder anruft, bin ich vorsichtiger.«

»Okay. Wie ging es weiter?«

»Gar nicht. Ich habe das Gespräch beendet, bevor er Fragen stellen konnte. Ich machte einen auf coolen Profi. Nichts Wichtiges am Telefon, viel zu tun und so weiter.«

»Wie seid ihr verblieben?«

»Er ist morgen auf der Insel. Wir treffen uns mittags am Haltepunkt Keitum. Er kommt mit dem Zug.«

»Er weiß also nicht, dass du von der Kripo bist. Welchen Eindruck hast du gewonnen? Weiß er von dem Mord?«

»Am Telefon bekommt man weniger Informationen als in einem Vieraugengespräch. Aber er schien mir mehr am Geschäft interessiert als an sonst was. Sein Tonfall war aufgekratzt, fast aufgeregt. Etwas merkwürdig fand ich das schon. Selbst wenn er nichts weiß, er kann ja in den letzten zehn Tagen keinen Kontakt mehr zu Bente Friedrichsen gehabt haben. Für ein Liebespärchen ungewöhnlich.«

»Liebespaar könnte ganz falsch sein. Affäre vielleicht. Die haben eigene Regeln. Von Fall zu Fall unterschiedliche«, gab Karin zu bedenken.

Jung sah sie entgeistert an.

»Alle Achtung. In deinem Alter hatte ich diese Erkenntnisse nicht.«

»Gemessen an der Frequenz vor dem Mord ist sein Verhalten zumindest ungewöhnlich«, widersprach Charlotte halbherzig. Jung merkte ihr an, dass Karins Einwand ihr mehr zu denken gab, als sie zugeben wollte.

»Egal«, sagte er. »Falls die KTU im Auto Wollfusseln und Haare findet, die Claus Ehrenberg zugeordnet werden können und die mit denen an der Leiche übereinstimmen, haben wir einen Verdächtigen. Wenn seine Fingerabdrücke …«

»*Mehr* als das, Chef«, unterbrach ihn Charlotte vehement. »Wir bräuchten noch seine DNA. Ist er der Vater von Bente Friedrichsen Baby, dann ist er nicht nur verdächtig.«

»Wieso? Wo ist das Motiv?«, warf Karin ein.

»Die Geschichte könnte folgendermaßen gehen: Er kommt zur Vernunft. Aus welchen Gründen auch immer. Er erinnert sich an die guten Zeiten mit seiner Frau. Er beschließt, sich mit ihr zu versöhnen. Noch einmal ganz von vorne anfangen. Vielleicht in einer anderen Umgebung, mit anderen Nachbarn und mit Kindern. Von *ihr* und nicht von seiner Affäre. Er hat deswegen heftigen Streit mit Bente Friedrichsen. Sie droht, alles zu zerstören.«

»Versöhnen? Die Frau ist schwer spielsüchtig. Der Mann muss doch bekloppt sein«, wandte Nanning kopfschüttelnd ein.

»Er ist Banker«, sagte Jung trocken.

»Sie hat ihre Sucht unter Kontrolle. Übrigens mithilfe von Bente Friedrichsen. Sie ist schon eine ganze Zeit lang nicht mehr auffällig geworden. Das haben Sie selbst berichtet, nicht wahr Nanning?«

Nanning wiegte bedenklich den Kopf.

»Also beste Voraussetzungen für einen Neuanfang«, verteidigte Charlotte ihre These.

»Könnte es nicht sein, dass ihr Mann von ihrer Spielsucht gar nichts weiß?«, fragte Karin.

Jung sah sie an und lächelte versonnen. »Sei es, wie es sei«, sagte er schließlich. »Die Lage ist undurchsichtig.«

»Aber deswegen bringt man doch nicht jemanden um?«, empörte sich Karin.

»Helen Ehrenberg hat ausgesagt, dass sie ihren Mann am Freitag, dem 13. getroffen hat«, lenkte Jung das Gespräch zurück auf den Boden der Tatsachen. »Wann ist er auf die Insel gekommen? Und vor allem, wie ist er angereist? Mit dem Auto, mit dem Zug oder dem Flugzeug? Wir brauchen seinen Tagesablauf. Präzise.«

»Wir vernehmen ihn morgen«, sagte Charlotte.

»Wäre hilfreich, wenn wir dann schon die Ergebnisse der Spurensicherung hätten«, sagte Jung.

»Ihr solltet auch die Frau zum Besuch ihres Mannes befragen«, meinte Nanning. »Sie könnte wissen, wann und wie er gekommen ist.«

Jung nickte zustimmend mit dem Kopf.

»Ich bewache das Telefon«, sagte Karin. »Vielleicht meldet sich jemand und sagt: Ich bin der Mörder. Holen Sie mich im Söl'ring Hof ab. Ich sitze im Restaurant von Johannes King und trage eine rote Pudelmütze auf dem Kopf.«

Keiner lachte.

*

»Du scheinst dir sehr sicher zu sein, Charlotte«, sagte Jung, als er mit ihr die Treppe hinunter ging. »Warum? Warum gerade er? Warum nicht dieser Nickels? Warum nicht seine Frau zum Beispiel? Sie hat kein Alibi.«

»Der Tathergang spricht nicht die Sprache einer gedemütigten, von ihren Gefühlen überwältigten Frau. Und selbst wenn, warum steht sie dann eine Woche später vor Bente Friedrichsens Tür? Das macht keinen Sinn.«

»Sie könnte einen Killer engagiert haben.«

»Das ist doch wohl nicht Ihr Ernst, Chef, oder? Wir haben sie erlebt. Auch wie sie über Bente Friedrichsen, ihre Laufpartnerin und Teefreundin, gesprochen hat. Helen Ehrenberg und ein Killer? In Schleswig-Holstein, auf Sylt? Also, das können Sie sonst wem erzählen, aber nicht mir.«

»Man weiß nie genau, wozu Menschen fähig sind«, intervenierte Jung.

»Aber nicht sie. Sie hat mit sich und ihrer Krankheit genug zu tun. Außerdem hat sie keine blasse Ahnung. Das steht für mich fest«, beharrte Charlotte auf ihrer Meinung.

»Könnte so sein. Muss aber nicht.«

»Der Mann hat auch kein Alibi.«

»Noch nicht. Morgen werden wir mehr wissen.«

»Er ist der Einzige, bei dem ich ein Motiv sehe. Ausreichend für einen Mord. Der Mann ist nervös. Das spüre ich.«

»Nervös? Dafür kann es viele Gründe geben. Es fehlen die nötigen Indizien.«

»Ja, da haben Sie recht, Chef«, gab Charlotte Bakkens zögernd zu. »Aber auch das könnte sich rasch ändern.«

»Bevor wir ihn in die Mangel nehmen, befragen wir noch einmal seine Frau. Ich kümmere mich um den Bericht der KTU. Ich telefoniere noch heute Abend mit Morten. Aber jetzt habe ich Hunger. Kommst du mit?«

»Okay, Chef. Wer fährt?«

Sie standen auf dem Parkplatz und Charlotte sah sich suchend um.

»Wir gehen zu Fuß. Es ist nicht weit«, entschied Tomas Jung.

»Wohin?«

»Ins ›Il Ristorante‹. Ein bisschen Anti, ein bisschen Pasti, dazu ein Glas Montepulciano, danach Espresso. Passt das?«

»Klingt gut, Chef. Gehen wir.«

Sie überquerten den Kirchenweg, passierten schweigend die grüne windschiefe Riesenfamilie auf dem Bahnhofsvorplatz, bogen dann ab in die Sankt-Nikolai-Straße und erreichten schließlich, ohne ein Wort gewechselt zu haben, ›Il Ristorante‹ in der Boysenstraße. Tomas Jung hatte seine Vorbehalte gegen das Restaurant vorübergehend aufgegeben. Charlotte würde ihn vor Unzumutbarkeiten bewahren, für den Fall, dass sie das Unglück ereilen sollte, auf Helga Bongard zu stoßen. Der Gastraum war nicht gefüllt. Es war noch zu früh. Frau Bongard war nicht da. Jung atmete erleichtert auf.

*

»Du wolltest mir noch erklären, was Hasenscharte und Spielsucht gemeinsam haben, Charlotte«, sagte Jung, als er den Teller von sich geschoben hatte und seine Serviette zusammenfaltete. »Das klingt irgendwie abgedreht, an den Haaren herbeigezogen. Jedenfalls in meinen Ohren.«

»Sie sind nicht der Einzige, Chef. Süchtige, das sind

gemeinhin die besoffenen Penner auf der Straße, die Junkies in den Bahnhofstoiletten und die menschlichen Wracks ...«

»Ich glaubte eigentlich, hinlänglich klar gemacht zu haben, dass ich nicht zu denen gehöre, Charlotte. Aber eine Hasenscharte ...«

»... ist ein Defekt im Genpool des Menschen, und Sucht ist ein Defekt in der Biochemie des Hirns. Kann sogar vererbbar sein. Ganz genau weiß man das noch nicht. Aber irgendetwas funktioniert bei Suchtkranken da oben nicht oder nicht mehr.«

»Die sind also hirngeschädigt. Sollte man sie dann nicht lieber wegsperren?«

»Nein. Natürlich nicht. Hasenscharten sperrt man ja auch nicht weg. Sie können nur nicht aufhören. Das ist alles.«

Charlotte machte eine Pause und tupfte sich mit der Serviette den Mund ab.

»Es gibt Millionen, die Alkohol trinken«, fuhr sie fort, »aber deswegen sind die noch lange nicht Alkoholiker. Was Suchtkranke von Nichtsuchtkranken unterscheidet, ist einzig und allein, dass sie nicht aufhören können, ansonsten sind sie nicht schlechter oder besser als alle anderen auch. Zu stoppen ist ein Alkoholiker nur von seiner eigenen Physis. Die zieht ihn aus dem Verkehr. Er klappt irgendwann zusammen, manche saufen sich zu Tode. Vorher haben sie meistens noch eine Menge Scheiß angerichtet. Ich glaube, dass *das* überhaupt der Grund für die Ressentiments gegen sie ist.«

»Aber es gibt einen Weg da raus. Das hast du jedenfalls angedeutet.«

»Das haben Sie völlig missverstanden, Chef. Suchtkranke bleiben ihr Leben lang Suchtkranke. Das Einzige, was sie ändern können, ist die Art und Weise, mit ihrer Krankheit umzugehen.«

»Ob sie mit einer Hasenscharte Minister werden oder sich zu Hause verstecken. Richtig?«

»Genau. Nur bei Suchtkranken ist es eine Kontrollfrage und keine Frage des Selbstbewusstseins. Der erste Schritt ist das Eingeständnis, dass sie krank sind.«

»Das bleibt den Typen mit der Hasenscharte schon mal erspart«, bemerkte Jung trocken.

Charlotte lachte und blickte sich nach dem Kellner um.

»Einen Espresso?«, fragte Jung.

»Gerne. Und einen Grappa.«

Jung zog die Augenbrauen hoch und sah sie länger an. Dann winkte er dem Kellner und gab die Bestellung weiter.

»So weit, so gut«, nahm er das Gespräch wieder auf. »Was macht ein Suchtkranker dann? Der zweite Schritt.«

»Das Wichtigste ist, er darf niemals wieder anfangen. Nur dann kommt er auch nie wieder in die Lage, aufhören zu müssen.«

»Das klingt ganz einfach. Ich vermute aber mal, dass genau *das* am schwierigsten ist.«

»Da vermuten sie völlig richtig, Chef. Man muss sich nur mal vorstellen, aus welchen Gründen und zu welchen Anlässen Alkohol getrunken wird, nur um mal bei den Alkoholikern zu bleiben. Ein Normalo trinkt ein oder zwei Bier zum Feierabend, einen Aperitif, ein Glas Wein oder einen Digestiv. Er gibt sich auch schon mal die Kante, wenn er richtigen Ärger mit dem Chef hat, zum Beispiel. Hinterher sieht er die Sache in der Regel entspannter. Vielleicht hat er sogar was kapiert. Was macht ein Alkoholiker in solchen Fällen, frage ich Sie?«

»Ich hoffe, du gibst dir heute Abend wegen *mir* nicht die Kante, Charlotte.«

Sie lachten. Der Kellner brachte die Bestellung und sie schütteten Zucker in den Kaffee.

»Dein Wissen ist erstaunlich, Charlotte. Auf welcher Uni hast du eigentlich studiert?«, fragte Jung.

»Ich muss nicht auf die Uni gehen, um mich schlauzumachen. Das Internet ist eine gigantische Quelle, die einen nie im Stich lässt und die nie versiegt. Und sie ist bequem, schnell und billig.«

Jung wiegte den Kopf und nahm einen Schluck von seinem Espresso.

»Frau Ehrenberg ist spielsüchtig. Stimmt das überhaupt?«, fragte er über den Tassenrand.

»Nach dem, was Nanning berichtet hat, ja. Kein Zweifel möglich«, erwiderte Charlotte Bakkens.

»Meinetwegen. Aber ihre Sucht kostet Geld. Woher nimmt sie das?«

»Sie hat ihre Krankheit unter Kontrolle. Sie braucht kein Geld mehr. Jedenfalls nicht dafür. Hat sie einen Beruf? Was macht ihr Mann eigentlich?«

»Sie sind beide Banker. Das hat sie mir heute Nachmittag, als sie das Protokoll unterschrieb, erzählt. Sie nimmt allerdings momentan eine Auszeit.«

»Das passt doch. Zwei Spitzenverdiener.«

»Oder auch nicht. Seit der Bankenkrise ist das nicht unbedingt mehr garantiert. Viele sind schon oder werden noch entlassen. Außerdem leben sie getrennt.«

»Aber für unseren Fall ist das nicht relevant. Sie bewohnt ein millionenschweres Haus. Sie selbst sieht nach Geld aus. Und sie hat aufgehört.«

»Nicht wieder angefangen, Charlotte«, grinste Jung.

»Sie hören gut zu, Chef«, bemerkte Charlotte anerkennend.

»Aber stimmt das denn überhaupt? Hat sie das wirklich? Die Spielbank in Westerland ist nicht die einzige in Schleswig-Holstein. Mal abgesehen davon, dass es mit Sicherheit auch illegale, geheime Clubs gibt.«

»Zugegeben. Es gibt noch ein paar offene Fragen. Morgen geht's weiter. Aber nicht mehr heute Abend. Prost, Chef!«

Sie nahmen die Gläser auf und tranken. Sie hat schon jetzt den *Chef* drauf, dachte Jung und schmunzelte.

*

Nachdem Tomas Jung sich vor dem Restaurant von Charlotte verabschiedet hatte, beeilte er sich, in sein Apartment zu kommen. Der abendliche Betrieb in den Straßen machte die mittägliche Öde am Strand vergessen. In der Strandstraße kaufte er sich bei Timm eine Zigarre. Um die Ecke war er zu Hause.

Als Erstes rief er Franzen an. Die Ergebnisse der Spurensuche vom Vormittag lagen vor. Die Auswertung war noch nicht abgeschlossen. Aber das, was Franzen vorab sagen konnte, vergrößerte seine Unruhe. Sie versetzte ihn in einen Erregungszustand, dem er nur mit Arbeit Herr werden konnte. So gut kannte er sich inzwischen. Er verbrachte den Abend damit, eine Erfolg versprechende Befragungsstrategie für die Ehrenbergs auszutüfteln. Er würde Charlotte nicht vorher einweihen. Dazu blieb nicht die nötige Zeit. Er baute auf ihre Intelligenz. Sie würde ihm nicht in die Parade fahren. Als seine Zigarre verglüht war, war er auch mit seinen Überlegungen fertig. Er hatte sich beruhigt und war zufrieden. Kurz nach Mitternacht schlief er ein.

MONTAG, DER 23.

»Was denken Sie sich eigentlich dabei, mich in aller Herrgottsfrühe wie eine Verbrecherin hierher schleppen zu lassen, Herr Jung?«

Helen Ehrenbergs Stimme färbte Ironie, nicht Ärger. Jung registrierte das sehr genau. Er war auch auf eine andere Reaktion vorbereitet.

»Bitte setzten Sie sich, Frau Ehrenberg.«

Jung machte eine einladende Geste, und sie setzte sich stumm ihm gegenüber an den Tisch.

»Dies ist ein Verhör. Es wird aufgezeichnet. Alles …«

»Was heißt *das* denn?«

»Alles, was Sie von jetzt ab sagen, kann gegen Sie vor Gericht verwendet werden. Anwesend …«

»Wie bitte? Wessen werde ich denn beschuldigt?«

»Anwesend sind Frau Helen Ehrenberg als Beschuldigte, Kriminalkommissarin Charlotte Bakkens als Beisitzerin und Kriminaloberrat Tomas Jung als Verhörleiter. Frau Ehrenberg, Sie haben das Recht auf anwaltliche …«

»Ich brauche keinen Anwalt.«

»Die Beschuldigte verzichtet auf einen Rechtsbeistand. Es ist …«

»Noch einmal: Wessen werde ich beschuldigt? Vielleicht sagen Sie mir das endlich.«

»Haben Sie verstanden, was ich gesagt habe, Frau Ehrenberg?«, fragte Jung unbeirrt.

»Ja natürlich. Ich bin ja nicht schwerhörig. Ich will endlich wissen, wessen ich beschuldigt werde.«

»Ich beschuldige Sie, Frau Bente Friedrichsen ermordet zu haben. Sie sind vorläufig festgenommen.«

»Was?«, lachte sie ungläubig. »Das kann nicht wahr sein. Warum sollte ich das tun?«

»Sie haben ein Motiv und Sie haben für die Tatzeit kein Alibi.«

»Ein Motiv? Welches denn? Sie war meine Bekannte. Sie hat mir einmal sehr geholfen. Ich würde …«

»Bente Friedrichsen war die Geliebte Ihres Mannes. Sie erwartete ein Kind von ihm. Ein Kind, das er Ihnen zeitlebens verweigert hat«

»Was? Was reden Sie denn da? Das … Sagen Sie das noch mal«, krächzte sie heiser.

»Bente Friedrichsen erwartete ein Kind von Ihrem Mann Claus. Die beiden waren ein Paar und planten eine gemeinsame Zukunft.«

»Nein, nein, niemals.« Helen Ehrenberg brach in ein hysterisches Lachen aus. Dann schlug sie die Hände vors Gesicht und begann zu schluchzen. Ihr Kopf sank auf die Tischplatte. Ihre Schultern bebten. Jung schwieg und wandte sich Charlotte zu. Sie sah ihn an. In ihrem Blick lagen Überraschung, Vorwurf und Verständnislosigkeit. Jung nickte ihr beruhigend zu und wandte sich wieder an sein Gegenüber.

»Frau Ehrenberg, darf ich Ihnen ein Glas Wasser bringen?«

»Ja gerne«, flüsterte sie.

»Charlotte, bist du so nett?«

Charlotte stand wortlos auf und verließ den Raum. Helen Ehrenberg richtete sich auf und wischte sich die Tränen aus dem Gesicht. Stummer Schmerz hatte ihre Züge verzerrt. Jung schaute sie aufmerksam an. Während er sie betrachtete, verwandelte sich ihr Gesichtsausdruck in Ergebenheit, Widerwillen und Verständnislosigkeit. Erstaunlich, wie schnell der Schmerz sie verlässt, dachte Jung und fühlte sich an ihr erstes Zusammentreffen erinnert.

Charlotte kam mit einem Glas Wasser zurück und stellte es vor sie auf den Tisch. Sie nahm das Glas, leerte es langsam, bis auf den letzten Tropfen und stellte es wieder zurück.

»Fühlen Sie sich in der Lage, unsere Fragen zu beantworten?«, fragte Jung höflich.

»Fragen Sie, was Sie wollen. Ich werde antworten«, erwiderte Helen Ehrenberg leise.

»Besitzen Sie einen grauen Wollschal?«

»Nein.«

»Wir haben in Ihrem Auto graue Fusseln und Haare sichergestellt, die gleichen, die bei der Leiche auch gefunden wurden Haben Sie dafür eine Erklärung?«

»Mein Mann hat einen grauen Schal. Er hat ihn im Auto liegen lassen.«

»Wann war das?«

»Vor zwei, drei Wochen. So genau weiß ich das nicht mehr.«

»Hat er Sie in letzter Zeit öfter besucht?«

»Ja. Seit einiger Zeit hatten wir wieder mehr Kontakt. Er hat sich verändert. Bis heute glaubte ich das jedenfalls.«

»Und sein letzter Besuch war am Freitag, dem 13.. Ist das richtig?«

»Ja.«

»Wann haben Sie den Termin abgemacht?«

»Am Abend vorher haben wir miteinander telefoniert.«

»Warum haben Sie sich nachmittags getroffen? Warum nicht vormittags?«

»Warum, warum? Weil ich erst mittags aufwache, weil ich zu faul bin, weil in China … Das ist doch völlig idiotisch.«

»Weil Sie am Vormittag schon etwas anderes vorhatten. Ist es nicht so?«

»Das ist absoluter Quatsch. Claus wollte den Vormittag anders nutzen, etwas Zeit haben, Abstand, Gelegenheit, um nachzudenken. Er ist mit dem Auto die Westküste hochgefahren und mit der Fähre über List gekommen. Eine längere Spazierfahrt, wenn Sie so wollen. Deswegen trafen wir uns erst nachmittags.«

»Welches Auto fährt Ihr Mann?«

»Ich weiß es nicht. Wir sind nicht mit seinem Auto gefahren. Wahrscheinlich fuhr er den Golf. Er hat auch einen Mercedes.«

»Farbe?«

»Schwarz. Der Mercedes ist silbergrau.«

»Wann genau haben Sie ihn an diesem Tag getroffen?«

»Um 15 Uhr. Im Café Wien. Das habe ich Ihnen doch schon erzählt.«

»Warum im Café Wien? Es läge doch viel näher, sich zu Hause, in Ihrer vertrauten Umgebung, zu treffen.«

»Wir hatten in Westerland etwas zu erledigen. Außerdem war es noch lange nicht soweit, als dass ich ihn wieder bei mir im Haus haben wollte. Damit lag ich ja durchaus richtig, wie Sie mir gerade bestätigt haben.«

»Was hatten Sie zu erledigen?«, fragte Jung streng.

»Das geht Sie doch gar nichts an. Ich …«

»Sie sind spielsüchtig, Frau Ehrenberg. Schwer spielsüchtig. Hatte der Besuch damit etwas zu tun?«

»Was? Woher haben Sie das? Ich bin nicht bereit, irgendetwas dazu zu sagen.«

»Die Polizei hat Sie mal von der Spielbank nach Hause begleitet. Sie erinnern sich?«

»Das hat doch überhaupt nichts …«

»Sie sind eine notorische Zockerin, Frau Ehrenberg. Dafür gibt es Zeugen. Sogar der Spielbankdirektor sah sich genötigt, ein Spielverbot zu verhängen.«

Sie schwieg und senkte den Kopf. Jung wartete. Es war still im Raum. Nur der einsame Schrei einer Möwe drang von draußen herein. Schließlich sagte sie:

»Ich hab das absolut im Griff. Alles ist unter Kontrolle. Schon seit längerer Zeit. Daran hat übrigens Bente Friedrichsen einen großen Anteil. Ich bin ihr dankbar. Es ist nicht so, wie Sie denken. Ganz im Gegenteil. Claus hat Geldschwierigkeiten. Nicht ich. Wir wollten meine Bank aufsuchen.«

»Ihre Bank? Sie leben getrennt. Wollen Sie mir ernstlich weismachen, Sie wollten ihm aus der Patsche helfen?«

»Mein Mann hat in der Vergangenheit gut verdient. Geschäfte mit hohem Risikopotenzial. Er haftet auch privat. Deswegen war der größte Teil des Geldes auf meinen Konten deponiert. Wir hatten Gütertrennung vereinbart.«

»Das passt ja gut. Da hatten Sie genug Knete zum Zocken.«

»Was erlauben Sie sich eigentlich! Das ist doch absoluter Quatsch. Ich habe nur zu bedenken gegeben, ob es nicht besser sei, das Haus zu verkaufen. Momentan ist das außerordentlich lukrativ.«

»Weil Sie die Konten schon leer geräumt hatten? Sie haben das Geld verspielt, Frau Ehrenberg. Geben Sie es zu.«

»Ich gebe gar nichts zu.«

»Waren Sie in der Bank?«

»Ich muss überhaupt nichts dazu sagen.«

»Sie wollten alle meine Fragen beantworten.«

Helen Ehrenberg schüttelte unwillig den Kopf.

»Nein. Wir waren nicht in der Bank«, sagte sie leise.

»Sondern?«

»Wir wollten erst einmal einen Verkauf überdenken. Die Möglichkeiten sondieren. Eine Nacht darüber schlafen. Claus fuhr gleich darauf wieder zurück nach Hamburg.«

»Wieder über die Fähre? Wieder eine Spazierfahrt?

»Was weiß ich, Herrgott noch mal! Möglich ist das. Aber was sollen die blöden Fragen eigentlich? Ich dachte, Sie suchen den Mörder von Bente Friedrichsen. Ich bin es nicht. Ich bin unschuldig.«

»Sie geben an, zur Tatzeit geschlafen zu haben. Mit wem?«

»Sind Sie verrückt? Mit niemandem. Ich verwahre mich …«

»Gibt es jemanden, der Ihre Aussage bestätigen kann?«

»Nein. Ich …«

»Das wär's fürs Erste, Frau Ehrenberg. Wir nehmen Sie vorläufig fest. Wegen Verdunklungsgefahr. Wir suchen nach weiteren Beweisen. Auch nach solchen, die Sie entlasten könnten. Das zu Ihrer Information. Charlotte, sagst du bitte Nanning Bescheid. Er soll Frau Ehrenberg in Gewahrsam nehmen.«

*

Während Nanning sie abgeführte, wunderte sich Charlotte, wie widerstandslos sich Helen Ehrenberg in ihr Schicksal fügte. Sie wirkte fast erleichtert. Sie selbst hätte sich diese Behandlung nicht gefallen lassen, auch nicht eine einzige, winzige Sekunde lang.

»Die Nummer, die Sie gerade abgezogen haben, Chef, kann Ihnen ganz schön um die Ohren fliegen. Das ist Ihnen doch wohl klar, oder?«, sagte sie erregt.

»Was meinst du damit, Charlotte«, erwiderte Jung amüsiert.

»Amtsmissbrauch, Amtsanmaßung, Nötigung, Manipulation, Lügen. Reicht das?«

»Keine Lügen, Charlotte, Unterstellungen. Wenn's hochkommt, unbewiesene Behauptungen. Übrigens, das mit den Fusseln und Haaren stimmt. Ich habe gestern Abend noch mit Franzen gesprochen.«

»Egal. Sie haben mir auf dem Rückflug von Québec einen langen Vortrag darüber gehalten, nach welchen Regeln Beamte ihren Job zu verrichten haben. Daran gemessen, Chef, war das heute eine Riesensauerei.«

»Warum hast du mich nicht aufgehalten, Charlotte. Du bist Beamtin. Du warst dabei, oder nicht?«

Charlotte Bakkens öffnete den Mund, schloss ihn aber sofort wieder.

»Die Ausbeute an Informationen ist beachtlich. Das weißt du so gut wie ich«, sagte Jung.

Sie schwieg missbilligend.

»Sie war geschockt«, gestand sie kurz darauf ein. »Das war mehr als deutlich. Warum …«

»Von der Beschuldigung oder von deren Begründung?«, fragte er dazwischen.

»Von der Begründung. Sie wusste von nichts. Warum hat sie nicht darauf bestanden? Dann hätte sich Ihr angebliches Motiv erledigt.«

»Vielleicht hat sie es geahnt, und nun hat sie Gewissheit. Sie hat sich übrigens sehr schnell erholt. Ist dir das aufgefallen?«

»Das spricht eher für sie als gegen sie. Und Erdrosseln passt auch nicht.«

»Egal. Heute Nachmittag verhören wir ihren Mann. Dann wissen wir mehr.«

»Haben Sie für den auch so eine Harakiri-Methode auf der Pfanne, Chef?«

»Wir lassen die Frau heute Nachmittag wieder frei.«

»Können Sie mir auch noch meine Frage beantworten, Chef.«

»Warts ab, Charlotte. Du bist dabei.«

»Muss ich?«

»Du musst.«

»Unbedingt?«

»Ende der Diskussion.«

*

Der Zug war pünktlich. Nur wenige Passagiere stiegen aus. Er trug einen hellen Sommeranzug. Wenn ihn nicht schon seine Ähnlichkeit mit Georg Clooney auffällig gemachte hätte, dann der Schal, den er zum Anzug trug.

»Herr Ehrenberg?«, sprach Jung ihn an.

»Ja, bitte? Ich erwarte eigentlich …« Seine Blicke streiften Charlotte Bakkens, die sich neben Jung postiert hatte.

»Kriminaloberrat Jung, Kriminalkommissarin Bakkens, meine Kollegin«, stellte Jung sie vor.

»Was … soll das ein Witz sein?«

»Keineswegs, Herr Ehrenberg. Bitte folgen Sie uns auf die Polizeiwache.«

»Nun mal langsam, Herrschaften. Weswegen sollte ich …?«

»Sie werden des Mordes an Bente Friedrichsen beschuldigt. Sie sind vorläufig festgenommen.«

Der Mann klappte den Mund auf und verstummte. Auf seinem Gesicht spiegelten sich nacheinander Verblüffung,

Unglauben, Entsetzen. Schließlich entgleisten seine Züge zu einem irren Grinsen. Dann fing er an, hysterisch zu lachen. Er hörte nicht auf. Die Passanten sahen sich nach ihnen um. Einige blieben stehen und beobachteten sie neugierig. Einen übergeschnappten Psychopathen gab es nicht jeden Tag zu besichtigen.

»Herr Ehrenberg, bitte beruhigen Sie sich.« Jungs Versuch, ihn einzufangen, scheiterte. Das Lachen wurde immer schriller. Jung sah Charlotte Hilfe suchend an.

»Herr Ehrenberg, so beruhigen Sie sich doch«, versuchte es Jung noch einmal.

»Ja, ja, beruhigen! Sie sind ja so was von bekloppt«, fing er an zu schreien. »Ich bin ruhig. So ruhig wie nur was. Wo soll ich hin? Aufs Präsidium? Aber gerne doch. Da bin ich noch nie gewesen.«

Charlotte packte seinen Arm und drehte ihn auf den Rücken. Er schrie auf. Sie schob ihn vor sich her zum Ausgang. Jung folgte ihnen und signalisierte den zurückbleibenden Passanten, dass alles in bester Ordnung sei. Draußen wartete Nanning am Einsatzwagen. Als er Charlotte kommen sah, ging er ihr entgegen, löste die Handschellen über seiner Gesäßtasche und legte sie Ehrenberg an. Sie schoben ihn auf den Rücksitz und bestiegen das Polizeiauto. Ehrenberg war nach vorne gesackt und brabbelte vor sich hin. Als sie an der Polizeistation angekommen waren, lehnte er stumm in seinem Sitz. Ein wahnsinnsseliges Lächeln lag auf seinem Gesicht. Wie ein kleines Kind ließ er sich in den Verhörraum führen.

Nanning nahm ihm die Handschellen ab und setzte ihn auf den Stuhl. Jung und Charlotte nahmen ihm gegenüber Platz. Nanning verließ den Raum.

»Herr Ehrenberg«, begann Tomas Jung. »Dies ist ein Verhör. Alles, was Sie …«

»Wie höflich Sie sind. *Herr* Ehrenberg. Höre ich gerne. Verhör? Sehr schön. Aber ich brauche kein Verhör. Ich bin …«

Er kicherte und fasste sich an die Nase. Sein Blick irrte durch den Raum und blieb an Charlotte hängen. »Welch hübscher Anblick. Nett, Ihre Bekanntschaft …«

»Herr Ehrenberg«, unterbrach ihn Jung, »Sie haben das Recht, einen Anwalt Ihrer Wahl …«

»*Einen Anwalt meiner Wahl.* Wie zuvorkommend. Respekt. Einen Anwalt brauche ich leider überhaupt nicht. Ich gebe alles zu. Alles, was Sie wollen. Ich bin …« Er brach ab und fixierte Charlotte. »Eine hübsche Frau haben Sie da. Ich hatte auch mal so eine. Sie hatte einen Heiratsfimmel.« Er kicherte. »Dabei war ich doch schon verheiratet. Mit einem richtigen Engel. So lieb, so rein, so …« Er beugte sich über den Tisch und starrte Charlotte in die Augen. »Ich habe ihr mein ganzes Geld geschenkt, wissen Sie das? Aber sie hat es nicht gewollt. So eine war sie nicht. Sie hat es verspielt, einfach so.« Er schnippte mit den Fingern in der Luft herum. »Das ist wahre Liebe«, sagte er eindringlich. »Wirklich wahre Liebe. *Sie* verstehen das. *Sie* sind eine Frau. *Sie* …« Er begann anhaltend zu kichern und zeigte mit dem Finger auf Charlotte.

Jung schaute zu ihr hinüber. Sie zuckte mit den Schultern. Auf ihrem Gesicht lagen Zweifel, Resignation und Abscheu. Ehrenberg hatte aufgehört zu kichern und redete unverdrossen drauf los. Sie hörten ihm geduldig zu.

»Sag Nanning Bescheid, Charlotte«, sagte Jung nach einer Weile. »Er soll ihn abführen und in eine Zelle stecken.« Charlotte stand auf und verließ den Raum. »Den Notarzt brauchen wir auch«, rief er ihr hinterher und schaltete das Aufnahmegerät ab.

»Herr Ehrenberg. Sie sagten, dass Sie eine Frau *hatten*. Wie meinen Sie das?«

»*Herr* Ehrenberg. Wirklich zu freundlich. Meine Anerkennung. Danke. Ich bin das nicht gewöhnt, verstehen Sie?«

»Was sind Sie denn gewöhnt?«

»Heiraten, verstehen Sie? Heiraten, das …« Er fing wieder an zu kichern.

»Was ist mit heiraten, Herr Ehrenberg?«

»Haha, *Herr* Ehrenberg. Ich hör das so gerne. Danke, danke, mein Lieber. Aber jetzt kann ich es ja sagen. Unter Männern.« Er beugte sich weit vor und fuchtelte mit dem Zeigefinger vor Jungs Nase herum. »Damit muss man Schluss machen«, sagte er verschwörerisch. »Einfach Schluss. Brutal und schnell. Dann ist Ruhe. Alles klar?«

»Sie sind doch nicht brutal, Herr Ehrenberg. Das glaube ich Ihnen nicht. Nicht einen Augenblick.«

»Wie gut Sie zu mir sind. *Herr* Ehrenberg. Nein, nein. Natürlich hat man seine Soldaten, verstehen Sie?« Er lehnte sich zurück und kicherte. Plötzlich wurde er wütend.

»Selbst in meinem Lieblingslokal tauchen die auf. Setzen sich ungefragt hin und werden aufdringlich. Diese bezahlten Hiwis, diese Schlauberger, diese Primitivlinge, diese kleinen Wichser ohne …«

Die Tür öffnete sich. Charlotte und Nanning kehrten zurück. Ehrenberg stand auf und salutierte theatralisch vor Nannings Uniform.

»Melde mich schuldig, Herr Hauptwachtmeister. Bitte darum, abgeführt zu werden.«

Nanning sah Jung fragend an. Jung nickte. Er packte Ehrenberg am Arm und führte ihn ab. Die Tür fiel hinter ihnen ins Schloss. Claus Ehrenbergs Lachen war noch lange zu hören.

»Ich habe den Notarzt gerufen, Chef. Er wird gleich hier sein«, beendete Charlotte die Sprachlosigkeit. »Ein einziges Desaster. Was meinen Sie?«

»Er ist irre«, erwiderte Jung nachdenklich.

»Er weiß offensichtlich nicht, was er sagt. Meinen Sie das, Chef?«

»Sein Gerede hat keinen Wert. Vor Gericht, meine ich. Ein paar nützliche Hinweise hat er dennoch geliefert.«

»Dass seine Frau zockt, wussten wir schon vorher«, bemerkte Charlotte trocken.

»Aber nicht, dass *er* davon wusste. Sein Geld scheint futsch zu sein. Seine Betroffenheit darüber ist groß. Riesengroß. Sie treibt ihn schier in den Wahnsinn.«

»Das hat er nun von seinen Geschäften«, bemerkte Charlotte sarkastisch.

Jung nickte vage.

»Die Frau muss wieder auf freien Fuß gesetzt werden«, sagte er. »Kümmerst du dich bitte darum, Charlotte?«

Charlotte verließ den Raum. Jung lehnte sich zurück und starrte gegen die Decke. Helen Ehrenberg hatte ausgesagt, dass ihr Mann am Freitag, dem 13. mit der Fähre auf die Insel gekommen war. Wann? Hatte er sie auch mit der Fähre verlassen?

Jung kam eine Idee. Er sah auf die Uhr. Er griff zum Telefon und bat Karin, die Fahrpläne der Fähre zwischen Havneby und List auszudrucken. Die Überfahrt dauerte circa 40 Minuten. Das wusste er aus eigener Erfahrung. Es könnte klappen.

Charlotte kam zurück. Er erzählte ihr, was er vorhatte.

»Welches Auto nehmen wir?«, fragte sie.

»Du fährst. Ich hole rasch die Fahrpläne. Lass schon mal den Motor an.«

*

Das Wetter war noch immer unfreundlich, wenngleich sich im Westen die ersten Aufhellungen am Himmel zeigten. Charlotte war schnell. Und das lag nicht nur an dem Verkehr, der zwischen Westerland und List an diesem Nachmittag herrschte. Charlottes rasanter Fahrstil belastete Jung nicht. Er hätte sich von ihr sonst wohin chauffieren lassen.

In List erreichten sie die 15-Uhr-Fähre. Das Schiff war

nicht ausgebucht. Sie hatten keine Mühe, einen Platz zu bekommen.

An Oberdeck war es ungemütlich. Sie setzten sich in die Sessel vor einem der breiten Panoramafenster auf dem Promenadendeck.

»Die Überfahrt dauert 40 Minuten. Zeit, zu reden, Charlotte.«

»Worüber, Chef? Über Ihre Idee? Ob sie uns weiter hilft? Oder ob sie sich als Schnapsidee herausstellt?«

»Nichts dergleichen, Charlotte. Über Sucht. Deine Ausführungen haben mir zu denken gegeben.«

»Das Denken scheint bei Ihnen eine Sucht zu sein. Wollten Sie das sagen?«

Jung lachte.

»Nein, nein, eigentlich nicht. Denken ist mein Handwerkszeug. Ohne Denken käme ich nicht weit.«

»Das sagen *Sie*. Man kann das auch ganz anders sehen.«

»Ich meine, sind wir nicht alle auf eine spezifische Art süchtig? Eifersucht, Sehnsucht. Ist das nicht überhaupt unser Normalzustand? Ich kenne niemanden, der keine Wünsche hat, keine Sehnsucht nach irgendetwas. Nach etwas, das ihm fehlt. Schon die Wörter *Eifersucht*, *Sehnsucht* sagen doch alles, oder?«

Charlotte sah ihn skeptisch an.

»Ich weiß nicht, Chef, ob das so richtig ist. Danach wären wir ja alle krank. Ich fühle mich aber nicht krank.«

»Mit den Gefühlen ist das so eine Sache. Vielleicht täuschen sie uns.«

»Das ist mit zu hoch, Chef. Ich schlafe gut. Ich laufe gerne. Ich bin nicht in ärztlicher Behandlung. Mir reicht das als Ausweis meiner Gesundheit.«

Jung verstummte und sah nach draußen. Im Norden lag das Lister Tief glatt wie ein Handtuch unter dem Horizont. Die Sonne bohrte Lücken in die tief stehende Bewölkung und warf silberne Bahnen auf das Wasser. Dänische Fischkutter tuckerten in Richtung offener Nordsee.

»Na gut«, sagte er schließlich. »Reden wir von etwas anderem. Glaubst du, wir werden Glück haben?«

»Glück?«, lachte Charlotte. »Sagten Sie nicht, Sie glauben an Schicksal? Also was soll die Frage?«

*

In Havneby angekommen hielten sie sich nicht lange auf. Jung erklärte Charlotte den Weg zur Bäckerei in Østerby. Er hoffte, dieselbe Bedienung anzutreffen wie auf der Herfahrt. Er wurde nicht enttäuscht. Die Frau war da und erinnerte sich an ihn und den Kuchen, den er gegessen hatte.

»Moin. Du bist hastig«, begrüßte sie Jung und lachte. »Willst du ein Kopenhagener und ein Tasse Kaffee?«

»Vielleicht später«, erwiderte er. Ihr dänisches Deutsch brachte ihn zum Lächeln. »Dies ist meine Kollegin«, sagte er freundlich. »Wir sind von der Kripo in Deutschland.« Jung machte eine Pause. Er wartete auf eine Reaktion, weil er wusste, dass es sie noch gab: Dänen, die sich mit deutschen Staatsbeamten schwertaten. Eine einstmals verbreitete Reaktion auf die jüngere Vergangenheit

»Was kann ich dir helfen?«, erwiderte sie freundlich. Jung atmete auf.

»Wir fahnden nach einem Mann. Er fährt ein Auto mit Hamburger Kennzeichen. Er könnte bei dir vorbeigekommen sein. Du hast doch ein Auge auf deutsche Autos, nicht wahr?«

Tomas Jung hatte sich an das Du gewöhnt. Es kam ihm wie von selbst über die Lippen. In Dänemark duzten sich alle.

»Wann kann das gewesen sein?«

»Vor zehn Tagen, am Freitag, dem 13..«

»Oh ja. Ich erinnere mich. Ganz genau. Es hat Katzen und Hunde geregnet. Der Mann stellte sein Auto direkt vor mein Fenster. Obwohl er eine Regenjacke hatte. Er konnte auf dem Halteplatz gegenüber abstellen. Er war unsympathisch. Er hat nichts zu mir gesagt.«

Jung drehte sich zu Charlotte um und sah sie triumphierend an.

»Und sein Auto hatte ein Hamburger Kennzeichen?«, versicherte er sich noch einmal.

»Ja, ja.«

»Ein schwarzer Golf?«

»Ney, ney. Eine …«

»Ein silbergrauer Mercedes?«, fiel ihr Charlotte ins Wort.

»Ney. Ein Japaner. Mitsubishi, Toyota, Honda. Ich weiß das nicht so.«

Wäre auch zu schön gewesen, dachte Jung enttäuscht. Er wollte sich jedoch nicht so schnell geschlagen geben.

»Wie sah der Mann aus? Kannst du ihn beschreiben?«

»Er hatte eine blaue Regenjacke. Das weiß ich ganz sicherlich. Groß, nicht dick, dunkle Haare. Alter kann ich schlecht sagen. Er war …«

»Ein George Clooney Typ?«, warf Charlotte ein.

»Ney, ney«, sagte sie lachend. »Nicht wie George Clooney, nicht wie Nespresso-Reklame.« Sie lachte noch einmal.

»Wann ist er hier gewesen?«, fragte Jung.

»Nach der Pause zum Mittag.«

»Was hat er gemacht? Ich meine, hat er was gekauft, einen Kaffee getrunken oder …«

»Er hat ein Tasse Kaffee gehabt und Zündhölzer mitgenommen. Er hat sein Schal im Korb da hinten gelegt. Ich habe ihn genommen. Wenn er wieder kommt.«

»Einen Schal? Welche Farbe?«, fragte Jung alarmiert.

»Grau. Du kannst ihn anschauen, wenn du willst. Ich …«

»Ja, gern. Das wäre sehr freundlich.«

»Wir haben eine Kamera. Wegen Überfälle und so. Du kannst alles sehen. Es ist gespeichert. Für ein Monat.«

Jung ließ sich seine Erregung nicht anmerken. Er sah sich suchend um. Ein Kameraauge konnte er nirgends entdecken.

»Wo können wir uns das Video ansehen?«, fragte Charlotte kühl.

»Hinten, in mein Zimmer. Da ist auch der Schal. Ihr könnt mitkommen.«

Sie führte sie nach hinten. Unter einem Schreibtisch standen ein Server mit auffälligen Kühlrippen, darauf ein großer Flachbildschirm und eine Appletastatur. Sie gab ein paar Befehle ein. Auf dem Bildschirm lasen sie Fredag, 13. Sie startete den Schnellvorlauf und stoppte bei 14 Uhr. Bei 14.22 Uhr hatte sie gefunden, was sie suchten. Auf dem Bildschirm sahen sie einen Mitsubishi vor dem Schaufenster halten. Das Kennzeichen war deutlich zu sehen. Charlotte bat die Frau, anzuhalten und notierte sich die Nummer. Kurz darauf stieg ein Mann aus dem Wagen. Auf keinen Fall konnte er mit Georg Clooney oder Claus Ehrenberg verwechselt werden. Sie verfolgten, wie er den Laden betrat und die Regale abschritt. Er zog seinen Schal aus dem Jackenausschnitt. An dem Angebotsaufsteller blieb er stehen, legte den Schal ab und wandte sich suchend dem Regal zu. Schließlich zog er einen Packen Streichholzschachtel heraus und ging zur Kasse. Sein Gesicht war gut zu sehen. Es war ihnen völlig unbekannt.

»Darf ich jetzt den Schal sehen?«, fragte Jung. Sie zog eine Schreibtischschublade auf, nahm einen grauen Wollschal heraus und reicht ihn Jung hin.

»Wir nehmen eine Probe. Besser wäre, wir könnten ihn mitnehmen«, sagte Jung.

»Du kannst ihn haben. Was hat der Mann getan? Ist er das Killer von Klappholttal?«

Jung reagierte nicht. Es wunderte ihn nicht, dass der Fall Bente Friedrichsen auch in Dänemark angekommen war.

»Das wissen wir noch nicht«, wiegelte er ab. »Wir brauchen noch mehr Informationen. Vor allem brauchen wir jetzt einen Kaffee. Charlotte, du auch?«

»Gerne. Und ein Kopenhagener.«

»Für mich auch«, sagte Jung und ging zurück in den Verkaufsraum. Charlotte folgte ihm. An einem Tisch am Fenster nahmen sie Platz. Jung zog die Fahrpläne der Fähre aus der Tasche und legte sie auf den Tisch.

»Claus Ehrenberg ist er nicht. Das steht schon mal fest. Leider«, sagte Jung.

Charlotte studierte die Fahrpläne.

»Die Fähre von Havneby geht um 14.25 Uhr. Da war der Mann hier. Die nächste geht erst um 17.25 Uhr.«

»Und von List?«

»9.25, 11.25, 13.25 15.25 Uhr.«

»13.25 Uhr würde passen.«

»11.25 Uhr auch. Ein bisschen knapp vielleicht.«

»Was meinst du damit?«

»Bente Friedrichsen wurde zwischen 7.41 Uhr und 10.00 Uhr getötet. In der Westerheide, wie wir wissen. Der Mann muss, falls er der Mörder ist, das Auto zurück nach Keitum gebracht, die japanische Schüssel irgendwo aufgelesen und die Fähre 11.25 Uhr in List erreicht haben. Das könnte eng geworden sein. Sehr eng«

Die Frau brachte den Kaffee und die Kopenhagener an den Tisch. Sie bedankten sich und tranken einen ersten Schluck.

»Okay«, nahm Jung das Gespräch wieder auf. »Vielleicht hatte er Helfer. Vielleicht hat er mit der Sache gar nichts zu tun und ist ein Tourist, der auf Rømø Urlaub macht. Vielleicht ist er schon wieder zu Hause. Zu viele Vielleicht.«

»Der Schal. Er ist grau. So grau wie die Fussel, die wir bei der Leiche und in Helen Ehrenbergs Auto gefunden haben.«

»Es gibt viele graue Schals. Wir wissen auch nicht, wer der Mann ist.«

»Ich gebe Nanning das Autokennzeichen durch. Der Halter ist schnell ermittelt.«

»Wie lange braucht er?«

»Ein paar Minuten. Wenn er ordentlich Dampf macht, weniger als zwei.«

»Okay. Ruf ihn an. Er soll auch die Telefonverbindungen zu dem Halter rauskriegen. Wir warten. Nimm ein deutsches Netz. Das ist billiger.«

Charlotte sah Jung an und schüttelte den Kopf. Dann ging sie vor die Tür. Jung biss in seinen Kopenhagener und spülte mit einem Schluck Kaffee hinterher. Er überdachte, wie sie sinnvoll weiter vorgehen könnten. Ihm kam eine Idee. Er stand auf und ging zu der Frau hinter dem Verkaufstresen.

»Kannst du mir einen Gefallen tun?«

»Ja. Das kann ich.«

»Meine Kollegin hat gleich die Telefonnummer von dem Mann. Kannst du ihn anrufen und fragen, ob er seinen Schal wieder haben will?«

»Natürlich. Das kann ich.«

»Sag ihm, er soll ihn abholen. Du willst ihn endlich los sein, du hättest schon lange gewartet, es hätte Mühe gemacht, seine Telefonnummer herauszufinden und so weiter und so fort. Mach Druck. Traust du dir das zu?«

»Natürlich. Ich helfe, einen Killer zu fangen. Das kann ich gerne.«

Jung lachte.

»Soweit ist es noch nicht. Könnte aber bald. Mit deiner Hilfe.« Er lächelte sie an.

»Hast du auch ein Handy?«, fragte sie.

»Ich gebe dir meine Nummer.« Jung kramte seine Karte aus der Jackentasche und reichte sie hinüber. »Sag nicht, dass wir hier waren. Kein Sterbenswörtchen über den Mord auf Sylt. Wenn du mit ihm gesprochen hast, ruf mich an. Auch wenn du ihn nicht erreichen solltest. Mit welchem Ergebnis auch immer, ruf mich bitte sofort an. Hast du mich verstanden?«

»Ja, natürlich. Das ist klar. Das kann ich tun.«

»Für dich bin ich jederzeit zu sprechen. Auch nachts. Okay?«

»Ja gut. Das mach ich.«

»Danke. Du erweist mir einen großen Dienst.«

Jung lächelte sie aufmunternd an. Dann machte er kehrt und setzte er sich wieder an seinen Tisch.

Charlotte kam zurück. Ihr Gang verriet, dass sie Neuigkeiten hatte.

»Sie werden es nicht glauben, Chef. Ich kann's selbst kaum glauben.«

»Was?«

Charlotte setzte sich, trank einen Schluck Kaffee und biss herzhaft in ihr Blätterteigteilchen.

»Der Halter heißt …«, sagte sie undeutlich und schluckte das Stück Kuchen hinunter, »… Nickels Ricklefs. Nanning kennt ihn von der Polizeischule. Sie erinnern sich? Er hatte ihn beiläufig erwähnt, als wir über Vornamen sprachen.«

»Das war erst gestern, Charlotte.« In Jungs Stimme mischten sich Verblüffung und Gekränktsein.

»Vorgestern. Egal. Nickels Ricklefs ist Privatdetektiv. Hier sind seine Adresse und Telefonnummer. Handynummer steht auch drauf.«

Sie reichte ihm einen Zettel und versuchte in seinem Gesicht zu lesen. Tomas Jung starrte auf das Papier.

»Schnüffler! Das wird ja immer schöner«, sagte er leise. Er wendete sich ab und sah aus dem Fenster.

»War das alles, Chef?«, fragte Charlotte enttäuscht.

»Was denn sonst noch?«

»Haben Sie nicht mehr zu sagen?«

»Der Schal muss in die KTU. Schnell. Wir brauchen Indizien. Verlässliche Fakten.«

Charlotte stöhnte. Sie nahm ihre Tasse auf und trank. Dann machte sie sich schweigend über den Kuchenrest her. Derweil informierte sie Tomas Jung, was er mit der Bedienung besprochen hatte. Charlotte schüttelte den Kopf.

»Wir sind in Dänemark«, wandte sie ein. »Wir dürften hier eigentlich gar nicht sein. Jedenfalls nicht dienstlich. Stellen Sie sich vor, Chef, der Typ kommt tatsächlich.

Was machen wir, wenn er nicht freiwillig mitkommt? Wir müssten ihn gewaltsam nach Deutschland entführen, um ihn verhören zu können. Vielleicht leistet er Widerstand. Eine Waffe dürfen wir nicht über die Grenze schleppen. Wenn …«

»Du bist Waffe genug, Charlotte. Hast du nicht den Schwarzen Gürtel in Taekwondo?«, erwiderte Jung schmunzelnd. »Außerdem könnte er sich auch als harmlos herausstellen. Du siehst zu schwarz, Charlotte.«

Sie schüttelte nochmals den Kopf und verfiel in Schweigen.

»Wir fahren jetzt zurück. Wann geht die nächste Fähre?«

»17.25 Uhr. Das ist heute die letzte.«

Jung sah auf die Uhr.

»Dann müssen wir uns sputen.«

Er stand auf. Während er zahlte, verabschiedete er sich von der Bäckersfrau.

»Du rufst mich an, wenn du telefoniert hast, okay? Bei Tag und Nacht, egal, wann. Wir sehen uns wieder.« Tomas Jung reichte ihr den Zettel mit den Telefonnummern über den Tresen.

»Ich rufe an. Du kannst ganz ruhig sein. Tschüss.«

Charlotte nickte der Frau zu, und sie verließen die Bäckerei. Während Jung sich anschnallte, sagte er: »In Dänemark gelten andere Verkehrsregeln, Charlotte. Verstöße werden schmerzlich geahndet. Das nur als Hinweis.«

»Hier ist EU-Land. Da gelten überall dieselben Regeln«, erwiderte Charlotte genervt.

»Ich würde mir da nicht so sicher sein. Dänemark hat auch seine alte Währung behalten. Nur mal so als Warnung. Euros nehmen sie allerdings gerne.« Tomas Jung lachte.

*

Die Sonne stand tiefer. Die Wolkenlücken waren größer und die silbernen Bahnen auf dem Wasser länger geworden.

»Was haben Sie sich dabei gedacht, Chef?«, fragte Charlotte, als sie auf den Sesseln vor dem Panoramafenster Platz genommen hatten. »So kenn ich Sie gar nicht.«

»Ich kenne mich selbst nicht so genau, Charlotte. Also mach dir keinen Kopf«, sagte Jung wegwerfend.

»Das müssen gerade *Sie* sagen«, entrüstete sie sich.

»Wenn er den Schal holt, ist das ein ermutigendes Zeichen, meiner Meinung nach«, lenkte Jung das Gespräch zurück auf den Boden der Tatsachen.

»Und wenn nicht?«

»Wenn er's auch noch eilig hat, ist es ein deutliches Zeichen.«

»Sie werten das als Indiz für seine Verstrickung in den Fall. Ich verstehe. Aber was ist, wenn er nicht kommt?«

»Er hat einen dummen Fehler gemacht. Eine Nachlässigkeit. Das weiß er.«

»Und er will das aus der Welt schaffen, richtig?«

»Wenn er hastig wird, ist das sein zweiter Fehler und bricht ihm das Genick.«

»Und wir sind zur Stelle und führen ihn ab. Okay. Und wenn er nicht kommt?«

»Dann kommen wir auch nicht. Der Schal geht auf jeden Fall in die KTU. Mal sehen, was sie zutage fördert.«

Die Bordsprechanlage unterbrach ihr Gespräch. Die Passagiere wurden informiert, dass ab sofort zollfrei im Bordkiosk eingekauft werden könne.

»Geh hin, Charlotte. Es lohnt sich«, forderte Jung sie lächelnd auf.

»Ich rauche nicht. Hochprozentiges trinke ich selten. Höchstens mal im Restaurant, nach einem guten Essen. Süßigkeiten will ich nicht. Was soll ich da?«

»Luxuskosmetik, Körperpflegemittel vom Feinsten, Männerdüfte ...«

»Ich steh nicht auf Luxus«, unterbrach ihn Charlotte.

»Aber ein Aftershave für den Liebsten könnte ...«

»Nee, nee, lassen Sie mal. Sie kriegen mich nicht dahin.« Sie sah auf ihre Uhr. »Ich habe Hunger«, beendete sie die Diskussion.

»Gut. Da weiß ich was«, sagte Jung und sah ihr lächelnd in die Augen.

*

»Magst du Austern?«, fragte Jung, als sie am Lister Hafen an der Wasserschutzpolizei vorbei auf die nördlichste Fischbude Deutschlands zusteuerten.

»Weiß ich nicht. Ich habe noch keine gegessen. Muscheln

sind nicht mein Ding. Sie filtern die Schwermetalle aus dem Meerwasser. Ursache übelster Krankheiten.«

Jung hätte eine passende Antwort gehabt. Sie wäre lang ausgefallen. Und sie hätte Charlotte nicht gefallen. Er wusste das. Die Aussicht auf eine zähe Diskussion missfiel ihm. Seine Konzentration galt seinem Handy. Er wartet sehnlichst auf das Vibrieren in seiner Hosentasche. Selbst vor der Fischauslage im Bistro von Goschs Restaurant war er nicht bei der Sache. Er bestellte einfachheitshalber, was er das letzte Mal bestellt hatte.

Er setzte sich auf eine der langen Wandbänke vor den hohen Tischen. Der Raum war nach Art einer Hafenspelunke dekoriert. An der Decke über ihm schwebte, auf einer Heringstonne sitzend, eine Matrosin. Auf ihrem Schoß balancierte sie einen abgestoßenen Blecheimer und zwei riesengroße, rote Hummer. Ihre blauen Augen starrten über ihn hinweg ins Nirgendwo. Jung fühlte sich unbehaglich.

»Ein Glas Grauburgunder. Für Sie, Chef.« Charlotte kam und stellte die Essen auf den Tisch. Für sich selbst hatte sie ein gebratenes Rotbarschfilet mit Kartoffelsalat gewählt.

»Ausgezeichnet«, antwortete Jung. »Mein Lieblingswein. Wie bist du darauf gekommen?«

»Intuition, Chef.« Sie lachte, als hätte sie einen schlechten Witz gemacht.

»Isst du viel Fisch?«, fragte Jung.

»Mehr als Fleisch«, erwiderte sie und schob sich den ersten Bissen in den Mund. Jung erinnerte sich, was ihr zu

Muscheln eingefallen war. Als er gerade zu einem Kommentar ansetzen wollte, meldete sich sein Handy. Er zog es hastig aus der Tasche und klappte es auf.

»Jung! … Ah, du bist es. Was gibt's?« Jung lauschte angespannt. »Okay. Danke, dass du mich informiert hast. Bis dann«, beendete er das Gespräch. Jung klappte das Handy zu und legte es neben sich auf die Bank.

»Das war Karin. Ehrenberg ist dem Notarzt an die Wäsche gegangen. Sie haben ihn ruhiggestellt und in die Notaufnahme transportiert.«

»Was ist nur mit ihm los?«

»Er ist nicht mehr bei sich.«

»Aber warum? Ein Schock. Das ist normal. Aber das?«

»Irgendwas muss ihn schwer getroffen haben, schwerer als eine Mordanklage«, sagte Jung ruhig.

»Der Verlust des Geldes? Nee, das kann nicht wahr sein, Chef, oder? Er wusste doch schon davon, bevor wir ihn des Mordes beschuldigt haben.«

Jung zuckte mit den Schultern. Er nahm sein Glas auf und trank. Als er es zurücksetzte, vibrierte das Handy zum zweiten Mal.

»Ja, Jung … Schön … Ja, natürlich bin ich gespannt … Was? …« Es dauerte. Derweil sah er Charlotte unverwandt in die Augen. »Ja, sehr gut … Wie … Hat er auch gesagt wann? … Und wann ist … Ja, natürlich, richtig.« Jung lachte. »Okay. Mange tak … Nein, nein, du hast das sehr gut gemacht … Tschüss.«

Jung klappte das Handy zu.

»Er kommt morgen. Noch vor der Mittagspause. Hat sie gut gemacht.«

»Ganz sicher?«

»Ganz sicher. Sie hat ihm gesagt, dass sie seine Autonummer notiert hat. Wann geht morgen die erste Fähre?«

Charlotte legte ihr Besteck zur Seite und holte die Fahrpläne hervor.

»Sechs Uhr.«

»Das wird reichen.«

»Und wenn nicht?«

»Dann hat er's wirklich eilig.«

»Ich würde sagen, dann hat er's nötig. Dann ist er unser Mann.«

Jung nahm das Besteck auf, zerlegte bedächtig den Kartoffelpuffer und arrangierte die gebratenen Flusskrebse auf die Happen. Er aß langsam. Als sein Glas leer war, drängte er zum Aufbruch.

DIENSTAG, DER 24.

Tomas Jung schwitzte. Es war ihm peinlich. Eigentlich schwitzte er nur bei ungewohnt harter Arbeit oder bei schwül-warmer Witterung.

Sie rollten in Havneby von der Fähre. Charlotte steuerte das Auto mit gewohnter Souveränität durch den Hafen in Richtung Østerby. Die tiefen Wolken und das Grau in Grau waren zurückgekehrt. Die Aufheiterungen von gestern waren Episode geblieben.

Tomas Jung hatte Nanning über seinen ehemaligen Mitschüler in der Polizeischule ausgefragt. Die Personenbeschreibung passte. Ansonsten war nicht viel dabei herausgesprungen. Jung hatte nur eine vage Vorstellung, mit wem sie es zu tun hatten. Auf der Herfahrt hatten sie alle erdenklichen Szenarien durchgespielt. Vielleicht schwitzte er deswegen.

*

Die Straße, die vor der Bäckerei eine weite Kurve machte, lag verwaist. Gegenüber schimmerten die Lichter des kleinen Einkaufsmarktes herüber. Er schlürfte einen heißen Kaffee und tupfte die Krümel des Blätterteigs mit dem Zeigefinger auf. Hin und wieder passierte ein Auto die Kurve. Er starrte in den Dunst und ließ die Zeit verstreichen. Irgendwann bog ein Auto auf den Parkplatz ein. Tomas Jung hielt den Atem an und starrte auf den Wagen. Ein schwarzer Mitsubishi. Ein

Mann stieg aus. Er trug eine dunkelblaue Regenjacke. Sein Gesicht war unter der Kapuze verborgen. Er setzte sich in Bewegung und kam Schritt für Schritt auf Jung zu.

Dann ging alles sehr schnell.

Der Mann betrat den Laden und steuerte, ohne nach rechts oder links zu sehen, auf die Frau hinterm Tresen zu. Jung kam hoch und tippte ihm auf die Schulter.

»Herr Ricklefs? Polizei. Kripo Flensburg. Ich …«

Der Mann fuhr herum. Er verpasste Jung einen harten Schlag vor die Brust. Jung taumelte und kam zu Fall. Die Frau schrie auf. Ricklefs rannte zurück an die Tür und stürzte nach draußen. Sie hörten einen gellenden Schrei. Dann war es mucksmäuschenstill.

Tomas Jung kam auf die Füße und sah in das entsetzte Gesicht seiner Helferin. Sie hatte die Hände vors Gesicht geschlagen und rang um Fassung. Jung grinste und machte mit der Hand eine beruhigende Geste.

»Keine Angst. Wir haben ihn im Griff. Wie heißt du eigentlich?«

»Bente«, stammelte sie durch ihre Finger.

»Alles okay, Bente. Beruhige dich. Es ist nichts passiert. Ich komme wieder.«

Jung eilte nach draußen. Charlotte hatte Ricklefs Handschellen angelegt und war schon dabei, ihn ins Auto zu verfrachten. Er leistete keinen Widerstand. Er schien wie paralysiert.

Tomas Jungs Versuche, ein Gespräch anzufangen, scheiterten. Ricklefs schwieg wie ein Stein. Jung war sich nicht sicher, ob aus Trotz, Angst oder Kalkül. Er glotzte nach draußen und rührte sich nicht. Auf der Fähre blieben sie im Auto sitzen. Außer dem Nötigsten wurde kein Wort gewechselt. Jung war es recht so. Er nutzte die Zeit, sich auf das bevorstehende Verhör einzustimmen.

*

Sie führten ihn die Treppe hoch ins Verhörzimmer. Auf dem Flur kam ihnen Nanning entgegen, an seiner Seite Claus Ehrenberg in Handschellen. Auf seinem Gesicht schien sich der Ausdruck irren Unglaubens eingegraben zu haben. Plötzlich blieb er stehen. Seine Augen hefteten sich auf Ricklefs. Sein Gesichtsausdruck verwandelte sich in freudige Erregung.

»Da ist er ja, der Schlauberger. Hast du …«

Ricklefs riss sich los und spuckte ihn an. »Halt die Klappe, du Idiot«, zischte er.

Charlotte fing Ricklefs ein und schob ihn in Richtung Verhörzimmer. Nanning beeilte sich, Ehrenberg außer Reichweite zu schaffen.

»Sie haben ihn erwischt, Herr Kommissar«, schrie Ehrenberg hinter ihnen her. »Aber er ist unschuldig. So unschuldig wie ein voll gepisster, blöder kleiner Soldat.« Sein höhnisches Lachen hallte durch den Flur.

»Vollidiot«, schrie Ricklefs zurück. Charlotte musste ihn hart rannehmen, um ihn ins Verhörzimmer zu bugsieren.

»Setzen Sie sich«, forderte Jung ihn auf.

Charlotte nahm ihm die Handschellen ab. Er rieb sich nervös die Handgelenke und setzte sich umständlich auf den Stuhl. Jung wartete. Charlotte nahm neben Jung Platz. Sie sah ihn auffordernd an. Als nichts geschah, wandte sie sich ab und lehnte sich zurück. Tomas Jung hatte die Hände flach vor sich auf den Tisch gelegt. Er schaute scheinbar gelangweilt auf sein Gegenüber.

»Sie haben ihn beleidigt«, beendete Tomas Jung endlich das Schweigen.

»*Ich*?«, fuhr Ricklefs hoch. »*Er* hat *mich* beleidigt, dieser Irre, dieser absolute …« Er brach abrupt ab und fuhr sich mit den Händen durch die Haare.

»Sie sind in seinem Lieblingslokal aufgetaucht. Mit was haben Sie ihn denn so verärgert?«

»Er hatte meinen Stammplatz geklaut«, erregte sich Ricklefs. »Woher wissen Sie das?«, fragte er konsterniert.

»*Wir* wissen alles, Herr Ricklefs«, stellte Jung nüchtern fest. Danach breitete sich wieder Stille aus. Die drei saßen da, als warteten sie auf ein Zeichen.

»Er ist irre. Er redet absoluten Stuss«, meldete sich Ricklefs zurück.

»Natürlich«, sagte Jung gelangweilt und schwieg. Ricklefs kaute auf den Lippen und ließ seinen Blick durch den Raum wandern.

»Wir haben den Schal der Toten. Wir haben Haare darauf gefunden«, sagte Jung wie nebenbei.

Tomas Jung sah Ricklefs an, dass er mit sich kämpfte. Er zog die Augenbrauen zusammen. Sein Blick wurde unstet und geisterte durch die Gegend. Auf Charlottes Gesicht blieb er einen Moment hängen, als wolle er dort finden, was ihm weiterhelfen könnte. Nach einer Weile beugte er sich vornüber und ließ den Kopf hängen.

»Übrigens, ein brillanter Einfall, mein Lieber«, ließ Jung sich vernehmen.

»Was meinen Sie?«, fuhr Ricklefs auf.

»Na, die Leiche von der Müllabfuhr entsorgen zu lassen.«

»Mein ganzer Plan war brillant«, explodierte Ricklefs. »Aber dieser Vollidiot, dieser Banker, dieser … Wenn die mal ihre Ärsche bewegen und ihre Glaspaläste und Luxusbüros verlassen, sind sie am Ende. Kleine Würstchen. Geschniegelte Wichser ohne Eier. Nicht mal ihre Weiber kriegen sie geregelt. Seine Alte hat ihn gelinkt. Anstatt sie sich richtig vorzunehmen, winkt das Arschloch mit den Scheinchen. Der sieht ihr nicht mal ins Gesicht, sonst hätte er wenigstens eine anständige Beschreibung abliefern können, dieser Blindflansch. Aber das hübsche Cabrio, ihr schnuckeliges Heim, Sylt und den ganzen Scheiß, das kriegt er hin. Dieser Pisser. Hat er Ihnen auch erzählt, wie er geflennt hat? Nee, natürlich nicht. So ein mieser, kleiner …«

Jung stemmte die Hände auf den Tisch und machte Anstalten, den Raum zu verlassen. Er hatte Mühe, weiter so zu tun, als sei er zu Tode gelangweilt.

»Wo wollen Sie denn hin?«, fragte sein Gegenüber entgeistert.

»Hören Sie auf, Ricklefs. Ihr Gejammer geht mir auf den Keks. Ich habe Wichtigeres zu tun.«

»Wichtigeres?«, kreischte er. »Der Kerl ist ein Krimineller. Er hatte Probleme mit seiner Frau. Ich sollte sie aus der Welt schaffen.«

»Seine Frau lebt«, sagte Jung emotionslos.

»Mein Plan war perfekt. Eigentlich stimmte alles.«

»Bis auf die Frau. Die war falsch.«

Jung ließ sich auf seinen Stuhl zurücksinken und seufzte vernehmlich.

»Was wollen Sie von mir?«, winselte Ricklefs.

»Bestätigung. Weiter nichts. Schließlich kommt der Mann vor Gericht. Da muss alles hieb- und stichfest sein. Sie als ehemaliger Polizist sollten das eigentlich wissen.«

»Woher wissen Sie, dass ich Polizist war?«

»Ich wiederhole mich ungern, Herr Ricklefs. Fangen wir lieber von vorne an. Ganz von vorne. Schritt für Schritt. Wann haben Sie Claus Ehrenberg das erste Mal getroffen?«

Tomas Jung gab Charlotte Bakkens ein Zeichen, das Aufnahmegerät anzuschalten.

SCHLUSS

Jung lehnte sich zurück und verschränkte die Hände hinter dem Kopf. Seine Schulter war schmerzfrei. Vor seinem inneren Auge setzte er die Fakten wie Puzzlesteinchen zu einem Bild zusammen. Es war plausibel und einfach. Nur Helen Ehrenberg gab ihm Rätsel auf. Aus ihren Verhören hatte er Informationen gewonnen, die sie schließlich zu den Tätern geführt hatten. Charlotte hatte ihm Manipulation vorgeworfen. Ihn beschäftigte die Frage, wer da eigentlich wen manipuliert hatte, er sie oder sie ihn. Niemand würde sich im weiteren Verlauf des Verfahrens für die Antwort interessieren. Warum also er? Der Fall war gelöst. Nickels Ricklefs hatte gestanden.

Normalerweise empfand Tomas Jung Erleichterung, Genugtuung und Stolz. Er hatte sich sogar nach Abschluss einer außergewöhnlichen Ermittlung einmal hinreißen lassen, bei Holtgreve seine Beförderung anzumahnen. Die Erinnerung ließ Tomas Jung lachen. Er verspürte eine merkwürdige Leere, einen Zustand, den er bislang noch nie erlebt hatte.

Den Schlüssel zur Aufklärung des Mordes an Bente Friedrichsen hatte Charlotte geliefert. Jung gab das unumwunden zu. Ihre Vertrautheit mit dem neuen Zeitalter war der entscheidende Auslöser gewesen. *Architektur an der Schwelle. Das Netz ändert alles.* Das waren die neuen Wahrheiten. Und er, Tomas Jung, stand davor und wusste nicht, was er sagen sollte. Es war ihm egal. Auch sein Alter und der nicht mehr zu leugnende Verlust an Kraft, Schnelligkeit und Beweglichkeit waren ihm egal. Und was war mit seinem Willen? Er war weg. Nur eine klitzekleine Frage geisterte irgendwo in seinem Hinterkopf herum: Hätte das Netz nicht noch eine Weile warten können? Ihm war bewusst, wie aberwitzig diese Frage war. Aber ihm war auch bewusst, dass genau in diesem Moment etwas unwiderruflich zu Ende ging. Und das war nicht aberwitzig, sondern schmerzlich und gleichzeitig erschreckend simpel. Sein vermeintlicher Antrieb, sein Glaube, an der Verbesserung der Welt mitzuwirken, hatte sich erledigt. Angst, Hunger, Durst, Sex, Macht- und Habgier, Eifersucht, Geltungssucht, Spielsucht und was es an Süchten noch so alles gab, einschließlich seiner eigenen Sehnsucht, bestimmten die Welt und die Menschen. Sie waren die Quellen, aus denen ihr Tun entsprang. Und wehe, Vernunft, Liebe, Wohlwollen kamen ihnen in die Quere. Dann wurden sie leidenschaftlich und rabiat. Du bist ein naiver, kindischer Trottel gewesen, dachte Tomas Jung.

*

In der Mansarde unter dem Dach seines Elternhauses hatte alles begonnen. Hierher flüchtete er sich, wenn ihm die Enge, der Zwang und die Freudlosigkeit in Familie und Schule zu viel gewesen waren. Er igelte sich ein auf zwölf Quadratmetern mit Tisch, Stuhl und Bett. Dazu kamen ein paar Bilder, Bücher und ein Volksempfänger. Der schwarze Kasten hatte den Zusammenbruch des 1000-jährigen Reiches überlebt und funktionierte noch immer. Tomas Jung hörte Schulfunk im NWDR*. Karl Mays Winnetou und der erzählende Tierfreund Pelz von Felinau entzündeten seine Fantasien. Später öffnete Herr Sanders seinen Schallplattenschrank. Die Stimmen von Enrico Caruso und Beniamino Gigli waren für immer und ewig in seinen Gehörgang eingebrannt, ebenso wie die sowjetische Nationalhymne, die Radio Moskau täglich um Mitternacht in die Welt posaunte, und wie *Stickbuddy Jamboree* auf AFN** Bremerhaven. Mit ihnen hatte er die Zeit überstanden. Dann war es endlich soweit: Die Suche nach der besseren Welt konnte beginnen, die Suche nach Vernunft, Liebe und Wohlwollen. Die Reise führte ihn über Berg und Tal, über Stock und Stein, von Enttäuschung zu Enttäuschung.

*

Hier, in der Polizeistation Westerland, auf zwölf Quadratmetern mit Tisch, Stühlen, Telefon und Flipchart, mit Fenster zum Parkplatz und Ausblick in einen grauen Himmel, war endgültig Schluss. Tomas Jung war angekommen. Er war sich dessen so gewiss, wie er sich noch nie zuvor über irgendetwas gewiss gewesen war. Wut, Angst, Freude, Hoffnung, Trauer, Hass, Neid, Zuneigung, Mitleid, alle Gefühle hatten ihn verlassen. Ihr Platz war leer. Tomas Jung kam sich vor, als säße er auf dem Mond, im Mare Tranquillita-

---

* Nordwestdeutscher Rundfunk
** American forces network

tis, und glotzte auf die Erde, den diamantenen Trabanten in der schwarzen Unendlichkeit des Universums.

In Wirklichkeit glotzte Jung auf seinen Laptop, den Diamanten menschlichen Erfindergeistes. Sein Laptop war das Tor zum Netz, der Zugang zur neuen Welt, in der gerade ein Shitstorm tobte, die Doktorarbeit eines Ministers als fremdes Machwerk enttarnt und der arabische Frühling eingeläutet wurde.

Tomas Jung dachte an Bente Friedrichsen. Sie hatte das Netz und seine Möglichkeiten genutzt, genauso wie Charlotte und Nanning es genutzt hatten. Die Jagd nach den Mördern war vorbei.

Gegen das Netz war nicht anzukommen. Das dämmerte Tomas Jung, je länger er darüber nachdachte. Gewöhnliche Kriminalität würde immer schwieriger werden. Keiner konnte fortan sicher sein. Im Netz hinterließ der Mensch Abdrücke. Er bemerkte es noch nicht einmal. Die Intimsphäre verschwand aus seinem Leben so unaufhaltsam wie ein Schiff auf hoher See hinter dem Horizont.

Bente Friedrichsen hatte ihr Leben in die eigenen Hände genommen. Sie hatte es unter Kontrolle gebracht, es effizient und erfolgreich gestaltet. Sie war tot.

Helen Ehrenberg war spielsüchtig. Sie hatte ihre Sucht mit dem Geld ihres Mannes finanziert. Sie lebte. Ihr Mann würde die nächsten Jahre hinter Gittern verbringen, im Gefängnis oder in der geschlossenen Anstalt.

Tomas Jung gefiel das nicht. Weder das eine noch das andere. Und gleichzeitig war ihm klar, dass es ganz egal war, was ihm gefiel oder nicht gefiel. Es war so, wie es war. Und so würde es immer sein.

*

Er nahm den Hörer auf, wählte die Nummer seines Chefs und hatte Holtgreve sofort am Apparat. Tomas Jung informierte ihn lückenlos, ohne Emotionen, fast desinteressiert. Es machte ihm keine Mühe. Holtgreve belohnte ihn mit Schweigen.

»Der Fall ist also abgeschlossen«, quittierte er seinen Bericht.

»Ja.«

»Gut, Tomas. Außergewöhnlich schnell.«

»Ja, schnell.«

Tomas Jung war für einen kurzen Moment versucht, zu erklären, woran es gelegen hatte. Er besann sich jedoch und sagte:

»Ich will noch heute Abend vor die Medien gehen. Hast du Einwände?«

Holtgreve zögerte nur kurz.

»Ich informiere die Staatsanwaltschaft. Sie wird das gutheißen. Dafür sorge ich. Mach also, was du für richtig hältst.«

»Okay. Morgen bin ich wieder da. Bis dann.«

»Bis dann. Schau bei mir rein, bevor du am Schreibtisch einschläfst.«

Sie lachten.

»Noch eines, Tomas. Bevor ich es vergesse. Der Quälgeist hat sich wieder gemeldet. Er will sich einfach nicht abwimmeln lassen. Er will mit keinem anderen sprechen. Nur mit dir.«

»Was will er denn?«, sagte Tomas Jung müde.

»Er wollte nichts sagen. Jedenfalls nichts, was für mich verständlich gewesen wäre.«

»Hat er überhaupt was gesagt?«

»Ja. Low level.«

Jung zögerte einen kurzen Moment.

»Ach das«, sagte er wegwerfend und lachte.

»Was gibt es da zu lachen?«, fragte Holtgreve besorgt.

»Nichts. Gar nichts.«

»Was nichts?«

»Schon gut. Ich musste nur an etwas denken.«

»An was?«

»An einen einsamen Irren. Völlig harmlos«, log Tomas Jung.

»Harmlos? Dafür ist er ganz schön hartnäckig, Tomas. Du kennst ihn?«

»Ja. Flüchtig. Ich war so unvorsichtig, ihm meinen Beruf zu verraten. Seitdem klebt er mir an den Fersen.«

»Das klingt nicht gut, Tomas.«

»Er ist wirklich harmlos, glaub mir. Ich muss jetzt Schluss machen, Henning. Nachher ist die Pressekonferenz. Du weißt schon.«

»Okay. Meinetwegen. Das wird doch klargehen, nicht wahr?«

»Ganz sicher. Bis dann.«

»Tschüss, Tomas. Ich sehe mir das zu Hause vorm Fernseher an. Toi, toi, toi.«

Jung legte auf und lachte lautlos.

Tiny! Tiny The Topgun. Tiny aus Carvoeiro. Tomas Jung schüttelte den Kopf. Er hatte ihn während seines Urlaubs in Portugal kennengelernt. Ein englisches Mädchen war damals an der Algarve verschwunden. Die Suche nach ihr hatte einen Riesenwirbel verursacht. Ihr Fall war noch immer nicht enträtselt.* Sie beide, Tiny und er, wussten, was passiert war. Tomas Jung glaubte, gute Gründe für sein Schweigen zu haben. Er hatte das Erlebnis aus seinem Leben gestrichen. Verdrängt, würden die Psychologen sagen. Und jetzt war es wieder da. Aber die Wiederauferstehung machte nichts mit ihm. Gar nichts. Tomas Jung blieb kalt wie ein Fisch. Er verspürte Hunger. Das war alles.

*

»Ich bin hungrig, Charlotte. Was ist mit dir?«

»Und der Fernsehtermin? Was ist damit, Chef?«

»Bis dahin ist noch Zeit. Ich brauche auf der Stelle etwas zu trinken und etwas Warmes im Bauch. Und zwar vom Besten. Vom Allerbesten.« Tomas Jung sah ihr beschwörend in die Augen. »Hast du das verstanden, Bakkens?«

»Sie reden wie ein Junkie, Chef. Aber ich komme mit. Vorsichtshalber.«

---

* s. »Tiefflug«

Er grummelte vor sich hin und griff nach seiner Jacke.
»Wohin?«, fragte Charlotte.
»Lass dich überraschen. Ich zahle.«
»Danke für die nette Einladung.«

*

Sie saßen im Restaurant ›Stadt Hamburg‹. Der Ober hatte sie an einem Zweiertisch am Fenster platziert. Die Tische waren im Raum geschickt verteilt. Sie konnten ungestört reden. Der Kellner trug gerade das Dessertgeschirr ab. Jung versuchte, in Charlottes Gesicht zu lesen, ob es ihr geschmeckt hatte. Er war sich nicht sicher. Charlotte tupfte sich die Lippen mit der Serviette ab. Tomas Jung lehnte sich in seinen Armstuhl zurück und sah ihr zu.

»Lammkarree und gefüllte Thymianpolenta, passt das eigentlich in deinen Ernährungsplan, Charlotte? Darfst du das überhaupt?«, stichelte er.

»Ich darf alles. Ich will nur nicht alles«, erwiderte sie gereizt.

»Und was ist mit dem konfierten Schweinebauch und den Süßkartoffeln? Abends, kurz vorm Schlafengehen eine unverzeihliche Sünde, oder?«

Jung drehte am Stiel seines Glases und bewunderte den funkelnden Inhalt.

»Sie sollten sich nicht über mich lustig machen, Chef«, erwiderte Charlotte. »Auf eine gesunde Ernährung zu achten, ist einfach klug. Ihre Kommentare sind unklug. Und überflüssig. Sie trinken zu viel.«

Jung wollte etwas entgegnen, besann sich aber und sah sie spöttisch an.

»Weißt du eigentlich, was ich hier im Glas habe, Charlotte?«

»Nein, Chef. Aber Sie werden es mir sicherlich gleich sagen.«

Jung hob das Glas ins Licht.

»Dies ist ein Entre-deux-Mers, ein Grand Vin vom Chateaux Rauzan Despagne. So etwas bekommt man selten zu trinken. Ein umwerfender Tropfen.«

»Im wahrsten Sinne des Wortes, Chef«, erwiderte sie spitz.

Tomas Jung ging nicht weiter darauf ein.

»Ich möchte dir etwas anvertrauen, Charlotte.« Er zögerte, als wäre es ihm peinlich, fortzufahren. »Geständnisse sind eigentlich nicht meine Art. Ich mache das sonst nicht. Aber …« Er seufzte.

»Chef, lassen Sie das lieber«, stoppte ihn Charlotte Bakkens. »Sie könnten es später bereuen.«

Jung hielt inne. Es fiel ihm schwer. Sie musste das gespürt haben und sagte:

»Wenn Sie anfangen zu heulen, bin ich draußen. Ich ertrage das nicht, von Ihnen schon gar nicht.«

Jung klappte den Mund zu und schwieg.

»Bakkens, Sie sind altklug«, brach er schließlich das Schweigen. »Und unsensibel«, ergänzte er leise.

»Und Sie sind angetrunken«, konterte sie.

Jung nahm einen Schluck und schmeckte dem Wein nachdenklich hinterher. Als er das Glas zurückgestellt hatte, sah er ihr in die Augen.

»Gibt es eigentlich irgendetwas, das Sie an mir mögen, Bakkens?«

»Ja«, erwiderte Charlotte knapp.

»Und das wäre?«, hakte Jung nach.

»Dass Sie Kriminaloberrat sind und demnächst Kriminaldirektor werden.«

»Aha, so ist das also. Toll. Ich fühle mich geehrt.«

»Kein Selbstmitleid. Bitte, Chef.«

»Schon gut, Bakkens. Keine Sorge.« Jung atmete tief ein, lehnte sich zurück und atmete hörbar wieder aus.

»Übrigens, wie kommst du eigentlich darauf, dass ich befördert werde?«, fragte er mit gespielter Beiläufigkeit.

»Das liegt doch auf der Hand. Der Fall geht auf Ihre Kappe. Er war kompliziert. Vor allem ging es schnell.«

»So, und du meinst, das genügt?«

»Wenn Sie nachher noch ein paar halbwegs kluge Sätze zustande bringen, ja.«

»Aha.« Jung brach ab und sah sie unverwandt an. Nach einer Weile sagte er: »Ich werde da nicht hingehen, Bakkens.«

Charlotte riss die Augen auf.

»Was? Wieso denn nicht?«

»Weil *Sie* das machen werden.«

»Ich?«

»Ja, *Sie*«, antwortete Jung mit Nachdruck. »*Sie* sind gut darin, kluge Worte zu machen. *Sie* sind kompetent, jung und attraktiv. *Sie* sind die ideale Frontfrau, Bakkens.«

»Das ist nicht wirklich Ihr Ernst, Chef, oder?«

»Das ist eine dienstliche Anweisung, Bakkens.«

»Eine was?«

»Eine Dienstanweisung, der Sie Folge zu leisten haben.«

»*Ich* soll dahin? Mit Sylt-Blondie im Schlepp? Auch noch in Uniform? Das läuft absolut gar nicht.«

»Was läuft oder nicht läuft, bestimme *ich*, der Oberrat, nicht *Sie*, die Kommissarin auf Probe. Ober sticht Unter. Das sollten Sie längst kapiert haben.«

»Diese Art Sprüche hätte ich von Ihnen nicht erwartet, Chef«, erwiderte Charlotte eingeschnappt.

»Wenn Sie nicht tun, was ich sage, werde ich ein förmliches Disziplinarverfahren gegen Sie anstrengen, Bakkens.«

»Wegen was denn?«

»Wegen Gehorsamsverweigerung.«

»Was! Ich kann das nicht einfach so machen. Ich bin nicht vorbereitet. Ich weiß gar nicht …«

»Ich bin ein fürsorglicher Chef, Bakkens«, schnitt Jung ihr das Wort ab. »Ich verhelfe Ihnen zu *der* Chance, sich zu bewähren. Sie müssen das als gute Kriminalkommissarin können.«

»Und was können *Sie*?«, ereiferte sich Charlotte Bakkens.

Tomas Jung grinste.

»Ich lerne gerade, was ich können muss, um Direktor zu werden, Bakkens«, sagte er mit unverhohlener Häme in der Stimme. »Und Sylt-Blondie habe ich überhört.«

Sie suchte nach passenden Worten und gab schließlich auf. So hatte Tomas Jung sie noch nie erlebt. Seine Schadenfreude genoss er ohne schlechtes Gewissen. Sie würde das verschmerzen können. Wenn nicht sie, wer denn dann?

»Ich werde mich jetzt zu einer Tasse Tee einladen lassen und dich im Fernsehen bewundern. Noch Fragen?«, schloss er munter das Gespräch ab.

»Nein«, sagte sie und stand auf.

EPILOG

Nickels liebte den Platz am Buffet. Es war, als hielte eine unsichtbare Macht schützend ihre Hand darüber. Wenn er kam, war er frei. Er genoss den Blick über die gedeckten Tische, beobachtete die Leute, die Art, wie sie aßen, ihre Trinkgewohnheiten. Er übte sich darin, an ihren Gesichtern abzulesen, worüber sie sprachen oder schwiegen, was sie bewegte und was sie vorhatten, wenn sie wieder gingen. Auf dem Gang zur Toilette lauschte er im Vorbeigehen. Er ging öfter, als er musste.

Heute saß auf seinem Platz ein Mann, den er noch nie zuvor gesehen hatte. Nur seine Haltung kam ihm bekannt vor. Der Typ hatte Sorgen. Große Sorgen. Er setzte sich neben ihn und bestellte ein Bier. Sein Nachbar starrte in sein Glas und schien ihn nicht wahrzunehmen. Selbst auf sein freundliches »Zum Wohl« ein paar Minuten später reagierte er nicht. Ein besonders schwerer Fall von Trübsinn. Nickels kannte das.

»Probleme?«, warf er vorsichtig seinen Köder aus.

Der Mann blieb stumm. Ein sicheres Zeichen, dass es nur um eines gehen konnte.

»Ärger mit den Frauen?« Als sein Gegenüber keine Reaktion zeigte, sagte er: »Passiert jedem von uns. Kein Grund, zu verzweifeln.«

Sein Nebenmann streifte ihn aus den Augenwinkeln. Angebissen. Also doch. Er hätte darauf wetten können.

»Verheiratet?«, begann er zu bohren.

Sein Nachbar sah ihm zum ersten Mal direkt an. »Sind Sie immer so aufdringlich?«, machte er einen Versuch, sich loszureißen.

»Hab ich recht oder hab ich recht?«, konterte er frech. Er wusste, wie das Spiel lief und wie es weiter gehen würde.

»Hm. Dann man Prost«, gab der Mann sich geschlagen.

»Prost. Auf uns und die Frauen. Zum Wohl!«

Sie nahmen ihre Gläser und tranken.

»Sie haben keine Ahnung von Frauen«, sagte der Mann wehleidig.

Nickels ließ eine Weile verstreichen. »Ich bin Experte, was das anbelangt«, sagte er schließlich.

»Experte? Da müssen Sie noch ein paar Jährchen älter werden, junger Freund.«

»Ich bin Ermittler. Privatermittler.«

»Schnüffler? Das ist ja mal was ganz Neues. Leute ausspionieren, mein Gott!«, stöhnte der Mann.

»Das auch«, erwiderte er kühl.

»Und was noch?«

»Alles.«

»Was alles? Frauen beschatten, Männer bloßstellen …«

»Ich schaffe Probleme aus der Welt«, unterbrach Nickels ihn und wartete ruhig ab. Der Mann mahlte mit den Kiefern. Er sah, wie es in ihm arbeitete, wie seine Gehirnwindungen sich erhitzten und seine Wissbegier sich entzündete. Das Muskelspiel verlieh seinem Gesicht einen Anflug von Härte.

»Probleme aus der Welt schaffen? Toll! Wie denn, wenn ich fragen darf?«

»Das muss Sie nicht interessieren. Es ist besser so.«

»Auch noch ein Schlaukopf, einfach grandios«, höhnte der Mann.

»Ich kann Ihnen eine Kostprobe geben. Wenn Sie wollen?«

»Da bin ich aber gespannt.« Der Mann nahm sein Glas auf und trank einen Schluck.

»Ihre Frau. Was macht sie eigentlich den lieben langen Tag?«, fragte Nickels beiläufig.

Der Mann stöhnte und griff zu seinem Glas. Volltreffer. Es konnte losgehen.

»Also, was macht sie?«, rückte er ihm auf den Pelz.

»Sie spielt«, seufzte der Mann.

»Sie meinen, sie zockt?«

»Ja, verdammt noch mal«, wurde der Mann laut. »Sie verspielt mein Geld. Den Lohn meiner Arbeit. Meine Zukunft. Mein Leben … Ach, was weiß ich.«

Nickels wusste, dass er sich zurückhalten musste. Er kannte das von anderen Fällen: Frauen, die ihre Männer ruinierten. Aus seiner Sicht waren die Männer selbst schuld. Memmen ohne Eier. Wenn *ihm* eine *so* gekommen wäre, hätte er dem ein Ende bereitet. Auf der Stelle. Hinterher wäre Ruhe gewesen. Ein für alle Mal. Spielsucht war ihm bislang noch nicht untergekommen. Alkohol, Drogen, Sex. Das war bekanntes Terrain. Aber das hier? Nur keine Eile.

»Noch ein Bier?«

Der Mann nickte. Sie warteten schweigend. Als die Gläser vor ihnen standen, nahmen sie sie wortlos auf und tranken.

»Es gibt für alles eine Lösung«, kam er vorsichtig zurück zum Thema.

»Wie denn?«

»Wo?«

Die Gegenfrage verwirrte den Mann.

»Was, wo?«

»Wo zockt sie?«

Der Mann brauchte einen Moment. Dann sagte er:

»Spielbank Westerland.«

»Leben Sie auf Sylt?«

»*Sie* lebt auf Sylt. In *meinem* Haus«, jammerte der Mann.

»Und Sie?«

»Hier, in Ottensen.«

Geld! Von Anfang an hatte Nickels es gerochen. Der Typ erinnerte ihn an Ingmar. Irgendwie glichen sich alle Banker. Diese haifischartigen Bewegungen und diese glatten Anzüge wie von Ermenegildo Zegna. Ingmars Krawattenknoten hätten allerdings nie auf halb acht gehangen.

»Kinder?«, bohrte er weiter.

»Gott bewahre. Bloß nicht.«

Das machte es einfacher. Kinder waren in der Regel wacher, neugieriger und intelligenter. Noch nicht so zugemüllt wie Erwachsene. Kinder konnten wirklich Probleme machen. Außerdem waren sie die Einzigen, die in ihm etwas Seltsames anrührten, nicht das, was seinen Alltag bestimmte, aber etwas, von dem er nicht mehr wusste, dass es da war. Kinder störten nur.

»Was macht Ihre Frau *noch*, außer Ihr Leben zu ruinieren?«

»Was meinen Sie? Das reicht doch«, erwiderte der Mann aufgebracht. Sein Selbstmitleid fiel ihm auf die Nerven.

»Hat sie ein Hobby, treibt sie Sport, geht sie …«

»Oh ja. Und *wie!*«, fiel der Mann ihm beschwörend ins Wort. »Sie joggt! Stellen Sie sich das mal vor. *Sie joggt*!« Die Verzweiflung und der Schmerz in seiner Stimme weckten seine Verachtung.

»*Das* ist ihr absolut heilig. Jeden Freitag, Punkt acht, in der Nordheide. Da kann die Welt untergehen, *und sie joggt*.« Er nahm sein Glas auf und trank.

Bis hierhin war es eine Art Spiel gewesen. Jetzt nicht mehr. Er witterte eine Chance. Die Risiken schienen beherrschbar. Das Szenario entfaltete sich vor seinen Augen fast wie von selbst.

»Ich löse Ihr Problem«, sagte Nickels leise.

»Wie denn? Ich bitte Sie. *Wie* denn?«

Die Dringlichkeit in der Stimme des Mannes ließ ihn kalt. Er kannte das.

»Das lassen Sie meine Sorge sein. Dafür bezahlen Sie mich schließlich.«

»Bezahlen? Sind Sie blöd?«

»Morgen Abend bin ich wieder hier, genau an diesem Platz. Ich brauche von Ihnen ein paar Details. Und dann sage ich Ihnen auch, was es kosten wird. Ihr Problem hat sich danach erledigt. Wir werden uns nie wiedersehen.«

»Kosten? Sie sind ja verrückt.«

»Für Sie als Banker ist das ein Klacks. Ihr Leben steht auf dem Spiel. Das haben *Sie* gesagt, nicht ich.«

»Woher wissen Sie, dass ich Banker bin?«

»Ich bin schlau. Das zu Ihrer Beruhigung.«

Es entstand eine längere Pause.

»Welche Garantien habe ich?«, meldete sich sein Gegenüber zurück.

»Keine.«

»Und wie erfahre ich, dass es vorbei ist?«

»Rufen Sie sie jeden Tag an und sprechen Sie mit ihr. Wenn sie nicht mehr antwortet, haben Sie Ihr Leben wieder.«

»Wir telefonieren nicht miteinander.«

»Umso besser. Versuchen Sie es immer wieder. Versuchen Sie es solange, bis Sie sie am Apparat haben, und sagen Sie ihr, es tue Ihnen leid, Sie haben es sich überlegt. Sie wollen die Probleme gemeinsam angehen. Kinder, Familie und so weiter und so fort. Weiber stehen auf so was.«

»Sie *zockt*. Sind Sie blöd?«

»Gerade dann. Ich weiß, wovon ich rede.«

»Was haben Sie denn vor?«

»Wie gesagt, das muss Sie nicht interessieren. Es ist wirklich besser so. Glauben Sie mir.«

Es entstand eine Pause, und sie griffen zu ihren Gläsern.

»Mein Gott, ich wollte mal mein Leben mit ihr teilen«, murmelte er in sein Glas.

Das reichte. Fehlte noch, dass der Typ anfing zu flennen. Er hätte das nicht ertragen.

»*Was* teilt sie denn mit Ihnen?«, fragte Nickels leise. »Teilt sie das Bett mit Ihnen?«

»Ach du meine Güte, das ist schon lange her, aber …«

»Teilt sie ihr Geld mit Ihnen?«

»Nein. Sie hat …«

»Teilt sie die Wohnung mit Ihnen?«

»*Nein*. Sie lebt …«

»Teilt sie Ihre Probleme?«

»*Nein*, *nein*, sie macht mir Vorwürfe und schiebt …«

»Also was wollen Sie eigentlich?«

Der Mann verstummte und starrte ihn aus leeren Augen an.

Nickels stand auf, nickte ihm zu und verließ das Lokal.

ENDE